Llora por el amor 2

Verschiedene Welten

von

Jaliah J.

Impressum

Alle Rechte am Werk liegen beim Autor
J., Jaliah
Llora por el amor 2
Verschiedene Welten

Berlin, Dezember 2015
Erstauflage
Lektorat: Günter Bast
Cover/Bildgestaltung: Klaud Design – Marie Wölk

Herstellung und Verlag:
BoD - Books on Demand, Norderstedt

ISBN: 978-3-7392-0695-0

www.jaliahj,de

Dieser zweite Teil ist nur entstanden, weil es so viele Leute gibt, die wie ich gerne aus dem Alltag nach Sierra flüchten und ich freue mich, euch ein weiteres Mal nach Puerto Rico entführen zu können.

LA SIERRA

TREZ PUNTOS

Bella Surena
Juan Punto

Miko & Sam
Raul
Tito
Pepo

Leandro

LES SURENAS

Ramon Surena, & Jennifer Surena mit Miguel und Sami
Paco Surena
Rodriguez Surena

Josir
Ramos & Rosalia
Mano
Hernandez
Chico

Kapitel 1

»Leandro, bleib hier!« Tito beobachtet belustigt, wie Raul, einer seiner besten Freunde, dem kleinen Leandro hinterher eilt. »Du musst langsam mal wieder mehr in Bewegung sein, sonst macht der Kleine dich bald fertig«, lacht Tito und spielt dabei auf Rauls kleine Rundung am Bauch an, die er sich in letzter Zeit angegessen hat.

Grinsend beobachtet Tito, wie Raul seinem kleinen Neffen nachläuft und dieser freudig in die Hände klatschend vor ihm davonläuft, obwohl man das, was Leandro macht, nicht wirklich als laufen bezeichnen kann, eher umhereiern. Leandro hat in ein paar Tagen Geburtstag und wird ein Jahr alt, seit einer Woche hat er angefangen, die Welt auf zwei Beinen zu erkunden. Und das tut er jetzt ständig, noch nie hat Tito ein Baby gesehen, was so neugierig und aufgeweckt ist wie er. Nicht dass er schon sehr viel Vergleichsmöglichkeiten gesammelt hätte, doch Tito ist sich trotzdem absolut sicher, denn Leandro schlägt sehr nach seiner Mutter Bella.

Vom Äußeren eher nicht so, außer seinen Augen, die genauso grün strahlen wie die von Bella, sieht Leandro ansonsten eher aus wie Paco, Bellas Ehemann. »Mini Paco«, wie Bella ihn manchmal ruft, vor allem, wenn er irgendwelchen Blödsinn macht.

Wahrscheinlich sind seine Augen auch der Grund, warum ihm hier bei ihnen im Punto-Haus und auch bei den Les Surenas alle verfallen sind. Er braucht einen nur einmal aus seinen großen Augen anzusehen oder so niedlich zu lachen, wie nur er es kann, und jeder hier würde sofort sein Leben für ihn geben.

Leandros Weg schlägt zu Tito um. »Ti…ttooo, Tiittooo!« Er klatscht in die Hände und lacht Tito entgegen. »Komm her, mein Großer.« Tito fängt ihn ein und wirbelt ihn einmal durch die Luft, was Leandro mit einem quietschenden Aufschrei beantwortet. Es ist noch immer unglaublich für Tito, wenn er einen aus Bellas

Augen anstrahlt. Tito gibt ihm einen Kuss auf die weichen Baby-wangen und hält ihn auf dem Arm.

Raul tritt zu ihnen. »Meine Güte, wie kann man nur so klein und so schnell sein«, schnauft er und will Leandro von Titos Arm neh-men. »Vergiss es, du hattest ihn gestern schon den ganzen Tag«, beschwert sich Tito, doch er wird von einem leisen Lachen bei sei-nem Protest unterbrochen.

Der Lacher kam von der Seite des Gartens, wo Miko und Pepo, die beiden anderen Mitglieder der engsten Familia der Trez Pun-tos, an einem Tisch am Pool sitzen. »Der hat euch schon so um den Finger gewickelt«, witzelt Miko und kaut auf seinem Zahnsto-cher herum, während er auf die Karten in seiner Hand schaut.

Tito kann sich ein Aufschnaufen nicht verkneifen. »Das kommt ausgerechnet von dir, wer hat denn gestern seinen Mittagsschlaf mit ihm zusammen auf der Couch gehalten?« Pepo stimmt ein. »Ja und wer hat extra für ihn einen Sicherungszaun um den Swim-mingpool hier errichtet?« Miko winkt ab und wechselt schnell das Thema. »Sag mal Raul, warum war Sam heute morgen so scho-ckiert, als sie dich im Bad getroffen hat?« Miko lehnt sich belustigt zurück, dabei wandert sein Blick zu seinem Cousin Raul.

»Das ist nicht lustig, sag das nächste Mal Bescheid, wenn Sam mal wieder bei uns schläft, dann überrascht sie mich auch nicht, wenn ich aus der Dusche komme«, meckert Raul und stemmt die Hände in die Hüften. »Naja komm, so eine große Überraschung wird es nicht gewesen sein.« Tito weicht der Faust aus, die Raul ihm auf seiner Schulter platzieren wollte, und Leandro klatscht erneut in die Hände. »Raoooooll Titooo, Raooll.«

Seid fast zwei Jahren wohnen Tito, Raul, Miko und Pepo zusam-men in einem Haus, welches nur zwei Häuser neben dem Punto-Haus liegt und das eine waschechte Junggesellenbude ist. Es wird unter den Männern einfach Cielo, also der Himmel, genannt. Seit Miko aber mit Sam zusammen ist, kommt es hin und wieder zu Komplikationen.

Bis jetzt war es schon kaum zu ertragen, wenn Bella, ihre Mutter oder Sara ins Haus gekommen sind und über dessen Zustand gemeckert haben, aber seit Sam dort regelmäßig schläft, gibt es Duftsteine auf den Toiletten. Alle lieben die kleine quirlige Sam. Am Anfang waren viele etwas verwundert, da Miko sonst immer auf etwas kräftigere Frauen stand und Sam mit ihrer schlanken Figur und den kurzen Haaren etwas aus diesem Rahmen fällt, aber mit ihrer frechen, selbstbewussten Art haben sie alle sofort in ihre Herzen geschlossen, und sie gehört nun zur Familia.

»Hier seid ihr.« Juan betritt den Garten des Punto-Hauses. Juan ist nicht nur der Anführer der Trez Puntos und der Cousin von Miko, Raul und Pepo, schon immer waren Tito und er unzertrennlich und die besten Freunde, so wie ihre Väter es damals waren. Alle Mitglieder der engsten Familia sind wie Brüder für Tito, doch Juan und ihn verbinden noch einmal ganz besondere Ereignisse, auch wenn es keine schöne Erinnerung daran ist, so ist es doch etwas, was einen fester zusammenschweißt als sonst etwas es jemals könnte. Zu ihm und zu Sanchez hatte Tito immer einen besonderen Draht gehabt.

Alleine beim Gedanken an seinen Tod überkommt Tito noch immer eine unglaubliche Wut. Er fehlt, er fehlt in jeder Sekunde hier, doch kaum jemand erwähnt ihn noch. Nicht weil man ihn vergessen hat oder will, sondern weil es zu schmerzhaft ist.

Wenn Tito an den Tag denkt, an dem Sanchez von den La Hondez umgebracht wurde, überkommt ihn ein so schlechtes Gewissen, dass er das Gefühl hat, ihm würde jemand die Kehle zuschnüren und er müsste ersticken. Zwar haben sie sich gerächt, und das nicht nur für Sanchez Tod, sondern auch dafür, dass die La Hondez ihre dreckigen Finger an Bella und Sara gelegt haben und für jeden weiteren toten Trez Punto und auch für jeden toten Les Surenas, trotzdem hat ihnen diese Rache nichts von ihrem Schmerz genommen.

Insgesamt haben beide Familias durch die La Hondez dreizehn Männer verloren, doch es ist, als hätte jeder von ihnen bei

Sanchez' Beerdigung ein Stück seines Herzens mit in sein Grab gelegt.

Juans Erscheinung ist wirklich beeindruckend. Man merkt, dass alle anderen, die nicht zum engeren Kreis der Familia gehören und gerade im Punto Haus anwesend sind, sofort wachsam werden. Im Gegensatz zu Bella, die sehr nach ihrer Mutter kommt, schlägt Juan nach seinem Vater. Er ist sehr dunkel, auch viel dunkler als Tito selbst. Seine Gesichtszüge wirken immer angespannt und wachsam.

Die kleine Narbe unter seinem rechten Auge lässt seinen Blick tödlich wirken. Tito allerdings war dabei, als er sich diesen tiefen Schnitt lediglich beim Fußballspielen auf der Straße als 10-Jähriger zugezogen hat. Juan war auch damals schon so stur wie heute und wollte den Ball nicht verlieren, sodass er in einen Scherbenhaufen gefallen ist und eine Scherbe diesen tiefen Schnitt verursacht hat. Meine Güte, wie Juans Mutter damals alle zusammengestaucht hat.

Wer Juan nicht kennt, erkennt sofort, wie tödlich er ist, alle anderen wissen es. Egal wie eng oder lange jemand in ihrer Familia ist, sie sind immer wieder eingeschüchtert von Juans Auftreten. Alle, abgesehen von Tito, Raul, Miko und Pepo, denen es nicht weiter imponiert was Juan ist oder nicht, weil sie ihn einfach alle so sehen wie einen Bruder

»Was ist das denn schon wieder?« Juan zeigt auf die zwei Hüpfburgen, die noch unaufgepumpt auf dem Rasen neben der gerade erst vor ein paar Tagen angebrachten Schaukel liegen. »Verdammt Bella, das ist ein Familiatreffpunkt und kein Kindergarten.« Juan seufzt leise, bis er Leandro auf Titos Arm entdeckt. Leandro streckt sofort seine Arme nach ihm aus. »Tioo Juan, Tioo Juan.«

Juans Miene wird weich, unglaublich weich. Genauso wie seine einzige Schwester Bella schafft es Leandro, mit einem Augenaufschlag den Anführer der Trez Puntos innerhalb einer Sekunde schwach werden zu lassen.

»Hey Großer, was machst du denn hier? Deine Oma fragt nach dir, jedesmal wenn Bella dich bringt, bist du innerhalb von zwei Minuten bei einem deiner Onkels und keiner sieht dich mehr.«

Juan knuddelt seinen Neffen durch. »Was denkt sich deine Mutter bloß?« Er wendet sich zu den anderen um. »Was willst du eigentlich, Juan? Du hast doch darauf bestanden, dass sein Geburtstag hier gefeiert wird, nachdem die Taufe bei den Les Surenas war.« Juan grummelt und stolpert fast über eine Kiste mit Piñatas. »Ja ja, schon gut, aber am nächsten Tag muss das alles weg, zwei Tage später kommen die Kolumbianer hierher. Es muss ja nicht jeder mitbekommen, dass unser Punto-Haus zum Punto-Kindergarten mutiert.« Er gibt seinem Neffen einen Kuss und setzt ihn vorsichtig auf das Gras ab, was dieser sofort nutzt und auf seinen kleinen Beinchen zu Miko und Pepo an den Tisch läuft, wo er auf Mikos Schoß gehoben wird und von Pepo ein Stück seines Sandwiches abbekommt.

Tito wendet sich ab, die Sache mit den Kolumbianern liegt ihm schwer im Magen. Im Gegensatz zu den anderen ist er von der Tatsache, Geschäfte mit ihnen zu machen, ganz und gar nicht begeistert. Seit die Trez Puntos und die Les Surenas zusammen die einflussreichsten Familias in Puerto Rico sind, läuft hier fast alles nur über ihre Hände. Doch trotzdem wollen Juan und auch die Les Surenas die Geschäfte noch mehr ausbreiten, und nun treffen sie sich in einigen Tagen mit Orlando Dimengo, dem Anführer der Roña.

Die Roña ist eine sehr mächtige Familia in Kolumbien, obwohl Tito diese nicht als Familia bezeichnen würde, nicht im Verglich zu den Trez Puntos oder den Les Surenas, bei denen es die Familia schon seit Generationen gibt. Man wird hineingeboren, zumindest in die engeren Kreise, und diese entscheiden dann auch, wer noch zur Familia dazugehören darf. Es ist selten, dass jemand zu den engeren Kreisen gehört, der nicht direkt mit den Familien verwandt ist.

Tito bildet die Ausnahme bei den Trez Puntos und Chico und Mano bei den Les Surenas. Die Roña allerdings ist nicht so entstanden. Angeblich sind die Eltern dieses Orlando Dimengo wohl nicht mehr am Leben, aber sie haben niemals einer Familia angehört. Ihr Sohn alleine hat, wie man hört, auf sehr brutale Art diese Familia erschaffen, die nun ziemlich mächtig in Kolumbien ist.

»Hey Tito, alles klar?« Natürlich entgeht es Juan nicht, dass Tito von diesem Thema nicht sonderlich angetan ist, oft genug hat er seine Meinung dazu klar gesagt. »Entspann dich, der Besuch soll ganz entspannt über die Bühne gehen. Paco und du ihr seid die Einzigen, die sich damit nicht anfreunden können. Rodriguez hat den Kontakt hergestellt, also lass uns mal sehen, wie dieser Orlando so ist.«

Tito fährt sich über seine kurzen Haare, früher hat er sie oft ganz abrasiert, meistens hat er mit Sanchez beim Kartenspielen oder wegen einer Chica gewettet und fast immer verloren. Seit seinem Tod hat er sie nie wieder ganz abrasiert. »Ja ja, ich benehme mich, aber ich werde sicher nicht so tun, als würde ich ihnen trauen.« Juan klopft auf seine Schulter. »Das erwartet auch niemand, dafür kennen wir dich zu gut.«

Jeder von ihnen hier ist unberechenbar und gefährlich, sie alle haben dem Tod schon mehr als einmal ins Auge gesehen. Sie haben nebeneinander und füreinander gekämpft bis aufs Blut, um die Trez Puntos dahin zu bringen, wo sie heute sind, doch Tito gilt unter ihnen allen als der unberechenbarste. Woran das liegt, weiß keiner wirklich, auch er selbst weiß es nicht. Vielleicht liegt es einfach daran, dass es außer der Familia niemanden für ihn gibt.

Jeder hat noch Familie. Raul hat seine Mutter und seine Schwester Maria, Pepo seine beiden Eltern und seine jüngere Schwester Johanna. Miko hat noch seinen Vater und Sam. Juan hat Sara, seine Mutter, Bella und nun Leandro. Seit Tito acht Jahre alt war, ist er bei Juan groß geworden, weil sein einziger lebender Verwandter, sein Vater, erschossen wurde.

Juans und Bellas Mutter ist wie seine eigene, und er liebt sie und vor allem Bella über alles. Tito weiß auch, wie sehr Bella an ihm hängt, trotzdem hat er nicht wirklich jemanden, wofür es sich zu überleben lohnt. Wahrscheinlich gilt er deswegen als der unberechenbarste unter ihnen, der, dem alles scheißegal ist.

»Sag mal, was waren das denn gestern für zwei heiße Chicas, die du mit ins Cielo genommen hast? Waren das Schwestern?« Tito muss lachen bei dem etwas neidischen Blick seines besten Freundes. »Keine Ahnung, wir waren zu beschäftigt um zu reden.« Juan seufzt laut. »Komm schon Tito, ein paar Details, wir armen gebundenen Männer haben es auch so schon schwer.« Tito klopft Juan aufmunternd auf die Schulter. »Wo ist Sara eigentlich?« Juan zuckt die Schultern. »Sie begleitet Bella, um Lucy abholen, da steht uns noch was bevor. Bellas Ansage gestern war klar.«

Tito muss schmunzeln, Bella hat gestern alle zusammengetrommelt, um noch einmal darauf hinzuweisen, dass sich alle für die zwei Wochen, in denen Lucia sie besuchen kommt, von ihrer besten Seite zeigen sollen. Sie möchte nicht, dass Lucia kreischend das Weite sucht, wenn sie erlebt, wie wild es hier manchmal zugehen kann. Alle Frauen von hier sind daran gewöhnt. Bella hat Angst, dass Lucia das aber alles in den falschen Hals bekommen könnte, da sie so etwas überhaupt nicht kennt. Das bedeutet wohl oder übel, sich zusammenzureißen, zwei Wochen lang. Jeder von ihnen möchte, dass Bella wieder auf andere Gedanken kommt.

Der Tod von Selena vor einem halben Jahr hat sie ziemlich mitgenommen. Allen ging es nah, auch wenn Selena und Rodriguez schon kurz nach der Geburt von Leandro nicht mehr zusammen waren, weil Rodriguez nicht die Finger von den Chicas lassen konnte, so hatte Bella immer noch viel Kontakt zu Selena. Als sie dann von dem Autounfall erfahren haben, der Selena und ihren neuen Freund getötet hat, waren alle geschockt. Doch für Bella war es besonders schlimm.

Wenn Bella jemanden in ihr Herz geschlossen hat, dann ändert sich das auch nicht. Auch bei Lucia hat sich das nicht geändert, obwohl sich die beiden so lange nicht gesehen haben. Alle hoffen, dass Bella Lucias Aufenthalt gut tut.

»Wie ist diese Lucy, Tito? Du hast doch Kontakt zu ihr gehabt oder?« Tito muss leise lachen und setzt sich zu Miko. »Ich habe ein paar mal mit ihr telefoniert, mehr nicht, sie scheint in Ordnung zu sein.... für eine Amerikanerin.«

Miko lacht und Tito muss daran denken, wie gerne er mit der Amerikanerin geredet und sie mit ihrer etwas verklemmten Art aufgezogen hat. Wenn man aber mal hinter diese Schutzmauer blicken konnte, war sie ziemlich gut drauf, allerdings hat sich das ganze verflüchtigt, nachdem sie irgendeinen Jurastudenten kennengelernt hat und es sicher nicht mehr passend war, mit jemandem wie Tito zu telefonieren. Alle, auch Bella, waren aber erleichtert, dass dieser Cameron doch nicht mitkommen wird, denn das wäre sicherlich ziemlich anstrengend geworden. »Kommen sie noch vorbei?« fragt Pepo an Juan gewandt.

»Nein, tun sie nicht, Bella soll erst einmal ihre Ruhe mit ihr haben.« Alle blicken zum Hintereingang, den gerade Paco und Chico durchqueren. Paco hat auf Pepos Frage geantwortet. Mittlerweile reagiert niemand mehr, wenn Paco ins Punto-Haus kommt. Es hat aber wirklich eine Weile gedauert, bis sich alle daran gewöhnt haben, dass Bellas Ehemann nun zur Familie gehört.

»Papá!« Kaum taucht Paco auf, ist Leandro nicht mehr zu halten. Er windet sich von Mikos Schoß und wackelt seinem Vater entgegen, der ihn mit offenen Armen empfängt. »Hey Großer.« Paco hebt Leandro hoch in die Luft und als er ihn dann zu seinem Gesicht führt, umfasst der Kleine das Gesicht liebevoll mit seinen Händen und kuschelt sich an ihn, während Paco die Wangen seinen Sohnes küsst.

Niemand hätte das jemals gedacht, dass ein Paco Surena, die Kobra, der immer so eiskalt war, jemals solch eine Wärme ausstrahlen kann. Allerdings ist das nach wie vor nur bei zwei Menschen so, denen er vollkommen verfallen ist. Zum einem Bella, die er wirklich sehr liebt, mittlerweile weiß das jeder von ihnen, und keiner bereut es mehr, dass die beiden zusammengefunden haben, denn sie gehören zusammen, da ist sich mittlerweile jeder sicher.

Und zum anderen Leandro, seitdem er auf der Welt ist, hat Paco eine derartig Bindung zu ihm entwickelt, dass selbst Juan seinen Schwager noch tiefer in sein Herz geschlossen hat, alleine dafür, wie sehr er Bella und Leandro liebt.

Vollkommen zufrieden und glücklich kuschelt sich Leandro an die breite Brust seines Vaters, und dieser küsst seinen schwarzen Haarschopf. »Na, war es schön bei deinen Onkels?« Er wendet sich an Juan. »Warum ist er eigentlich wieder hier? Deine Mutter hat sich das letzte Mal beschwert, dass ihr Leandro immer entführt und sie ihn kaum zu Gesicht bekommt, wenn Bella ihn mal aus dem Arm lässt.« Juan zuckt die Schultern. »Ein Kind reicht halt nicht bei so vielen Onkels. Da müsst ihr noch ein paar nachlegen.«

Chico lacht auf und geht zu Miko, Tito und Pepo an den Tisch. »Bist du nicht langsam mal dran, Juan?« Sofort zuckt Juan zusammen, während alle anderen anfangen zu lachen, auch Tito kann sich nicht zurückhalten. Alle wissen, dass Sara ungeduldig auf einen Antrag wartet. So lange sind die beiden schon zusammen und jetzt, nachdem Bella verheiratet und sogar schon Mama ist, wartet Sara auf einen Schritt von Juan.

Tito kennt Juan besser als sonst jemand, er liebt Sara über alles, aber eben auch seine Freiheit. Auch wenn diese so nicht mehr existiert. Juan liebt Sara zu sehr, um sie noch mal zu verletzen, wie er es bereits getan hat, aber dass Juan diesen Schritt eingeht ... zu heiraten? Daran kann Tito beim besten Willen nicht glauben.

»Ich habe gerade mit Bella telefoniert, sie sind am Flughafen angekommen und das Flugzeug landet, das heißt, das ganze dauert noch. Ich habe gesagt, sie soll erst mal mit Lucy zu uns fahren, damit die beiden ihre Ruhe haben.« Juan zieht die Augenbrauen hoch. »Sie kann doch gleich herkommen, wir sind schon alle sehr gespannt auf diese Lucy.« Er grinst zu Tito, der die Anspielung gelangweilt ignoriert. »Lasst sie mal, sie wollen sicher über solche Frauengeschichten reden und weiß Gott was tun.«

Paco setzt sich zu Pepo, der Leandro den Rest seines Sandwiches gibt. »Hat Bella dich gestern auch nochmal zurechtgewiesen?« Paco nickt grimmig. »Mehr als einmal.« Er klopft auf den Tisch, »also benehmt euch alle. Lucy bedeutet Bella viel. Komm Großer, wir gehen zu deiner Oma, mal sehen, was sie gekocht hat. Wer kommt mit?« Raul und Chico schließen sich an, während Tito sich zurücklehnt und auf den Pool schaut.

»Wir benehmen uns doch immer«, murmelt Pepo mit einem fiesen Grinsen auf dem Gesicht.

»Liebe Passagiere, bitte legen Sie die Sicherheitsgurte um, wir setzen zum Landeanflug an.« Lucy rückt sich auf ihrem engen Sitz in eine angenehmere Position. Der Flug war lang und anstrengend, und die paar Minuten, die sie geschlafen hat, rächen sich jetzt mit einem schmerzenden Rücken. Sie schiebt das Rollo zum Fenster hoch und sieht auf die Landschaft hinunter, der sie entgegenfliegen.

Nun hat sie es endlich geschafft und ist schon mit dem halben Fuß im Urlaub auf Puerto Rico. Allerdings sieht sie diesem Urlaub mit zwiespältigen Gefühlen entgegen. Zum einen ist da Bella, mit der sie sich vor knapp zwei Jahren für nur ein paar Monate ihr Apartment auf dem Unicampus geteilt hat. Obwohl sie nur so kurz zusammengelebt haben, hat Lucy die selbstbewusste und so liebevolle Puerto-Ricanerin tief in ihr Herz geschlossen. Es war vorhersehbar, dass Bella die Trennung von ihrer Familie nicht lange aushalten würde und Lucy war nicht sehr überrascht, als sie zu ihrer Familie zurückgekehrt ist, auch wenn sie es sehr traurig fand.

Zu ihrem Unglück ist die Frau, die für Bella bei ihr eingezogen ist, eine besserwisserische naturwissenschaftliche Eule, die sie mit ihrer Mülltrennung und Alles-nochmal-benutzen-Theorie in den Wahnsinn treibt. Bella drängt schon die ganze Zeit, dass Lucy sie endlich besuchen kommt, beide haben regelmäßigen Kontakt, und Bella ist für Lucy zu einer richtig guten Freundin geworden, auch wenn beide so weit voneinander entfernt wohnen.

Sara und Selena hat sie damals, als sie über Weihnachten in New York waren, auch sehr schnell gemocht, was wirklich nicht sehr schwer ist. Es scheint bei ihnen allen in der Natur der Dinge zu liegen, offen und herzlich zu sein. Da hat Lucy Bella auch das erste Mal richtig erlebt, so glücklich wie sie diese paar Tage war, mit der Gewissheit zu ihrer Familie zurückzukehren und wieder bei Paco zu sein, so losgelöst war sie während ihres gesamten kurzen Studiums in New York nicht ein einziges Mal.

Lucy war natürlich zu ihrer Hochzeit im folgenden Sommer eingeladen. Eigentlich wollte sie damals schon diesen Urlaub machen, doch ihrer Mutter ging es, wegen ihrer Diabetes zu diesem Zeitpunkt so schlecht, dass Lucy stattdessen in ihre texanische Heimat fliegen musste. Aber Bella hat genügend Fotos geschickt, sodass sie fast das Gefühl hat, doch teilgenommen zu haben. Es war eine Traumhochzeit, Bella sah umwerfend aus, und zum ersten Mal hat sie Gesichter zu den immer wieder von Bella erwähnten Personen gesehen.

Paco ist genau so, wie Bella ihn beschrieben hat und Lucy kann gut nachvollziehen, warum Bella ihm total verfallen ist. Es gab auch viele Bilder von Bellas Bruder Juan und ihren Cousins und diesem verrückten Kerl Tito. Schon als Bella noch in New York lebte, hat er sich andauernd Lucy ans Telefon geben lassen, um mit seinem, zugegebenermaßen wirklich süßen und vor allem lustigen Charme, etwas mit Lucy zu flirten, was manchmal eine willkommene Abwechslung zum stressigen Studentenalltag für sie war.

Ganz angetan war er offensichtlich auch von ihrem vollen Namen Lucia und nennt sie von da an nur noch so. Obwohl, oder vielleicht gerade, weil sie das eigentlich nicht mehr gewohnt ist und auch nicht sonderlich mag, da sie das viel zu sehr an ihre konservative Erziehung in Texas erinnert, akzeptiert sie es. Auch als Bella wieder bei ihrer Familie war, hat Tito es sich nicht nehmen lassen, hin und wieder mit ihr am Telefon zu plaudern. Das Ganze hat sich allerdings aufgelöst, nachdem er erfahren hat, dass sich zwischen Lucy und Cameron, mit dem sie sich damals nur hin und wieder mal getroffen hat, etwas Festes entwickelt hat.

Lucy versucht, diesen aufkommenden Gedanken sofort abzuschütteln. Etwas über ein Jahr ist sie nun mit dem Jurastudenten zusammen, der die gleiche Leidenschaft für den Beruf hat wie sie. Doch seit einiger Zeit fragt sie sich immer wieder, ob das alles oder vielmehr, ob das genug ist, um eine Beziehung zu führen. Eigentlich sollte Cameron sie begleiten, doch er hatte zu viel zu tun, und sie war froh, mal etwas Abstand von allem zu gewinnen. Außerdem wäre es fraglich, wie Cameron mit dem, was sie in Puerto Rico erwartet, umgehen würde, wo sie selbst schon am Zweifeln ist, ob dies alles so eine gute Idee ist.

So sehr sie sich auf Bella freut, so unsicher ist sie, die Familie, von der Bella so viel schwärmt, kennenzulernen. Als Lucy all diese Männer auf den Fotos entdeckt hat, war es schwer, sie den liebevollen Erzählungen von Bella zuzuordnen, denn sie sehen alles andere als liebevoll aus. Bellas Bruder Juan, Paco, dieser Miko, sie sehen allesamt sehr gefährlich aus. So wie jemand, wenn man ihn nachts auf der Straße trifft, man lieber die Straßenseite wechselt. So oder so sind das, wenn Lucy ehrlich darüber nachdenkt, keine Personen, mit denen sie freiwillig in Kontakt treten würde, und selbst dieser lustige Tito erscheint so anders, als Lucy sich ihn vorgestellt hat.

Es ist schwer zu beschreiben, was sie sich vorgestellt hat, aber als sie auf den großen breiten Mann mit den kurzen dunklen Haaren und dem leichten Dreitagebart gesehen hat, war das alles andere als die Vorstellung, die sie sich während ihrer unbefangenen Telefonate aufgebaut hat. Er sieht gut aus, ohne Zweifel ein gepflegter Mann. Doch wenn es nicht die Tätowierungen am Hals, die man trotz des garantiert sündhaft teuren Anzuges sehen konnte, waren, die sie leicht erschrocken haben, dann waren es seine Augen.

Lucy konnte es nicht lassen und hat diese herangezoomt, als sie ihn auf den Fotos entdeckt hat. Noch nie hat sie solche Augen gesehen. Sie sind wunderschön, braun, doch nicht zu dunkel, son-

dern ein helles Braun und sie hätte schwören können, einen leichten Grünstich entdeckt zu haben, dazu lange dunkle Wimpern, die
das Ganze geheimnisvoll wirken lassen. Aber was ihr am meisten
aufgefallen ist, war die Kälte, die sie ausstrahlen. Als hätte Tito
schon die Hölle durchwandert und keinerlei Probleme damit,
nochmal durchzugehen. Die Augen vermitteln einem diesen Eindruck, auch wenn er auf dem Bild ein sehr ansteckendes Lächeln
hat.

Bella hat ihr natürlich erzählt, was ihre Familie, ihre angeborene,
sowie die neue, in die sie gekommen ist, was sie alle darstellen, was
es bedeutet, zu einer Familia zu gehören. Lucy versucht sich die
ganze Zeit einzureden, dass sie mit dieser Tatsache umgehen kann,
aber diese kleine, viel zu motivierte Jurastudentin in ihr, die in
Texas unter sehr strengen Moralvorstellungen groß geworden ist,
rebelliert und will sagen, dass sie das nicht kann.

Nun ist es allerdings zu spät, stellt Lucy leise seufzend fest, als die
Räder des Flugzeuges auf der Landebahn aufkommen. Sie wird
sich in diesen zwei Wochen einfach auf eine andere Welt einlassen
und versuchen, ihre Vorbehalte ganz tief in ihrem Inneren zu verstecken.

Als sie die Passkontrolle hinter sich hat, ist Lucy schon einmal
halb durchgeschwitzt. Es ist wahnsinnig heiß hier, vielleicht war es
doch nicht so eine gute Idee, im Hochsommer herzukommen. Sie
stellt sich ans Gepäckband, um auf ihre Koffer zu warten. Ihr
Blick schweift zu einer Glasscheibe, von der man in den Warte-be-
reich des Flughafens sehen kann. Sie entdeckt sofort Bella und
Sara, die ihr beide zuwinken. Lucy muss lächeln und winkt den
beiden zurück. Sie betrachtet einen Augenblick Bella. Obwohl sie
sich so lange nicht gesehen haben und Bella mittlerweile sogar
Mutter ist, sieht sie noch aus wie das letzte Mal, als Lucy sie in
New York gesehen hat.

Die Schwangerschaft scheint ihrer Figur nicht geschadet zu
haben. Noch immer trägt sie ihre Haare lang bis fast zum Po, und
ihre grünen Augen strahlen Lucy entgegen. Ihr Blick wandert zu

Sara, die im Gegensatz zu Bella viel dunkler wirkt. Auch ihre braunen Mandelaugen leuchten Lucy freundlich entgegen.

Lucy durchfährt ein leichter Stich. Bei ihrem Besuch in New York hatten sie noch Selena dabei. Als Bella Lucy von deren Autounfall und Selenas Tod berichtet hat, war selbst sie tief getroffen, auch wenn sie Selena nur kurz kennengelernt hat. Sie war so fröhlich und so lebenslustig. Lucy hat Bella in ihren langen Telefonaten oft noch die tiefe Trauer um Selena angehört.

Ein Mann reißt sie aus ihren Gedanken. Er lächelt sie freundlich an. »Señora, die Koffer kommen.« Sie lächelt zurück und bemerkt einige Blicke auf sich, was ihr sofort unangenehm ist. Sie hasst es, im Mittelpunkt zu stehen, aber da sie nicht in eine typische Touristengegend in Puerto Rico geflogen ist, fällt sie mit ihrer sehr hellen Haut und den hellen, blonden Locken natürlich ziemlich auf.

»Danke«, antwortet Lucy etwas leiser und richtet ihren Blick eisern auf das Gepäckband. Als sie ihre Koffer entdeckt und danach greifen will, nimmt der Mann, der sie vorhin so nett darauf aufmerksam gemacht hat, die Koffer und stellt sie auf einen Gepäckwagen. Lucy ist von dieser höflichen Geste etwas überrumpelt.

In New York würden sich eher alle um einen Gepäckwagen schlagen, als jemandem anderen zu helfen, und sie bedankt sich erneut. Der Mann lacht leise und Lucy spürt, wie sie mal wieder eine leichte Röte annimmt, die sie immer in unangenehmen Situationen bekommt und welche sie so sehr hasst, weil es bei ihrer hellen Haut so offensichtlich ist. »Bitte schön Señora, willkommen in Puerto Rico.«

Lucy nickt ihm noch einmal zu und schiebt ihren Wagen zum Ausgang der Sicherheitszone. Bevor sie diese verlässt, atmet sie noch einmal kräftig durch und wappnet sich innerlich auf die Dinge, die sie in den nächsten zwei Wochen erwarten.

Kapitel 2

Nachdem Bella und Sara Lucy begrüßt haben, machen sie sich auf den Weg in die Stadt Sierra. Lucy ist mehr als glücklich, dass Bella ein so gut ausgestattetes Auto fährt und genießt die Klimaanlage, während sie aus dem Fenster sieht und Bellas Plänen für die nächsten Tage zuhört.

Es ist wunderschön hier, sie fahren durch kleine Städte, an endlosen Landschaften vorbei, und Lucy kann gar nicht genug Eindrücke in sich aufnehmen. Manchmal können sie auch das Meer vom Auto aus sehen, und Lucy kann nicht fassen, wie türkis es aussieht. Es kommt ihr fast so vor, als würde sie mitten durch eine Postkarte fahren.

Der Weg bis zu Bellas Haus dauert fast zwei Stunden. Als sie endlich Sierra erreichen, zeigt Bella Lucy beim Vorbeifahren die halbe Stadt. Das Einkaufszentrum, Bellas alte Uni, den Kindergarten, in dem Bella, sobald Leandro etwas älter ist, wieder als Leiterin arbeiten wird. Man merkt, wie sehr Bella all das liebt.

Auch Sara beteiligt sich eifrig an Bellas Erklärungen, wobei Lucy lächeln muss. Diese offene Art der beiden ist wirklich liebenswert, vor allem deshalb, weil man spürt, dass es einfach vom Herzen kommt.

Als Bella in eine Einfahrt fährt, muss Lucy zweimal hinsehen, bevor sie realisiert, wie Bella hier wohnt. Natürlich ist ihr damals in New York schon klar gewesen, dass Bellas Familie Geld hat. Anders als Lucy, die sich mit einem Kellnerjob neben dem Studium über Wasser halten muss und die nur aufgrund eines Stipendiums auf die New Yorker Universität gehen kann, hat Bella sich nie Gedanken um Geld gemacht. Doch dieses riesige Gelände, auf dem sie jetzt halten, übertrifft alle Vorstellungen, die Lucy jemals hatte.

Abgesehen von den vielen Luxusautos, die hier im Innenhof stehen, sind vier prachtvolle Häuser auf diesem Grundstück. Alle sehen prunkvoll, groß und unsagbar teuer aus. Lucy muss sich wirklich zusammenreißen, um nicht mit offenem Mund staunend alles zu betrachten.

Sie steigen aus dem Auto, in dem Moment kommen zwei Jungs aus einem der Häuser gerannt. Sie umarmen Bella und Sara und bleiben dann mit großen Augen vor Lucy stehen. »Du bist ja noch viel heller als unsere Mama«, sagt der kleinere von beiden und entblößt beim Grinsen ein paar fehlende Milchzähne. Bella lacht leise auf und tätschelt dem Kleineren über den Kopf. »Das sind Miguel und Sami, die Söhne von Pacos älterem Bruder Ramon.« Lucy lächelt die beiden Kleinen an, währenddessen tritt eine Frau aus dem Haus, aus dem gerade beide Kinder gestürmt sind.

Es ist eine hübsche Frau. Da sie zwar etwas dunklere Haare als Lucy, aber immer noch blonde Haare und blaue Augen hat, wird sie wohl die Mutter der beiden Jungs sein. Als sie bei ihnen ankommt, stellt Bella sie als ihre Schwägerin Jennifer vor. Lucy mag die liebevolle Schwedin auf Anhieb, und als sie alle zusammen auf das größte der Häuser zusteuern, fühlt sich Lucy schon nicht mehr ganz so fehl am Platz hier.

Wenn Lucy schon dachte, dass dieses Haus von außen prachtvoll wirkt, wird sie innen eines Besseren belehrt. Die Inneneinrichtung ist der absolute Luxus. Überall Marmor, alle Möbelstücke wirken unbezahlbar und man sieht auf einen riesigen Garten, in den Sara und Jennifer gleich mit den beiden Jungs gehen. Plötzlich kommt aus dem oberen Stockwerk ein riesiger brauner Pittbull angestürmt. Bella will schnell erklären, dass dieser harmlos ist, aber Lucy liebt Tiere eh über alles und lässt die nasse und stürmische Begrüßung von dem Hund mit dem einfachen Namen Pitty lächelnd über sich ergehen.

Anschließend bringt Bella Lucy über eine Treppe nach oben. Hier im Obergeschoss des Hauses erkennt man Bellas Handschrift genau. Lucy erkennt einige Bilder, die Bella damals in New York gekauft hat, es liegen vereinzelt Spielsachen vom kleinen Leandro herum. Insgesamt wirkt es im oberen Stockwerk viel familiärer.

Bella bringt Lucy in das Gästezimmer, in dem sie für die zwei Wochen bleiben wird. Wie zu erwarten war, ist dieses Zimmer riesig, es ist sehr hell eingerichtet und man hat einen schönen Ausblick auf den Garten.

Bella zieht Lucy noch einmal in ihre Arme und beteuert ihr, wie sehr sie sich freut, dass Lucy es endlich geschafft hat, zu Besuch zu kommen. Dann geht Bella nach unten, um etwas zum Essen vorzubereiten. Als Lucy alleine im Zimmer ist, lässt sie sich aufs Bett fallen und atmet tief ein. Sie muss erst einmal duschen, doch bevor sie ins Bad geht, fällt ihr ein, dass sie Cameron versprochen hat anzurufen, sobald sie angekommen ist.

Cameron hat extra ihren Handyvertrag so ändern lassen, dass Lucy keine Probleme haben sollte, nach Amerika durchzukommen, was auch wirklich klappt. Schon nach dem ersten Klingeln hebt er ab und Lucy erzählt ihm aufgeregt, was seit ihrem Abschied auf den Flughafen passiert ist, welche Eindrücke sie hier schon gewonnen hat und in welchem schönen Haus sie sich gerade befinden. Schon nach ein paar Sätzen merkt Lucy, dass Camerons Aufmerksamkeit nicht mehr anhält. Als sie nachfragt, was er gerade macht, erklärt er begeistert, dass er wieder an seiner Projektarbeit sitzt. Nach fünf Minuten, in denen er sie auf den neuesten Stand bringt, was sein Projekt angeht, anstatt zu fragen, was bei ihr los ist, beendet Lucy, unter dem Vorwand zum Essen zu müssen, das Gespräch und stellt sich unter die wohltuende Dusche.

Schon lange hat sie das Gefühl, in der Beziehung mit Cameron nicht vollständig ausgefüllt zu sein, doch sie weiß auch nicht, was sie eigentlich erwartet. Cameron stellt alles dar, was sie immer von einem Mann erwartet hat. Er teilt ihre Liebe zum Studium, er ist ehrlich und man kann ihm vertrauen. Er ist solide, doch Lucy kann das Gefühl nicht unterdrücken, dass dies doch noch nicht alles gewesen sein kann.

Nachdem sich Lucy ein leichtes Sommerkleid übergezogen hat, geht sie hinunter in den Garten, wo Bella, Sara und Jennifer schon um einen Tisch im Schatten sitzen und die Kinder im Pool planschen. Der Tisch ist vollgestellt mit Obst und leckeren Naschereien und nachdem Lucy ein Glas kalten Eistee getrunken hat, lehnt sie sich entspannt zurück. Nun ist sie angekommen und sie hat vor, ihren Urlaub hier zu genießen.

Unter den neugierigen Fragen der drei anderen taut Lucy langsam auf. Sie erzählt etwas von Cameron, aber viel Spannendes gibt es da nichts zu berichten. Doch als sie anfängt, von der Uni und Howard zu erzählen, der bis heute noch regelmäßig nach Bella fragt, verfallen die vier in einen regelrechten Plauderrausch, während die Kinder mit Pitty auf dem Rasen herumtoben. Das geht so lange, bis es dunkel ist und Jennifer die Kinder wegbringt.

Bella ist gerade auf der Toilette, als plötzlich zwei Männer in den Garten treten. Der eine trägt ein Kleinkind auf dem Arm und als er näher kommt, erkennt Lucy, dass es Paco ist, den sie schon öfter auf Fotos gesehen hat. Der Mann neben ihm hat etwas hellere Haare und eine große Narbe auf seiner Wange. Lucy schluckt leise, so gefährlich sie damals auf den Fotos schon gewirkt haben, es ist kein Vergleich mit dem, was sie ausstrahlen, als sie auf Lucy zukommen. Doch dann fangen beide an zu lächeln und Lucy versucht ruhig zu bleiben.

»Lucy, das sind Paco und Chico«, stellt Sara die Männer vor und beide geben ihr die Hand. »Du bist also Lucy, Bella hat schon viel von dir erzählt.« Beide grinsen und Lucy bemerkt, dass dieser Chico sie einmal von oben bis unten mustert. Doch dann fällt ihr der kleine Junge auf Pacos Arm auf und sie geht automatisch näher zu Paco.

»Hey, du musst Leandro sein, meine Güte du hast ja wirklich die Augen von deiner Mama. Du bist ja noch viel hübscher, als auf all den Bildern.« Pacos Grinsen wird noch breiter, als er Leandro bereitwillig Lucy übergibt, man sieht ihm an, wie stolz er auf seinen Sohn ist. Leandro betrachtet Lucy und ihre hellen Haare und klatscht freudig in die Hände, als plötzlich Bella zu ihnen tritt.

»Hey Süßer, da bist du ja wieder«, begrüßt Bella ihren Sohn liebevoll und gibt ihm einen Kuss. Lucy bemerkt, wie sich Pacos Gesichtsausdruck ändert, als er seine Ehefrau ansieht und sie in seine Arme zieht. »Hey Cariño.« Bella lacht leise, als Paco anscheinend ihren Hals entlang küsst, und Lucy wendet den Blick ab. »Sara, soll ich dich mitnehmen? Ich fahre ins Punto-Haus zurück.« Dieser Chico wendet sich an Sara, die zustimmend nickt. Bella gibt Chico einen Kuss auf die Wange, sie scheint die Narbe gar nicht zu bemerken oder sie hat sich daran gewöhnt und Lucy versucht, nicht zu sehr darauf zu starren.

»Kommt ihr nicht gerade von dort?« fragt Bella nach. Chico zuckt die Schultern. »Schon, aber Tito, Pepo, Raul und ich wollen noch weggehen.« Bella kuschelt sich an Paco und der küsst ihren Nacken. »Na dann wird das wohl noch eine lange Nacht.« Chico nickt vielsagend. »Wir hoffen es doch.«

Sara und Chico verabschieden sich und Lucy setzt sich noch kurz mit Paco und Bella an den Tisch, sie unterhalten sich über Amerika. Lucy ist erstaunt darüber, wie oft Paco schon in Amerika war, er ist mehr dort herumgekommen als sie selbst. Bellas Ehemann ist wirklich nett und Lucy kann kaum verhindern, dass sie ziemlich fasziniert beobachtet, wie liebevoll er mit Bella umgeht. Er lässt kaum seine Finger von ihr und in seinem Blick zu ihr liegt so viel Liebe, dass es Lucy ganz schwer ums Herz wird, als sie an ihre unterkühlte Beziehung mit Cameron denkt.

Selbst als Leandro schon lange tief und fest in Bellas Armen schläft, bleiben sie noch in der mittlerweile zum Glück abgekühlten Nachtluft sitzen. Als dann alle nach oben gehen und sich Lucy in das weiche Bett legt, denkt sie noch einmal über die ersten Eindrücke nach, doch der lange Flug, der ganze Tag reißen sie schließlich in einen tiefen, festen Schlaf.

»Ich sag euch, sie sieht aus wie ein Engel, das werden interessante zwei Wochen.« Tito mustert Chico, als der sein Wodkaglas an seinen Mund führt und mit einem leicht verzerrten Gesicht den gesamten Inhalt des Glases leert und sich dann entspannt zurück-lehnt. Sie sind schon ein paar Stunden in dem neuen Club der Nachbarstadt. Sie haben alle einen neuen Fang gemacht, sitzen jetzt zusammen und hören Chicos erneute Bekundungen, dass Lucia wie ein Engel aussieht.

»Na dann hoffen wir mal, wir lernen sie bald kennen.« Pepo lacht leise und widmet sich wieder der Frau auf seinem Schoß. Auch Tito hat eine neue Bekanntschaft gemacht. Als die anwesenden Frauen mitbekommen haben, dass Mitglieder der Trez Puntos und der Les Surenas gekommen sind, hat es nicht lange gedauert und sie hatten genug Auswahl. Tito hat sich eine schöne, dunkle, gut gebaute Lady namens Nora geschnappt, die seinen Annäherungen gegenüber nicht abgeneigt zu sein scheint.

»Hmm, das fühlt sich großartig an«, wispert sie an Titos Ohr, als er ihren Hals mit seinen Lippen nachfährt. Sie riecht gut und Tito erkundet sie weiter. »Hast du jetzt gerade eine Waffe dabei?«, flüs-tert sie angeregt und Tito muss grinsen. Die Frauen stehen einfach darauf, wenn sie wissen, mit wem sie es hier zu tun haben. Solange er seinen Spaß hat, ist ihm dies relativ egal.

Mit einer schnellen Bewegung zieht er sie ganz auf seinen Schoß, sodass sie direkt auf seiner Erregung sitzt. Zwar hat er eine Jeans an, doch durch ihr dünnes Kleid wird sie schon merken, dass er mehr als bereit ist. »Mehr als eine.« Nora lacht, und als Titos Hand unter ihrem Kleid an ihren Po wandert, keucht sie leise auf. »Zeit ins Cielo zurückzukehren«, verkündet Pepo in die Runde und steht auf. »Wer von euch Ladies begleitet uns?«

Als Lucy am nächsten Morgen aufwacht, ist sie selber erschro-cken, wie lange sie geschlafen hat, es ist schon Mittag. Sie geht schnell duschen, sucht sich ein leichtes hellblaues Sommerkleid heraus und schminkt sich nur ein wenig. Als sie die Treppe hinun-tergeht, hört sie schon Bellas vertrautes Lachen und folgt diesem in die Küche. Dort trifft sie auf Bella, Paco und zwei Männer, die Paco sehr ähnlich sehen. Als Lucy die Küche betritt, scheint es so, als wollten die drei Männer gerade los und Leandro kommt auf Lucy zugewankt. »Hey Süßer.« Lucy hebt den Kleinen hoch und der schaut sie wieder ziemlich erstaunt an, offenbar dauert es eine Weile, bis er sich an sie gewöhnt hat. Lucy wendet sich den Männern zu. Bella tritt lächelnd zu ihr und gibt ihr einen Kuss auf die Wange.

»Das ist Lucy … Lucy, das ist Pacos älterer Bruder Ramon…« Der älteste der Männer tritt vor und begrüßt sie lächelnd. »Und das ist Rodriguez, Pacos anderer Bruder.« Auch Rodriguez gibt Lucy die Hand und lächelt matt. Lucy erinnert sich, dass er derjenige war, der damals mit Selena zusammen gewesen ist. Bella hat ihr erzählt, dass er sich in letzter Zeit ziemlich verändert hat und sich alle etwas Sorgen um ihn machen. Wenn Lucy ihn jetzt betrachtet, versteht sie warum.

Rodriguez sieht Paco sehr ähnlich, beide haben schwarze Haare, sehr dunkle Augen, beide sind sehr breit und gut gebaut. Doch irgendwie ist bei Rodriguez alles etwas … irgendwie mehr. Seine Augen wirken kalt und dadurch noch dunkler, er sieht zwar jünger aus als Paco, doch wirkt er noch breiter, noch gefährlicher. Lucy kann sich daran erinnern, wie Selena damals von ihm geschwärmt hat und sie fragt sich, was passiert ist, dass er mittlerweile so abgeklärt wirkt.

»Wir müssen los, macht euch einen schönen Tag.« Paco reißt Lucy aus ihren Gedanken, als er Bella einen liebevollen Kuss aufdrückt und auch seinen Sohn noch einmal küsst. Die beiden Brüder geben dem Kleinen ebenfalls einen Kuss und da wirkt Rodriguez das erste Mal etwas wärmer. Er lächelt, als Leandro mit seinen Händen nach ihm greift und Lucy entdeckt, dass Rodriguez trotz aller Härte wirklich gut aussieht. Kein Wunder, dass Selena damals so verrückt nach ihm war.

Nachdem die Männer gegangen sind, eröffnet Bella Lucy, dass sie heute mit ihr alleine etwas unternehmen möchte. Sie packen alles zusammen und fahren mit Leandro an einen wunderschönen Strand, der nicht so weit von ihrem Haus entfernt liegt. Es tut gut, mit Bella alleine zu sein. Während Leandro unter einer Palme im Schatten mit dem Sand spielt, plaudern die beiden Freundinnen über alles, was ihnen in letzter Zeit auf dem Herzen liegt. Lucy erzählt Bella von dem Stress mit dem Studium. Es ist wirklich sehr hart und man muss viel lernen, was ihr aber sehr schwer fällt, da sie ja noch nebenbei arbeitet.

Lucy redet mit Bella über die Beziehung zu Cameron, dass sie sich fragt, ob er wirklich der Richtige ist, ob es genug ist, was sie und Cameron aneinander bindet. Lucy erwähnt nicht, dass es ihr einen kleinen Stich versetzt hat zu sehen, wie liebevoll Paco mit Bella umgeht. Wie gefährlich und auch zugegebenermaßen brutal Paco auch immer scheinen mag, in jedem Blick von ihm kann man deutlich sehen, wie sehr er Bella liebt, aber das kann man bei Cameron nicht gerade behaupten.

Bella erzählt Lucy von ihrer Trauer um Selena und auch noch um Sanchez. Dass sie manchmal ein richtig schlechtes Gewissen hat, so glücklich zu sein, wenn diese beiden Menschen, die sie so geliebt hat, nicht mehr dazu in der Lage sind, Glück zu verspüren. Auch macht sie sich Sorgen wegen Rodriguez. Sie merkt, dass auch Paco seinen jüngeren Bruder wie ein Adler im Auge behält. Auch wenn Bella das nicht wollte, so ist Paco doch nicht mehr der offizielle Anführer der Les Surenas. Rodriguez hat diesen Platz eingenommen. Alle drei Brüder entscheiden gleich und kümmern sich um die Geschäfte, aber derjenige, der noch nicht so viel Verantwortung hat, so wie es Ramon und nun auch Paco haben, vertritt die Familie offiziell.

Bella erklärt, dass Rodriguez früher einmal so anders war, liebevoller. Sie hat dies immer so an ihm geschätzt, dass er im Gegensatz zu Paco nicht so eine Schutzmauer um sich herum errichtet hat, nun allerdings ist er noch viel schlimmer, als es Paco jemals war. Es wird gesagt, er sei der härteste der drei Brüder, er kennt keine Gnade, lässt keine Gefühle mehr zu, lässt sich keinen Spaß mit Chicas durch die Finger gehen und ist weit davon entfernt, jemals irgendwelche Verantwortung, außer der für die Familia, zu übernehmen. Das hat wohl auch die Beziehung zu Selena zerstört. Bella wusste schon immer, dass Selena mehr für Rodriguez empfindet als andersherum, doch dass sie ihm letztlich so egal ist, hätte sie nicht gedacht.

Als beide Freundinnen sich den Kummer von der Seele geredet haben, gehen sie noch ins Meer baden. Lucy schwimmt weit hinaus, allein, da Bella mit Leandro vorne bleibt. Sie atmet tief ein, genießt den herrlichen Geruch des salzigen, türkisfarbenen Wassers und spürt die Strahlen der Sonne auf sich, und Lucy fühlt sich einfach nur ... frei.

Dieses Gefühl entweicht allerdings ziemlich schnell, als sich die beiden mit Leandro wenig später auf den Rückweg machen, nachdem es schon langsam dunkel wird. Bella will noch kurz zu ihrem alten Haus bei ihrer Mutter vorbeischauen, und Lucy versucht sich die Nervosität nicht anmerken zu lassen, die sie beim Gedanken bekommt, noch mehr von diesen Männern zu treffen.

Tito ist gerade erst ins Punto-Haus gekommen. Juan und er waren bei einem Treffen mit den Surena-Brüdern und zwei Anwälten, die sich hier niederlassen wollen. Sie waren so schlau und haben sich sofort vorgestellt und mit den Familias ein Abkommen gemacht. Sie bezahlen, dafür kann ihnen hier nichts passieren, da sie nun unter dem Schutz der Familias stehen. Als sie das Punto-Haus betreten, merken sie sofort, dass irgendetwas nicht stimmt.

Alle Männer stehen zusammen in einer Ecke des Gartens. Als sie näher treten, entdeckt Tito, Raul und Pepo, die zwei andere Mitglieder der Trez Puntos auseinanderhalten. Einer der beiden, der erst sehr kurz zu den Trez Puntos gehört, wischt sich wütend Blut von der Nase. Der andere scheint auch kaum zu bändigen zu sein. Als Tito und Juan dazu treten, sehen alle zu ihnen. Raul lässt den wildgewordenen Mann los, er weiß, dass der es nicht wagen wird, vor Juan nochmal so auszurasten. »Was ist denn hier schon wieder los?«

Tito sieht zu dem jüngeren Mann, der noch immer blutet und dem Pepo nun ein Tuch hinhält. »Dieser Wichser hat mich versucht hereinzulegen, er denkt, er kann sich hier aufspielen, obwohl er noch nicht halb solange mit dabei ist wie ich.« Tito blickt zu dem noch immer blutenden Kerl und der rechtfertigt sich nicht einmal. Er sieht alle nur unbeeindruckt an ... eiskalt. Tito mag ihn jetzt schon.

Anscheinend geht es Juan auch so, denn ein kleines Grinsen schleicht sich auf sein Gesicht, der blutende Mann ist vielleicht gerade mal neunzehn und legt sich schon mit einem übergewichtigen Dreißigjährigen an, ohne mit der Wimper zu zucken. »Du bist doch Saul, oder?« Der junge Mann nickt und wischt sich sein Gesicht mit dem Tuch ab, dabei bemerkt Tito, dass er noch gar keine Plaka hat. Selbst wenn es jemand geschafft hat, in die Familia zu kommen, dauert es, bis man wirklich die Plaka bekommt. Tito lacht leise und klopft Juan auf die Schulter. »Ich glaube, Saul hat sich die Plaka verdient, was denkst du?« Juan nickt zufrieden und sieht zu dem anderen Mann. »Tragt euren Mädchenstreit das nächste Mal woanders aus.« Der Mann flucht zwar leise, gibt aber keine Widerworte.

Gerade als sich alle umdrehen, entdecken sie Bella, Leandro und eine andere Frau, die den Garten betreten. Sofort merkt Tito, dass Bella sie alle fast mit ihrem Blick umbringt, welcher wohl daher kommt, dass sie sich sicherlich Lucias erstes Aufeinandertreffen mit ihnen anders vorgestellt hat, als gerade in eine Schlägerei verwickelt zu sein, aber Tito ignoriert Bellas Blick und betrachtet Lucia das erste Mal.

Eigentlich hatte Tito nicht wirklich ein Bild von ihr im Kopf. Wenn dann eher eine super braungebrannte Blondine oder so etwas in der Art, aber was jetzt vor ihm steht und unsicher in die Runde sieht, damit hätte er nicht gerechnet.

Lucia sieht wirklich aus wie ein Engel, Chico hat recht. Sie ist sehr hell, alles an ihr. Ihre Haut, sie hat lange hellblonde Locken, die ihr über die Schultern gehen. Sie ist groß und schlank, so werden Bilder von Engel gemalt. Sie hat eine feine kleine Nase, schöne Lippen, ihre Augenfarbe ist schwer zu erkennen. Jedenfalls sehen diese Augen eingeschüchtert auf alle und bleiben dann auf Tito hängen.

»Hey, wir wussten nicht, dass ihr vorbeikommt, du musst Lucy sein«, bricht Juan das Schweigen, scheinbar etwas auf der Hut vor Bellas giftigem Blick. Er gibt Lucia die Hand und Pepo tritt neben Tito. »Und was für ein Engel sie ist«, murmelt er und Tito erkennt diese Stimme. »Vergiss es, ich habe sie zuerst entdeckt«, flüstert Tito zurück und kann sich ein Grinsen nicht verkneifen, als Pepo leise flucht.

Bella entspannt sich scheinbar etwas. »Lucy, das ist mein Bruder Juan, meine Cousins Raul und Pepo und die anderen gehören auch .... naja, du weißt schon, zur Familia ... und Tito kennst du ja bereits.« Tito ergreift die Gelegenheit und tritt zu Lucia. »Hey Lucia, schön dich mal in natura zu sehen.« Lucia will ihm die Hand geben, doch Tito zieht sie in eine Umarmung. Dabei bemerkt er ihren süßen Vanilleduft. Als Tito sich löst, sieht Lucia ihn leicht irritiert an, doch dann lächelt sie.

»Hallo.« Meine Güte, sie ist wirklich ein Engel. »Und wie gefällt dir Puerto Rico bis jetzt?« Lucia scheint vollkommen überrumpelt, und Tito muss grinsen. »Schön, es ist schön hier ... und alle nennen mich Lucy«, gibt sie leise von sich und Tito muss lachen. »Ich glaube, die Diskussion hatten wir doch bereits, ich habe sie gewonnen.« Lucy senkt den Blick und wird leicht rot, was Tito nur noch breiter grinsen lässt.

Pepo und Raul treten ebenfalls zu ihnen und geben Lucia die Hand, offenbar hat Pepo seinen Wink verstanden, denn er hält sich zurück. Als Saul an ihnen vorbeigeht und sich das blutverschmierte Tuch an die Nase hält, keucht Lucia leicht auf. »Meine Güte, braucht er einen Arzt? Das sieht gar nicht gut aus.« Juan lacht leise und schlägt Saul freundschaftlich in den Nacken. »Ach der kommt schon klar, ist halb so schlimm.« Bella verdreht leicht die Augen, nur Leandro findet das Ganze wohl toll und will von ihrem Arm zu Juan, der dieser Aufforderung seines Neffen gleich nachkommt und ihn in seine Arme nimmt.

Als Juan an Tito vorbeigeht, gibt er Leandro einen Kuss und zieht dann Bella in seine Arme. Sie seufzt leise an Titos Brust. »Ihr seid unmöglich.« Tito gibt ihr einen Kuss auf die Stirn. »Aber du liebst uns, Princesa...« Tito weiß, wie er Bella wieder milder stimmen kann und sie lächelt ihn an. »Wir wollen kurz zu Mama, ist sie bei uns oder bei jemandem von euch?«

Raul setzt sich an einen Tisch, an dem er anscheinend gerade gegessen hatte, als der Streit anfing und nimmt eine Gabel Reis in den Mund. »Sie ist mit Sanchez' Mutter bei euch, sie haben gerade gekocht«, erklärt er und isst weiter. Juan setzt sich zu ihm und fast schon automatisch hat Leandro das Essen seiner Oma in seinem Mund und kaut genüsslich.

Bella hakt sich bei Lucia unter und will sie mitnehmen. »Bleibt doch noch etwas hier«, entfährt es Tito. Bella grinst ihn fies an. »Vergiss es, TITO!« Er muss lachen und als Bella Leandro auf ihren Arm nehmen möchte, zieht ihn Raul von Juans Schoß auf seinen. »Nein, geht ihr mal alleine, er bleibt bei uns Männern, wo er hingehört.« Bella lacht leise, auch Leandro macht keine Anstalten, mit den beiden mitgehen zu wollen. »Na gut, aber er muss etwas essen«, ermahnt Bella ihren Cousin.

Raul schwenkt seine Gabel, mit der er gerade Leandro gefüttert hat, während Bella mit Lucy in Richtung ihres Hauses geht. Als Tito einen Blick auf Lucias kleinen aber festen Po bekommt, klopft Pepo ihm auf die Schulte. »Ein Engel.« Tito kann sich ein Grinsen nicht verkneifen und sieht den beiden hinterher. Mal sehen, was die beiden Wochen bringen.

Bei Bellas altem Zuhause kann Lucy erst mal wieder durchatmen, das Aufeinandertreffen mit dieser Horde wilder Männer hat sie doch leicht umgehauen. Zwar kannte sie alle schon von Fotos, aber sie dann so in Wirklichkeit vor sich zu sehen, ist doch noch einmal ein Unterschied. Aber auch wenn alle ziemlich furchteinflößend wirken und Lucy sich immer noch Gedanken um den armen jüngeren Mann mit der blutenden Nase macht, ist ihr nicht entgangen, dass all diese breiten, gefährlichen Männer, sobald es um Bella oder Leandro geht, ganz weich werden.

Dieser Tito hat sie mit seiner plötzlichen Aufmerksamkeit ziemlich überrumpelt. Sie mochte ihn auch damals am Telefon, seine freche, ungestürmte Art und Weise war etwas Erfrischendes für sie in ihrem tristen Studentenalltag. Doch als sie damals die Fotos von Bellas Hochzeit gesehen hat und das erste Mal ein Bild von ihm vor Augen hatte, war es schwer für sie, sich an den lustigen Mann vom Telefon zurückzuerinnern.

Heute hatte sie das wieder. Zwar zieht Tito noch genauso furchteinflößend gut aus wie auf den Fotos, na ja, zugegebenermaßen sogar noch etwas besser, doch sie hat auch den forschen, witzigen Tito wiedererkannt. Und Lucy muss sich eingestehen, dass Tito wirklich sehr gut aussieht. Seine dunkle Haut, die braunen kurzen Haare, der Dreitagebart und vor allem diese Augen haben sie gleich fasziniert.

Lucy konnte nie viel mit Psychologie anfangen, Bellas Lernen und ihre Aufsätze waren damals für Lucy immer nur ein großes Fragezeichen, doch bei Titos Augen ist selbst in ihr, in diesen kurzen Minuten, der Wunsch hochgekommen mehr zu erfahren. Sie sind zwar braun, aber man erkennt einen leichten Grünstich darin, sie wirken hart, als hätten sie schon alles gesehen und nichts könnte ihnen mehr ein Bild vorsetzen, was sie noch mehr schockieren könnte, als das bereits Gesehene, doch wenn er lacht, schimmert etwas Liebevolles durch. Wenn er Bella umarmt oder den kleinen Leandro küsst, ja selbst als er Lucy kurz umarmt hat, wurde ihr bewusst, dass da noch viel mehr dahintersteckt, als einfach nur eine harte Schale. Noch immer liegt Lucy sein Geruch in der Nase, anders als der von Cameron, der schon seit Jahren das gleiche Eau de Toilette von Davidoff benutzt. Tito riecht anders, herber, männlicher, anziehend und doch schon fast warnend. Wenn auch auf eine anziehende Weise. Lucy schüttelt leicht den Kopf, diese Warnung sollte sie ernst nehmen.

Bellas Mutter ist eine wirklich aufmerksame und liebevolle Frau. Sie hat die gleichen langen, braunen Haare wie Bella und die gleichen Augen. Sobald beide das Haus betreten haben, werden sie gedrückt und Lucy bestimmt zehnmal die Wange getätschelt und ihr versichert, wie schön sie doch sei.

Nachdem die Mutter Bella ermahnt hat, ihren Sohn öfter vorbei zubringen und sie etwas, was sich wie ein kleiner Fluch angehört hat, ausgestoßen hat darüber, dass Leandro bei den Männern geblieben ist, setzen sich Bella und Lucy an einen großen Tisch in der Küche. Während Bellas Mutter ihnen Essen auftut und sich eine Tante von Bella zu ihnen setzt, fangen die Frauen an zu plaudern.

Bellas Mutter scheint nicht sehr begeistert von Amerika zu sein, trotzdem findet sie es toll, dass Lucy dort Jura studiert. Mitten in ihrem Gespräch kommt auch Sara in die Küche und begrüßt alle mit einem Kuss auf die Wange, auch Lucy und ihr kommt es so vor, als hätten die Frauen in der Küche sie schon nach so kurzer Zeit vollkommen in ihrer Mitte aufgenommen. Als sich Sara auch setzt und nach Juan fragt, mischt sich Bellas Mutter gleich ein. »Der hat mir wieder meinen Enkel geklaut, es wird Zeit, dass er selber Vater wird.«

Bellas Mutter hat das sicher nicht böse gemeint, doch weder Lucy noch Bella entgeht, dass Sara bei der Bemerkung zusammenzuckt. Bella wirft ihr einen mitfühlenden Blick zu, doch Sara wechselt gleich das Thema und sie reden weiter über Lucys Studium. Da Lucy es hasst, im Mittelpunkt zu stehen, ist sie sehr erleichtert, als sich Bella einklinkt und beide von ihren ersten Wochen in New York erzählen. Wie sie die ganze Stadt erkundet haben, nächtelang aus waren und alle Eindrücke der Stadt in sich aufgesogen haben. Nachdem alle aufgegessen haben, verabschieden sich die drei und Bella verspricht ihrer Mutter, morgen Leandro zu ihr zu bringen, da Lucy, Sara, Jennifer und eine gewisse Sam, die Lucy noch nicht kennengelernt hat, eine Shoppingtour machen wollen.

Sie kehren über die Straße in das andere Haus zurück, welches offenbar ein Treffpunkt für die Männer zu sein scheint. Lucy versucht diesen Begriff Gang aus ihrem Kopf zu streichen, Familia, so wie Bella es nennt, hört sich für sie so viel freundlicher an. Doch als sie das Haus betreten, merkt Lucy, dass, egal wie sie es nennt, es nichts an der Tatsache ändert, was es ist.

Mittlerweile ist der Garten dieses Punto-Hauses, wie Bella es auch nennt, viel voller als vorher. Lucy hat nicht einmal eine Vorstellung davon, woher auf einmal die vielen Männer kommen, die sich jetzt am Abend um den Pool, an Tischen zum Kartenspielen, im Pool und auch so im Garten verstreut haben. Es wird laut Musik gespielt und Lucy bemerkt, dass auch ein paar Frauen anwesend sind. Einige sind mit den Männern im Pool, andere sitzen bei den Männern auf dem Schoß, manche tanzen auf dem Rasen. Lucy kommt nicht umhin, fasziniert auf diese hübsche Frauen zu schauen, die sich hier nun herumtummeln.

Diese braunen, wohlgeformten Körper, dieses Selbstbewusstsein, welches jede einzelne von ihnen hier zeigt, beeindruckt sie. Lucy ist nicht krankhaft schüchtern, doch jetzt hier in ihrem einfachen Kleid, mit ihrer hellen Haut und den hellblonden Locken wäre sie am liebsten unsichtbar.

»Meine Güte, was ist denn jetzt schon wieder los? Die findet aber auch immer einen Grund zu feiern«, murrt Sara leise und Bella lacht, als sie sich zusammen den Weg durch den Garten schlagen. Lucy registriert, dass jeder hier ihnen respektvoll zunickt, manche geben Sara und Bella auch ein Küsschen auf die Wange. Aber vor allem bemerkt Lucy, wie fast alle Männer ihr einen interessierten Blick zuwerfen und sie wünschte sich, noch mehr unsichtbar zu sein.

Als sie endlich Leandro entdecken, der sich auf Titos Arm befindet und von mehreren Frauen entzückt betrachtet wird, steuern sie direkt darauf zu. Bella nimmt Leandro von Titos Arm und die Frauen gehen schnell weg. Anscheinend kennen sie Bellas Temperament, das Lucy auch schon ein paar mal miterleben konnte.

»Was feiert ihr schon wieder? Bella zickt Tito ein wenig an, der strahlt aber gleich unbeeindruckt zu Lucy. »Saul hat gerade seine Plaka bekommen, bleibt noch etwas. Leandro hat bis gerade geschlafen, er ist sofort bei Raul auf dem Schoß eingeschlafen, nachdem er satt war.«

Bella will wahrscheinlich gerade protestieren, als Sara sich einmischt. »Ja, bleibt noch kurz, dann muss ich das nicht alleine durchstehen.« Bella murrt leise, aber geht in Richtung des Hauses, das hier auf dem Grundstück steht. »Na gut, ich werde erst mal Leandro wickeln.« Tito grinst zufrieden, und Sara sieht sich um. »Wo ist Juan?« Tito zeigt in die Richtung, in die auch Bella gerade geht. »Der ist auch im Haus, er weist Saul noch etwas ein.« Sara sieht Lucy fragend an, doch bevor sie mitteilen kann, dass sie Sara begleitet, mischt sich Tito wieder ein.

»Ich denke nicht, dass Lucia unbedingt interessiert daran ist, an was für Regeln sich Saul zu halten hat. Ich passe schon auf unseren Engel hier auf.« Lucy sieht empört zu Tito, doch der scheint sein Grinsen heute nicht mehr abzulegen. Sara lacht leise. »Okay, wir sind gleich wieder da.« Mit diesen Worten geht auch sie ins Haus.

»Womit habe ich denn die Bezeichnung Engel verdient?« Lucy kann nicht verhindern, dass ihr Ton etwas herausfordernd klingt, doch Tito scheint das nicht zu stören. Er nimmt eine ihre Locken in seine Hand und tritt einen Schritt näher zu ihr. »Schon mal in den Spiegel geschaut?« Lucy weiß nicht, worüber sie sich mehr aufregen soll, von seiner Bemerkung oder seiner ungenierten Art sie anzufassen. Doch bevor Lucy überhaupt ihre Empörung zum Ausdruck bringen kann, wendet Tito sie an ihren Schultern um. »Schon mal la brisca gespielt?« Tito führt sie zu einem Tisch, an dem Lucy zwei der Cousins von Bella erkennt und diesen Mann mit der Narbe, den sie schon gestern zusammen mit Paco getroffen hat. Zudem sitzen da noch zwei weitere Männer, Tito stellt sie Lucy vor. Einer der anderen Männer ist Miko, ein weiterer Cousin von Bella. Alle rücken etwas zusammen und Tito holt zwei weitere Stühle. Eigentlich hat Lucy nicht vor mitzuspielen, aber irgendwie ist es unmöglich, sich diesen Männern in irgendeiner Art zu entziehen.

Eigentlich wollte Tito, dass Lucia nur etwas am Spiel teilnimmt und sie weiterhin um sich haben, er kann es nicht lassen sie zu schockieren, er liebt es, wenn ihre Hautfarbe einen leichten Rotton annimmt und sie ihn empört ansieht. Doch nach ein paar Runden hat Lucia sich offensichtlich eingespielt und hält ziemlich gut mit. Zweimal hat sie Chico schon richtig fertig gemacht, sie schaut auch nicht mehr verwundert, wenn einer von ihnen flucht oder den anderen beleidigt.

Bella und Sara sind mittlerweile auch dazu gestoßen und mit Bellas Hilfe gewinnt Lucia nur noch. Irgendwann steht sie allerdings auf und wechselt mit Bella den Platz. Als sie in Richtung Haus geht, steht Tito ebenfalls auf und folgt ihr. »Wohin?« Sie dreht sich zu ihm und lächelt leicht. »Ich habe Durst, ich wollte mal nachsehen, was es im Haus noch gibt.« Tito hält ihr die Tür auf und dirigiert sie durch das Wohnzimmer, in dem schon ein paar Männer schwer mit Chicas beschäftigt sind.

Auch wenn Lucia versucht, nicht so leicht in Verlegenheit zu geraten, merkt Tito doch, dass sie schnell den Blick senkt. In der Küche zeigt er ihr, was sie für eine Auswahl hat und ist nicht sonderlich erstaunt, als sie nur eine einfache Cola möchte. Nachdem er ihr das Glas gegeben hat, lehnt sie sich an die Küchentheke und trinkt. Tito tut es ihr gleich.

Innerlich flucht er leise, er ist scharf auf diesen New Yorker Engel. Wäre sie so wie die Chicas hier, würde er nicht lange fackeln und sie sich einfach schnappen, aber mit Lucia weiß er nicht so recht umzugehen. Sie würde ihm wahrscheinlich eine

Ohrfeige verpassen und dann losschreien oder andersherum. Also stellt er sich brav neben sie und versucht, mit ihr ins Gespräch zu kommen.

Erstaunlicherweise dauert es nicht lange und sie haben wieder diesen Draht zueinander, den es damals am Telefon schon oft gab. Tito genießt es, dieses Mal ihre Reaktion nicht nur zu hören, sondern auch zu sehen. Aus dieser Nähe erkennt er ihre Augenfarbe besser, sie hat einen veilchenfarbenen Ton mit ein paar goldenen Sprenkelungen drinnen, sehr ungewöhnlich. Sie hat ein süßes Lachen und er merkt, dass er sie offensichtlich etwas verwundert.

Lucy ist mehr als überrascht, als sie erkennt, dass Tito sich noch ziemlich gut an ihre Gespräche am Telefon erinnern kann. Er scheint ihr damals wirklich gut zugehört zu haben, denn er erinnert sich an viele Kleinigkeiten, bei denen sie schon fast vergessen hat, sie jemals vor ihm erwähnt zu haben. Gerade als die beiden anfangen, sich über ihre alte Diskussion, seine Vorurteile, gegen die prüden Amerikaner hineinzubegeben, taucht Bella in der Küche auf.

»Wollen wir langsam? Leandro muss ins Bett.« Bella sieht etwas misstrauisch von Tito zu Lucy, und diese nickt schnell. »Okay, klar.« Bella gibt Tito einen Kuss, der noch einmal zu Lucy lächelt.

»Bis dann, Engel.«

Kapitel 3

Der nächste Tag, so ganz unter Frauen, wird wirklich sehr lustig. Sara, Bella, Jennifer und auch Sam, die Lucy nun endlich kennenlernt, sind großartig. Lucy fühlt sich unheimlich wohl und sofort in der Gruppe aufgenommen. Sie fahren extra in eine etwas weiter entferntere Stadt, wo die Einkaufsmöglichkeiten viel umfangreicher sind. Auch wenn Lucy nicht mal im Traum daran denken kann, so zuzuschlagen wie es die anderen Frauen tun, genießt sie den Einkaufsbummel.

Sie kauft sich ein paar neue Sommersachen, welche sie hier sehr gut gebrauchen kann. Die anderen, vor allem Sam, die selbst eine Boutique besitzt, überreden sie, etwas von ihrem sonstigen ziemlich schlichten Stil abzuweichen und etwas gewagterer Kleidung zu probieren. Auch wenn Lucy erst etwas unsicher ist, muss sie schließlich doch einsehen, dass die Sachen, die ihr die anderen in die Umkleidekabine reichen, doch gar nicht so schlecht sind und sie greift letztlich ganz schön zu.

Als sich die Frauen dann endlich in ein Restaurant zurückziehen und etwas essen, erzählt Sara allen von einer der in letzter Zeit immer häufiger werdenden Auseinandersetzungen zwischen ihr und Juan, die gestern Nacht noch bei der Feier passiert ist. Juan scheint genervt zu sein, dass Sara nicht mehr so tut, als wäre für sie die Beziehung, so wie sie momentan ist, in Ordnung. Für Sara steht gerade alles an einem Wendepunkt. Sie ist mit Juan so lange zusammen, hat ihm viel verziehen und für ihre Liebe gekämpft, aber sie hat genug davon, ständig darauf zu warten, dass Juan anfängt, auch für sie und ihre Beziehung Verantwortung zu übernehmen und nicht nur für die Familia.

Alle stimmen ihr da vollkommen zu, mehr noch, Sam, Jennifer und Lucy können kaum verstehen, warum sie das schon so lange mitgemacht hat, nur Bella enthält sich dieser Aussage, auch wenn sie Sara versteht. Lucy bemerkt ihren Zwiespalt, da sie Juans

Schwester ist, für Bella ist die ganze Situation sicherlich nicht einfach.

Als sie erst am Abend wieder nach Hause kommen, hat Paco schon seinen Sohn bei der Schwiegermutter abgeholt und sitzt mit Rodriguez und zwei weiteren Männern zusammen im Garten. Sam und Sara fahren zurück in das Punto-Haus und Jennifer erlöst ihren Mann von den beiden Jungs. Bella stellt die beiden anderen Männer als Mano, Pacos besten Freund und Ramos, einen von Pacos Cousins vor. Sie sitzen noch etwas zusammen und so langsam gewöhnt sich Lucy wirklich an diese Männer, von denen sie hier umgeben ist.

Sie alle wirken brutal und hart, was sie sicher auch sein können, aber wenn sie einem nicht böse gesonnen sind, sind sie ganz liebe Kerle. So lassen sie den Abend langsam ausklingen. Abgesehen von Rodriguez, der sich kaum an dem Gespräch beteiligt, unterhalten sie sich und selbst über die gewöhnungsbedürftigen Witze der Männer muss Lucy bald schmunzeln.

Bevor sie am nächsten Tag überhaupt planen können, was sie unternehmen, erhält Bella einen Anruf von Tito. Bella ist zwar zu Beginn des Telefonates nicht so begeistert, aber irgendwie scheint Tito sie zu überreden und als sie Lucy fragt, hat auch diese nichts dagegen, einen Poolnachmittag mit Grillen im sogenannten Punto-Haus zu verbringen.

Auch Paco scheint heute nichts weiter vorzuhaben und so fahren sie, nachdem sie und Bella etwas zusammen am Laptop in die Arbeiten in der Uni und Bellas Planungen für die Kita hineingesehen haben, zusammen mit Chico ins Punto-Haus. Als sie dort ankommen, ist es schon gut gefüllt. Allerdings stellt Lucy erleichtert fest, dass es nicht so schlimm wie das letzte Mal ist. Lucy erkennt Bellas Cousins, Juan und Tito. Sara und Sam sind auch da und noch ein paar andere Männer und Frauen, aber es scheint, als wären nur wenige der sogenannten Familia eingeladen. Sie werden begrüßt, und Leandro wechselt innerhalb weniger Sekunden von Pacos auf Mikos Arm.

40

Lucy kommt nicht umhin zu bemerken, dass die meisten Männer hier sehr gut gebaut sind. Da es sehr heiß ist und sie ja einen Pooltag verbringen, haben die meisten nur eine Shorts an. Als sie bei Pepo, einem der wenigen, der eine Jeansshort und ein Unterhemd trägt, eine Waffe im hinteren Hosenbund entdeckt, versucht Lucy krampfhaft es zu ignorieren.

Automatisch fallen ihr die vielen Debatten ein, die sie während des Studiums schon wegen der Waffengesetze hatte, doch sie hält daran fest, dass es hier einfach anders ist und versucht, sich mit dem Gedanken selbst zu beruhigen. Auch Tito trägt nur eine einfache schwarze Shorts. Sobald er Bella, Lucy, Chico, Paco und Leandro entdeckt, verlässt er den Grill, wo er gerade noch mit Raul diskutiert hat und kommt zu ihnen.

Lucy kann nun seine Tätowierung am Hals richtig erkennen, es ist ein Kreuz. Tito ist sehr muskulös und Lucy wendet den Blick bewusst ab, als er mit diesem frechen Grinsen und dem traumhaften, braungebrannten Oberkörper zu ihnen kommt. Er begrüßt alle, aber diesmal wundert es Lucy nicht mehr, dass er auch sie kurz umarmt. Sara und Sam haben, genau wie Bella und Lucy, beide nur leichte Kleider und einen Bikini darunter an. Die anderen anwesenden Frauen tragen allerdings nur einen Bikini und höchstens noch eine knappe Shorts dazu.

Lucy beschließt, ihr Kleid heute anzulassen und auf eine Abkühlung im Pool zu verzichten, als sie erneut die vielen Kurven der anderen Frauen vor sich sieht. Alle verteilen sich etwas, Bella und Lucy setzen sich an den Pool und lassen die Beine im kühlen Nass baumeln, während sie beobachten, wie Chico und Miko mit Leandro im Pool planschen, anders kann man das nicht nennen. Leandro findet es furchtbar witzig, aufs Wasser zu schlagen und alle nass zu spritzen.

Der Nachmittag wird wirklich gemütlich, alle genießen das Wetter und die Stimmung ist gut. Als die Männer es irgendwann geschafft haben, das Fleisch zu grillen, bringt Tito Bella und Lucy jeweils einen mit gegrilltem Fleisch und Gemüse überladenen Teller und setzt sich zu ihnen. Man spürt, dass zwischen Bella und Tito eine besondere Beziehung existiert. Bella hat Lucy erzählt, dass sie sehr an Tito hängt und das spürt man, auch wenn die beiden sich immer wieder necken.

Als Bella dann auch in den Pool geht, sitzen Tito und Lucy noch eine Weile allein zusammen und Tito versucht, Lucy über Cameron auszufragen. Lucy weicht diesem Thema gekonnt aus, was Tito zwar sicherlich nicht entgeht, doch er tut das alles wie immer mit einem Grinsen ab. Als Lucy allerdings erwähnt, dass ihr allmählich zu heiß wird, springt er auf, als hätte er nur auf dieses Stichwort gewartet.

Tito sieht Lucia herausfordernd an. »Dann ab in den Pool«, doch wie zu erwarten schüttelt sie nur den Kopf. »Nein, ich gehe einfach etwas mehr in den Schatten.« Tito hält Lucia am Arm fest. »Sag ich doch, Amerikaner sind prüde, was ist dabei, in den Pool zu gehen?« Einen Moment sieht sich Lucia um und fast denkt Tito schon, sie würde einfach weiter laufen, als sie plötzlich an ihre Schultern greift und die Schleifen an ihrem Kleid löst, die das einzige sind, was dieses an ihrem Körper hält. Tito kann es nicht verhindern, dass sein Blick an ihrem Körper heruntergleitet.

Lucia ist schlank und fest, ihre Haut ist so hell und cremig. Sie wird leicht rot, als sie seinen Blick bemerkt, doch bevor Tito etwas sagen kann, wird er mit einem kräftigen Stoß in den Pool geworfen. So etwas passiert ihm normalerweise nicht, er ist immer wachsam, da er die anderen kennt, aber nun gut, er war wohl etwas zu abgelenkt. Als Tito wieder auftaucht, steht Lucia neben Pepo am Beckenrand und beide lachen.

Tito gibt Pepo ein Zeichen und keine Sekunde später plumpst Lucia zu ihm ins Wasser. Als sie auftaucht, spritzt sie Tito sofort mit Wasser voll. »Du hast ihm gesagt, er soll das machen«, beschwert sich der Engel und Tito schwimmt näher zu ihr, um ihre Arme festzuhalten, mit denen sie ihn nassspritzt. »Hast du mich auch nur ein Wort sagen gehört?« Lucia hört auf, als er so nah bei ihr steht und sich ihre Augen vereinen. Fasziniert betrachtet Tito die leichten Goldsprenkelungen, die durch die Sonne noch so viel besser zu sehen sind, und auch sie scheint in seinen Augen etwas zu suchen.

»Hey ihr beiden, hier sind Kinder anwesend«, unterbricht Miko ihren Augenkontakt und geht mit Leandro im Arm in Richtung Pooltreppe an ihnen vorbei. Lucia macht ihren Arm los und schwimmt zu Bella, um mit ihr ein paar Runden zu schwimmen. Tito verflucht Miko innerlich und der grinst ihn beim Verlassen des Pools an, als wüsste er dies genau.

Bis zum Abend hat Tito keine Möglichkeit mehr, mit Lucia allein zu sein, trotzdem bemerkt er ihre Blicke und ist sich sicher, dass auch sie sich von ihm angezogen fühlt. Es ist nur noch die Frage, wie er sie dazu bekommt, sich das selbst einzugestehen. Doch bevor Tito sich einen Plan ausdenken kann, bemerken er und auch alle anderen, dass Sara und Juan in einer Ecke eine etwas lautstarke Diskussion anfangen. Alle versuchen es nicht zu beachten, doch als Sara wütend aus dem Garten geht, folgt Bella ihr und vernichtet Juan einmal mehr mit ihren Blicken.

Tito geht zu Juan, der sich wütend auf einen Liegestuhl setzt und sich ein Bier aufmacht. Er lässt sich neben seinem ältesten Freund auf einem anderen Liegestuhl nieder und schaut zu ihm. »Alles klar? Was ist schon wieder los?« Juan schnauft wütend auf. »Schon wieder ist das richtige Wort. Scheinbar habe ich ihr mal wieder zu lange auf andere Ärsche gestarrt.« Tito lehnt sich zurück und sieht in den Himmel. »Hast du?« Lange folgt keine Antwort, doch Tito weiß, dass sie kommen wird, er kennt Juan. »Was mich ankotzt ist, dass es nicht darum geht. Wir beide wissen das … jeder weiß das.« Tito sieht zu ihm. »Warum tust du es nicht einfach, Juan? Du liebst Sara, heirate sie.«

Juan wendet den Blick nicht zu Tito, sondern nimmt noch einen Schluck von seinem Bier. »Und wenn das alle wissen, was ist so schlimm wenn nicht? Was ist so schlimm, einfach so zu leben und wer sagt denn, dass es genau jetzt sein muss? Wieso muss ich denn, nur weil wir so und so lange zusammen sind und andere heiraten, dasselbe tun? Wieso reicht ihr es plötzlich nicht mehr aus, dass ich sie liebe?« Tito wendet den Blick ebenfalls wieder ab. »Meine Güte, ich bin heilfroh, nicht den ganzen Mist am Hals zu haben, ich hätte für so etwas keinen Nerv.« Juan lacht leise auf. »Amen Bruder.«

Am nächsten Tag kommt Tito leider nicht dazu, Lucia zu sehen, da Sara stinksauer auf Juan ist und der sich offenbar allem entziehen will. Somit fahren sie mit Pepo und Raul in die anderen Städte, um mal wieder überall nach dem Rechten zu sehen. Unnötig, aber Juan in seiner jetzigen Laune darauf aufmerksam zu machen, wäre nur noch schlimmer.

Als sie erst mitten in der Nacht wieder ins Punto-Haus kommen, trifft Tito wenigstens auf Susana, eine kleine aber sehr temperamentvolle Frau, mit der er schon des öfteren seinen Spaß hatte. Als er bemerkt, dass Juan sich anstatt sich abzulenken, grübelnd an einen Tisch setzt und beim Kartenspielen zusieht, nimmt Tito Susana mit ins Cielo und ist glücklich, dass er es nicht so kompliziert hat.

Als Lucy am nächsten Morgen die Küche betritt, scheint schon einiges los zu sein. Lucy nimmt sich ein Brötchen und setzt sich zu Paco, der vor sich hin grinst, während Bella ziemlich wütend umherläuft. »Ich habe dir gesagt, dass wir hier feiern sollen.« Bella knallt die Schranktür zu. »Ja, das weiß ich, ich erledige das, am besten sofort. Lucy, können wir los, sonst platze ich noch.« Lucy nickt und steht mit dem Brötchen in der Hand auf. »Tut mir leid, wir frühstücken nachher im Einkaufszentrum nochmal, ich muss dringend etwas erledigen.«

Bella packt ein paar Sachen für Leandro zusammen, und Paco grinst noch immer. »Soll ich sie vorwarnen?« Bella geht zu ihrem Ehemann und gibt ihm einen Kuss. »Das lässt du schön bleiben.«

Er lacht leise und Lucy muss auch lächeln, offensichtlich amüsiert Paco Bellas Wut, vielleicht auch nur die Tatsache, dass sie anscheinend nicht ihm gilt. Paco hebt noch einmal zur Verabschiedung die Hand hoch und Bella, Lucy und Leandro verlassen das Haus und gehen zum Auto.

Während der Fahrt denkt Lucy an den schönen Tag, den sie gestern mit Sara und Sam hatte. Sie sind in eine andere Stadt gefahren, wo eine Art Jahrmarkt statfand. Mit vielen Tänzen, Karussells, alles war bunt und sie haben sich unglaublich gut amüsiert, auch wenn Sara sich sehr bemühen musste, um wenigstens den Anschein erhalten zu können, es wäre alles in Ordnung.

Lucy hat noch keine Ahnung, was passiert ist, dass Bella so wütend ist, denn die hat genau bei ihrer Anfahrt, einen Anruf von einem Mann bekommen, der übermorgen auf Leandros Geburtstagsparty den Clown spielen soll und das Gespräch endet erst, als Bella vor einem Haus stehen bleibt. Lucy erkennt, dass es nur ein paar Häuser neben dem Punto-Haus liegt, doch noch immer weiß sie nicht, was sie hier sollen, eigentlich wollten sie heute noch Besorgungen für den Geburtstag machen.

Anstatt anzuklopfen oder sich sonst irgendwie anzumelden, geht Bella in den Garten durch die offenstehende Terrassentür und Lucy bleibt nichts anderes übrig, als ihr mit Leandro auf dem Arm zu folgen. Innen ist alles noch abgedunkelt, trotzdem erkennt Lucy, dass dieses Haus zwar auch sehr teuer aber deutlich männlicher eingerichtet ist.

Ein riesiger Fernseher hängt an der Wand, davor eine große Ledercouch und davor ein Tisch, auf dem etliche Coladosen und Bierflaschen stehen. Mehrere Spielkonsolen liegen vor dem Fernseher und ein paar Spielautomaten stehen an den Wänden. Überall liegen Kleidungstücke auf dem Boden und als Lucy einen Blick in die Küche wirft, wendet sie den lieber schnell wieder ab.

Dieses Haus hat kein oberes Stockwerk, dafür ist es sehr lang. Bella geht zur ersten Tür und öffnet sie. »Aufstehen«, ruft sie sauer in den Raum und Lucy erkennt noch nicht, wen sie da eigentlich weckt. Nachdem sie das auch bei zwei anderen Räumen gemacht hat, geht sie in den dritten ganz hinein und reißt die Gardine auf. Als Lucy hinterher geht und am Türrahmen stehen bleibt, sieht sie in ein unordentliches Zimmer, in dem sich Tito müde aus dem Bett aufsetzt und zu Bella schaut.

»Was zur Hölle soll das? Bist du wahnsinnig? Ich bin gerade erst eingeschlafen.« In dem Moment erhebt sich auch eine dunkelhaarige Frau aus seinem Bett und sieht etwas erschrocken zwischen Lucy und Bella hin und her. Lucy spürt wie sie rot wird, obwohl ihr das Ganze doch am allerwenigsten unangenehm sein sollte.

Erst durch den Blick der Frau bemerkt Tito, dass Lucy auch da ist und sobald er sie erblickt, hat er seine schlechte Laune vergessen und sein Grinsen lässt Lucy schmunzeln, ihm scheint das alles zumindest überhaupt nicht unangenehm zu sein. Als er dann von Bella ein Shirt an den Kopf geworfen bekommt, muss Lucy leise lachen. »Ich muss mit euch reden. Ohne Anhang!« Mit diesen Worten stürmt Bella aus dem Zimmer und verdreht die Augen.

Im Wohnzimmer steht mittlerweile ein müder Raul nur in Boxershorts und kratzt seinen Kopf. »Was machst du so einen Alarm, Bella? Es ist nicht ungefährlich, hier so einfach reinzustürmen«, gähnt er und geht in die Küche, allerdings nicht ohne Leandro von Lucys Arm auf seinen zu nehmen und Lucy dabei verschmitzt anzugrinsen.

Bella schnauft nur aus und ruft nach Miko und Pepo. »Auch wenn du dich weigerst zu behaupten, du wohnst hier und trotzdem jede Nacht hier schläfst, meine ich auch dich .... Chico«, ruft sie noch hinterher, doch es dauert noch ein paar Minuten, bis die angesprochenen Herren im Wohnzimmer erscheinen. Alle sehen sehr wütend aus und Lucy fragt sich, ob Bella wirklich weiß, was sie da tut. Bella steht unbeeindruckt inmitten all der Männer und verschränkt die Arme, während alle zu ihr blicken.

»Was soll das? Leandro hat übermorgen Geburtstag und ihr habt noch nichts vorbereitet? Keine Hüpfburg steht, die Piñatas sind nicht befestigt ... nichts! Stattdessen macht ihr hier lieber mit irgendwelchen Chicas herum.« Das war eine klare Ansage, alle Männer stöhnen leicht auf, doch Chico meldet sich zuerst zu Wort.

»Heute Abend ist doch noch die Feier hier, sollen die alle etwa auf den Hüpfburgen rumhüpfen und wenn jemand zu viel getrunken hat, können wir für keine Piñatas garantieren.« Chico grinst Bella an und Miko lacht, doch Bella geht nur einen Schritt auf Chico zu und sticht mit dem Finger gegen seine Brust. »Wirklich? Und was sollen die Kinder machen, wenn ihr das vergesst? Sollen sie etwa um eure Tische sitzen und Karten spielen?«

Nun mischt sich Tito ein. Irgendwie wissen alle, dass er am meisten auf Bella einwirken kann, woran das liegt, hat Lucy bisher noch nicht herausfinden können. »Okay Princesa, wir machen es heute noch, versprochen, nur um die Hüpfburgen kümmern wir uns erst nach der Party. Denkst du etwa, wir lassen es zu, dass Leandro keinen schönen Geburtstag hat? Du weißt, dass wir alles für ihn tun würden.«

Bella scheint sich diesmal aber nicht so leicht milder stimmen zu lassen und dreht sich zu Lucy und somit zum Gehen um. »Ich hoffe es für euch, meine lieben ...« Sie grinst Lucy frech an und dreht sich noch einmal zu ihren Cousins um. »Und übrigens werde ich Mama mal sagen, dass sie hier heute Nachmittag mal nachsehen soll, wie es so aussieht.« Sie lacht und Lucy und sie gehen zum Ausgang. »Bella, das kannst du jetzt aber nicht machen«, hören sie noch Miko rufen und verlassen lachend das Haus.

Nach einem etwas stressigen Tag, an dem Bella, Lucy und Leandro tonnenweise Süßigkeiten und Spielsachen gekauft, Kuchen geordert und sonstiges Zubehör für eine große Kinderparty besorgt haben, machen sie sich einen entspannten Nachmittag am Pool. Am Abend begeben sie sich auf den Weg zum Punto-Haus, wo heute diese Feier stattfindet. Bella meint irgendwas von einem Geburtstag, von jemandem aus den engeren Kreisen, aber Lucy hat das Gefühl, dass man hier jeden Grund nimmt, um eine Party zu feiern.

Leandro lassen sie heute bei Jennifer und Ramos, die sich schon beschwert haben, dass sie den Kleinen nie bei sich haben können. Lucy merkt, dass es Bella schwerfällt, Leandro so oft wegzugeben und dass sie das nur tut, um Zeit mit Lucy verbringen zu können, und sie weiß das zu schätzen. Heute hat sich Lucy extra lange zurechtgemacht. Auf der letzten Feier kam sie sich ziemlich unauffällig vor neben all den wunderschönen Frauen. Sie zieht ein Kleid an, welches sie zusammen mit den anderen Frauen ausgesucht hat. Es ist pfirsischfarben und ist etwas kürzer, als ihre üblichen Kleider normalerweise sind. Trotzdem fühlt sie sich nicht unwohl, eher etwas passender angezogen, als sie den Garten betritt und die anderen Frauen sieht.

Es ist dieses Mal wieder etwas voller und sofort, als sie mit Rodriguez, Paco und Mano eintreten, gesellen sich Sara und Sam zu ihnen. Sara sieht heute umwerfend aus und bei dem Blick, den Juan andauernd zu ihr wirft, versteht Lucy auch warum. Offenbar haben die beiden immer noch Streit. Es dauert nicht lange und die Frauen setzen sich zusammen an einen Tisch, mittlerweile hat sich Lucy schon an alle Anwesenden gewöhnt. Frauen wie Männer haben sie nett begrüßt. Auch Tito hat sie wieder angegrinst, trotzdem ist er aber bei Juan und Raul sitzen geblieben, als sich Paco und Rodriguez zu ihnen gesellt haben.

Miko und Chico setzen sich allerdings zu Lucy, Bella, Sara und Sam und bringen die vier mit ihrer lustigen Art ständig zum Lachen. Bella scheint ihren Ärger von heute Morgen schon wieder vergessen zu haben, auch Lucy sieht, wie im Garten inzwischen schon angefangen wurde zu schmücken. Überall hängen Piñatas und um die Schaukel sind Bänder gebunden, obwohl sie das wohl eher Sara und Sam als den Männern zuordnet.

Der Abend ist wirklich sehr lustig, aber Lucy ärgert sich über sich selbst, als sie immer wieder einen Blick zu Tito wirft. Eigentlich sollte sie abgeschreckt sein, wie er so dasitzt, hin und wieder hat er eine der anderen Frauen auf seinem Schoß und vor sich auf dem Tisch hat er eine Waffe zu liegen, doch Lucy blickt zu seinen massigen Armen, seiner Tätowierung am Hals, seinem ansteckenden Grinsen und seinen großen Händen und versteht sich selbst nicht mehr.

Es wird später, die Stimmung ausgelassener, und als die Musik immer lauter wird und immer mehr Leute tanzen, zieht Bella Lucy auf den Rasen und beide haben ihren Spaß, als sie zusammen tanzen, so wie damals, als sie fast jede Nacht New York unsicher gemacht haben. Es dauert nicht lange und Tito gesellt sich zu ihnen, sofort tanzt er mit Lucy.

Bella wendet sich lachend ab und Lucy muss sich eingestehen, dass es ihr nicht unangenehm ist, als Tito seine Hände besitzergreifend auf ihre Hüften legt und sie sich zusammen bewegen. »Ich wusste gar nicht, dass Amerikaner so gut tanzen können«, flüstert Tito ihr ins Ohr und bei Lucy bildet sich eine Gänsehaut, sobald sie seinen warmen Atem auf ihrer Haut spürt.

»Ich denke, es gibt so einiges, was du nicht von den Amerikanern weißt«, flüstert Lucy zurück und fragt sich dabei selbst, was in sie gefahren ist, als sie sich näher an ihn schmiegt. Innerlich schiebt sie es auf die zwei Bier, das andere Land, die ungewohnte Situation, einfach das Unbekannte, was sie gerade reizt und leichtsinnig werden lässt, letztlich will sie es einfach so.

Tito grinst, und seine eine Hand fährt über ihre Haare und ihre Wange entlang. »Du hast unglaublich weiche Haut.« Lucy sieht ihm in die Augen und verliert sich für einen kleinen Augenblick darin. Auch Tito scheint es so zu gehen, denn erst, als sie auf einmal lautes Geschrei hören, sehen beide zur Seite.

Sara und Juan scheinen gerade einen handfesten Streit zu haben, diesmal kann niemand so tun, als würde er dies nicht bemerken. Juan hält Sara am Arm fest. »Was willst du eigentlich ...?« Miko stellt die Musik ab, Juan scheint nicht nur wütend, sondern auch mehr als angetrunken zu sein. Miko will gerade etwas sagen, um die Situation zu entschärfen, doch weder Juan noch Sara nehmen von den anderen Beteiligten Notiz.

»Hast du nur noch das eine im Kopf? Ist es das, was du willst? Hörst du dann auf zu zicken? Okay, wenn es dir nur noch darum geht. Willst du meine Frau werden, Sara?«

Es ist mucksmäuschenstill, Lucy blickt sich um und alle sehen zu Juan und Sara. Offenbar ist Lucy nicht die einzige, die nicht glauben kann, was Juan da gerade macht.

Dieser Idiot, Tito kann nicht glauben, was Juan da gerade anstellt und seufzt schwer auf. Noch immer sagt keiner einen Ton, Sara schaut Juan hasserfüllt an und der sauer zurück. Als Sara ihm ihren Arm entreißt und weggeht, läuft Bella ihr hinterher. Als sie an ihrem Bruder vorbeigeht, schlägt sie ihm sauer auf die Brust und der ruft den beiden ein gelalltes, »das war es doch, was sie wollte, immer noch nicht zufrieden? Frauen.«

Lucia dreht sich zu Tito um, aber dieser zuckt auf ihren fragenden Blick hin nur mit den Schultern. Das renkt sich schon wieder ein, das tut es immer. Lucia scheint unsicher zu sein, ob sie hinterhergehen soll, aber es ist besser, wenn Bella allein bei Sara ist.

»Komm mit!« Tito drückt kurz ihren Arm, um Lucia zu zeigen, dass sie ihm folgen soll. Als sie zu Sam und Miko treten, setzt sich Lucia gleich zu Sam und beide fangen an zu reden, während Tito zu Juan geht, der sich sauer auf einen Stuhl gesetzt hat und mit Pepo diskutiert.

»Das war ja eine großartige Idee, Amigo.« Pepo muss sich ein Grinsen verkneifen und Juan lehnt sich zurück. »Ich weiß nicht was ihr habt. Da hatte sie ihren Antrag, ich mache mich hier vor allen zum Affen, und sie haut einfach ab. Was denkt sie sich?« Nun muss Tito auch lachen. »Keine Ahnung, was Frauen halt so wollen, Kerzen, Rosen, Abendessen … sicherlich nicht so etwas.«

Beide Augenpaare schnellen zu Tito um. »Was ist denn in dich gefahren? Hat der Engel schon auf dich abgefärbt?« Tito muss noch mehr lachen und schlägt Juan auf die Schulter. »Nein, aber ich kann mit Frauen umgehen, vielleicht solltest du nochmal deinen Schwager um Rat fragen, gegen Pacos Schneenummer kommt sowieso keiner mehr an.« Juan schnalzt mit der Zunge. »Ich mache mich garantiert nicht nochmal zum Affen. Sie hatte ihren Antrag, wenn sie den nicht annimmt, weiß ich auch nicht mehr wie ich ihr helfen soll.« Tito gibt auf und kehrt zu Sam und Miko zurück, die gerade aufstehen wollen.

»Wir gehen ins Cielo, kommst du mit?« Tito nickt, er und Sam schauen gleichzeitig zu Lucia. »Komm doch mit, das dauert sicher noch eine Weile, bis Bella wiederkommt. Ich habe auch keine Lust mehr hier zu bleiben. Du kannst dort auf sie warten.« Sam hakt sich bei Lucia unter. Diese wirft einen unsicheren Blick zu Paco und den anderen, die sich mittlerweile wieder angeregt unterhalten.

»Kein Problem, ich sage ihnen Bescheid. Sam hat recht, das dauert noch, Bella kann dich dann bei uns abholen, es sei denn, du willst hierbleiben.« Tito kann sich nur schwer ein Grinsen verkneifen, als Lucias Blick über alle Mitglieder der Trez Puntos und deren Chicas fällt. »Ich warte bei euch, wenn es euch nichts ausmacht«, gibt sie leise zu und Miko lacht auf. »Nein, absolut nicht«, grinst er Tito an, der zu Paco geht und ihm Bescheid sagt, dass sie Lucia mitnehmen.

Paco kann sich genauso wenig eine Bemerkung verkneifen, wie alle anderen sich ein wissendes Lachen nicht verkneifen können. »Mir ist das egal, ihr seid alt genug, aber pass schön auf unsere Lucy auf, sonst bringt Bella dich um.«

Als sie alle zusammen im Cielo ankommen, machen es sich Sam und Lucia auf dem Ledersofa gemütlich, nachdem Sam in der Küche die einzigen nicht-alkoholischen Getränke und ein paar Knabbersachen herausgesucht hat. Während sich Sam und Lucia noch über Juans unglaublich geschmacklosen Heiratsantrag und die arme Sara unterhalten, fangen Tito und Miko an, mit der Playstation zu zocken.

Weder Miko noch Tito machen sich so viele Gedanken wie die Frauen um das Thema, letztlich wird zwischen Juan und Sara alles wieder in Ordnung kommen, so war es immer. Erst als Lucia einen

Anruf erhält, der offensichtlich von ihrem Freund kommt und sie mit dem Handy im Gang zu den Zimmern verschwindet, wird Tito wieder aufmerksam. »Wie ist der Kerl? Hat sie euch etwas erzählt?«, fragt er Mikos Freundin, doch Sam lächelt nur frech zu ihm. »Ja etwas, aber wenn du darüber Informationen möchtest, musst du sie schon selber fragen. Du weißt doch, wir Frauen halten zusammen. Miko lacht und gibt Sam einen Kuss, Tito wendet sich grummelnd ab.

Nach mehr als einer halben Stunde steht Tito auf, um nach Lucia zu sehen, so lange kann doch niemand telefonieren. Er geht den Flur entlang und entdeckt, dass seine Zimmertür offen steht. Als er hineintritt traut er seinen Augen nicht. Lucia liegt zusammengerollt auf seinem Bett und ist eingeschlafen.

Er muss lächeln, tritt näher und setzt sich zu ihr. Eine Weile beobachtet er, wie sie ruhig atmend da liegt und schläft. Er mustert sie genau, ihre hellen, goldigen Locken, die langen Wimpern, die ihre Augen einrahmen, den schön geschwungenen Mund. Er kann sich nicht erinnern, ob schon einmal eine Frau in seinem Bett geschlafen hat, mit der er nicht davor zur Sache gekommen ist.

Einen Moment denkt er daran, Lucia wach zu machen, doch er kann es einfach nicht. Er sitzt weiter da und beobachtet den schlafenden Engel in seinem Bett.

Kapitel 4

Als Lucy am nächsten Morgen erwacht, kann sie ihre Augen nur schwer öffnen. Als erstes steigt ihr ein ungewohnter, aber sehr anziehender Duft in die Nase.

Als sie es dann schafft, ihre müden Lider zu öffnen, sieht sie sich erst verwundert um, bis ihr wieder einfällt, dass sie sich gestern Abend zum Telefonieren mit Cameron hierher zurückgezogen hat. Das Telefonat war wieder unterkühlt und ziemlich einseitig. Cameron steckt gerade in den Abschlussarbeiten für ein Projekt und seine Gedanken drehen sich nur darum.

Dafür hat Lucy auch vollkommenes Verständnis, ihr geht es meist auch so, wenn sie mit einem Projekt beschäftigt ist. Momentan ist sie aber so von den neuen Eindrücken und Geschehnissen beeindruckt, dass sie sich ihm einfach gerne mitgeteilt hätte, aber daraus ist mal wieder nichts geworden. Eigentlich wollte sie sich nur kurz hinlegen und ihre Gedanken wieder in die richtige Richtung lenken, denn die Nähe zu Tito bringt sie gefühlsmäßig ins Wanken. Dann muss sie eingeschlafen sein.

Sobald Lucy seinen Namen gedacht hat, dreht sie sich um und blickt in Titos schlafendes Gesicht. Im ersten Moment will sie reflexartig aufstehen, immerhin liegt sie hier mit einem zwar nicht völlig fremden, aber doch einem anderen Mann im selben Bett und schläft. Doch als sie dann auf Titos schlafendes Gesicht sieht, muss sie lächeln. Er kneift seine Stirn zusammen, als würde er gerade einen sehr anstrengenden Traum haben.

Lucy blickt an ihm hinab und merkt, dass er genau wie sie noch vollständig angezogen ist. Ihr fällt auf, wie hell sie gegen ihn wirkt. Etwas mutiger nimmt sie ihre Hand und hält sie neben seine, welche er nach ihr ausgestreckt hat. Sie überlegt, ob er sie wohl in der Nacht berührt hat, doch dann sieht sie auf den deutlichen Kontrast ihrer beiden Hauttöne und betrachtet sie.

Nicht nur, dass seine Hand viel dunkler als ihre ist, sie ist um so viel breiter und größer. Lucy kann sich nicht zurückhalten und streichelt einmal vorsichtig über seinen Handrücken, nur ganz leicht mit den Fingerspitzen. »Hmm … « Erschrocken blickt sie nach oben und direkt in die braunen Augen von Tito, der zu ihr herab sieht. »Warum hörst du auf?«, fragt Tito leise und verschlafen.

Lucy spürt wie sie rot wird. »Weil es nur aus Versehen war«, entgegnet sie und steht schnell auf. Noch im Flur kann sie Tito leises Lachen hören und ärgert sich über sich selbst. Als sie ins Wohnzimmer tritt, sieht sie auf der Terrasse des Hauses Bella, Raul, Leandro und Sam sitzen.

Der Tisch ist reichlich gedeckt und wenn man bedenkt, dass gestern noch nichts im Haus war, ist das wohl Bella zu verdanken. Lucy tritt heraus und begrüßt alle. »Morgen, gut geschlafen?« Rauls Grinsen könnte nicht größer sein. Bella zieht die Augenbrauen hoch. »Ich bin gestern noch gekommen, tut mir leid, dass es so lange gedauert hat, aber als ich dann da war, habt ihr beide schon geschlafen.« Lucy spürt erneut ihre verhasste Röte hochkommen, und der Tag hat gerade erst angefangen. Sie setzt sich. »Ähmm ja, ich muss wohl eingeschlafen sein.«

Im gleichen Augenblick, als die Worte aus Lucy herausdringen, kommt Tito aus der Terrassentür und streckt sich. »Guten Morgen, ist hier heute eine Versammlung?« Lucy könnte ihn gerade für sein breites Grinsen schlagen und Raul lacht, als Tito ihm Leandro vom Arm nimmt und diesen küsst. Sie ist sehr froh, als Sam das Thema wechselt und Bella schließlich erzählt, dass Sara total fertig ist. Sie will eigentlich gleich wieder zu ihr, doch dass sie eben erst was mit Lucy machen möchte.

Lucy winkt ab. »Kümmere dich ruhig um Sara, sie braucht dich jetzt sicher, die Arme. Mir fällt schon etwas ein, was ich heute machen kann.« Sam nickt zustimmend. »Ja Bella, sie hat recht. Lucy, wenn du willst, kannst du mit zu mir ins Geschäft kommen.«

Tito beißt in einen Apfel. »Oder sie hilft uns, den Garten zu Ende zu schmücken.«

Lucy muss lachen. »Siehst du, mach dir keinen Kopf, ich bin schon verplant.« Man spürt förmlich, wie Bella ein Stein vom Herzen fällt und als sie alle etwas gegessen haben, geht sie auch gleich mit Leandro los.

Sam gibt Lucy noch ein paar Teile aus ihrem Kleiderschrank, bevor sie zur Arbeit aufbricht. Lucy trägt einen von Sams Bikinis, darüber eine Jeansshorts und ein einfaches weißes Top. Erst fühlt sie sich zwar etwas freizügig angezogen, aber als sie merkt, dass sie Tito ziemlich von der Arbeit im Garten ablenkt, beginnt ihr das sogar Spaß zu machen, und als er sich den Finger einklemmt, muss sie mit Pepo und Miko vor Lachen fast weinen.

Sie brauchen nicht sehr lange. Als sie danach zusammen mit Miko zu Sam fahren, macht diese Pause und sie gehen zusammen Mittag essen. Langsam hat Lucy sich nicht nur an Tito, Miko und alle anderen gewöhnt, sie mag sie alle mittlerweile richtig gerne. Miko hat einen unvergleichlichen Humor. Wenn man sieht, wie verliebt er in Sam ist und ihn trotzdem ihre unabhängige und eigensinnige Art wahnsinnig macht, kann man ihn nur gern haben.

Tito fasziniert Lucy aber am meisten. Er hat seine lustige Art, sein freches Grinsen und doch weiß, spürt Lucy, dass da tief in ihm drin etwas ist, etwas schlummert, was er versteckt. Er ist ein Widerspruch in sich. Er kann neben Lucy stehen, sie frech angrinsen, während er sie aufzieht, weil sie mit der Pumpe nicht zurechtkommt und im nächsten Moment, wenn dieser junge Mann Saul auf ihn zukommt und mit ihm redet, ist er so ernst, so gefährlich und das kann bei ihm so schnell wechseln, dass man nicht mal Zeit zum Blinzeln hat.

Während sie den Mittag zu viert verbringen, scheint es sicherlich für Außenstehende so zu wirken, als würden nicht nur Sam und Miko zusammengehören, sondern auch Tito und Lucy. Tito weicht nicht von Lucys Seite, im Restaurant sitzen sie nebeneinander und hin und wieder landet Titos Arm um Lucy. Jedes Mal entgeht Lucy seinen Versuchen zwar lachend, aber sie muss sich eingestehen, dass es ihr schwerfällt, sich dem Charme von Tito zu widersetzen.

Er ist aufmerksam, es scheint, als würden seine Augen nur auf ihr ruhen. Er ist gefährlich, aufregend und Lucy spürt, dass sie seine Versuche, sie für sich zu gewinnen, genießt, viel zu sehr genießt, als dass es gut ist, doch wahrscheinlich ist die Beziehung zu Cameron so festgefahren, so einseitig strukturiert, dass sie diese kleine Flirterei wieder ganz andere Gefühle spüren lasst, als die, welche sie in ihrer Beziehung noch spürt.

Als sie zu Sams Laden zurückkehren, hält Tito Lucy am Arm fest, bevor sie eintreten. »Wollen wir woanders hin, du hast doch sicher keine Lust, den Rest des Tagen hier zu verbringen?« Lucy zögert, sie weiß, dass sie sich da auf etwas einlässt, was sie nicht sollte, doch was auch immer es ist, was sie schließlich lächeln lässt, ob Titos unwiderstehliches Grinsen, das Ungewisse oder dieses leichte Kribbelgefühl beim Gedanken, etwas zu tun, von dem sie lieber die Finger lassen sollte, Lucy willigt ein.

»Aber nur, wenn du mir etwas zeigst, was dir wichtig ist, einen besonderen Ort.« Titos Grinsen verschwindet und Lucy lacht leise. Ihre Vermutungen, dass es bei Tito noch so viel zu entdecken gibt, bestätigen sich in diesem Moment komplett. »Was meinst du? Wohin sollen wir fahren?« Lucy wird mutiger, je unsicherer er wird.

»Komm schon Tito, es wird doch einen Platz geben, der dir etwas bedeutet. Ich will mal hinter deine große Mauer blicken, lass mich einen Blick riskieren, oder traust du der prüden Amerikanerin nicht?« Tito mustert sie einen langen Augenblick, dann nickt er. »Okay, von mir aus, dann komm.«

Sie fahren eine ganze Weile mit dem Auto, Lucy hat das Gefühl, dass sie sogar die Stadt verlassen. Während der gesamten Fahrt fragt Tito Lucy wieder über ihre Beziehung zu Cameron aus. Lucy beschließt, Tito etwas näher an sich heranzulassen, sie ist fest entschlossen, heute mehr von ihm zu erfahren, also erzählt sie ihm etwas von sich und Cameron.

Lucy beschreibt ihn, erwähnt, dass er ein lieber Kerl ist, dass sie die gleichen Interessen haben, dass er für sie da ist und dass sie sich auf ihn verlassen kann. Tito lacht leise. »Es hört sich an, als würdest du von deinem besten Freund reden und nicht von dem Mann, den du liebst … oder lieben solltest.«

Lucy sieht aus dem Fenster, Tito hat genau das auf den Punkt gebracht, was sie schon die ganze Zeit spürt. Plötzlich hält Tito und Lucy blickt sich verwundert um. Hier ist nichts besonderes. »Was soll hier sein?« Tito steigt aus und Lucy tut es ihm gleich.

»Komm Amerikanerin, ich zeige dir das wahre Puerto Rico.« Lucy sieht zu, wie er sich eine Waffe in den Hosenbund steckt und schüttelt leicht den Kopf, dann streckt er ihr die Hand entgegen und Lucy mag verrückt sein, aber sie nimmt diese an.

Tito führt Lucia an die Steine. »Besser du ziehst die aus.« Er zeigt auf Lucias Schuhe, die einen leichten Absatz haben. Sie zieht sie aus und nimmt sie in ihre Hand. Tito hilft und stützt sie, als sie zusammen die großen Steine hinabklettern. »Wow, es ist wunderschön hier.«

Mittendrin bleibt Lucia stehen und blickt ehrfürchtig auf das Bild, was sich vor ihnen erstreckt. Tito hat sie zu ihrer Bucht gebracht. Wenige kennen diesen Ort. Es ist ein geheimer Platz von Juan, Sanchez und Tito gewesen, wo sie des Öfteren zusammen hingekommen sind. Entweder, um einfach abzuschalten und eine zu rauchen, Chicas zu verführen oder einfach mal ungestört zu sein. Tito war seit Sanchez` Tod nicht mehr hier gewesen. Er folgt Lucias Blick und sieht zu dem kleinen versteckten Strandabschnitt, der schöner ist als jeder andere in Puerto Rico. »Na komm Engel, sonst kommen wir nie an.« Sie zieht die Augenbrauen zusammen, doch nimmt sie wieder Titos Hand und sie klettern den Rest des Weges hinunter.

Sobald sie Sand unter den Füßen haben, strahlt Lucia und Tito freut sich, dass er sie damit überraschen konnte. Warum es ihm allerdings gefällt, sie glücklich zu machen, weiß er selbst nicht. »Bist du öfters hier?« Lucia setzt sich in den Sand, sodass ihre Füße vom Meer umspült werden. Tito lässt sich neben ihr nieder. »Früher waren wir das, mittlerweile nicht mehr so oft.« Tito spürt ihren fragenden Blick auf sich, erwidert ihn aber nicht. »Was ist passiert, dass du nicht mehr herkommst?« Jetzt sieht er Lucia an. »Was, willst du jetzt etwa Bellas Platz einnehmen und mich analysieren?« Er muss grinsen, doch Lucia bleibt ernst.

»Ich habe mit dir vorhin auch offen geredet, warum antwortest du mir nicht einfach auf diese Frage?« Tito seufzt und lehnt sich zurück. »Ich war hier früher öfter mit Sanchez … na ja und nun ist er tot. Daran liegt es wohl.«

Lucia nickt leicht. »Sanchez ist der Cousin von Bella gewesen, sie hat mir etwas davon erzählt. Ihr fällt das auch noch nicht so leicht. Vermisst du ihn sehr?« Lucia sieht ihn mit ihren großen Augen an, natürlich vermisst er ihn und wie. »Klar vermisse ich ihn, wir waren wie Brüder und das hätte nicht passieren dürfen.« An Lucias interessiertem Blick merkt er, dass er zu viel erzählt hat.

»Was meinst du? Warst du dabei, als es passiert ist?« Tito schüttelt den Kopf, er hätte es an seiner Stelle sein müssen. »Weißt du, an dem Tag, als das alles passiert ist, war ich … wir wollten zusammen losziehen, aber ich bin mit einer Frau beschäftigt gewesen. Er hat mir gesagt, ich soll meinen Spaß haben und ich habe gar nicht weiter darüber nachgedacht. Wäre ich damals bei ihm geblieben, wäre das nicht passiert.« Tito spürt förmlich, wie ihm etwas Gewicht von den Schultern fällt, noch nie hat er mit jemandem darüber geredet.

Lucia legt ihre Hand auf seinen Arm. »Aber das ist doch nicht deine Schuld, wer weiß was passiert wäre, wenn du dabei gewesen wärst? Vielleicht wärst du dann auch nicht mehr hier. So etwas kannst du doch vorher nie wissen.« Tito sieht aufs Meer, deswegen hat er mit noch niemandem darüber geredet, er hasst es, wenn jemand mit ihm Mitleid hat.

»Wäre ich da gewesen, wäre ihm nichts passiert. So einfach ist das.« Lucia seufzt leise auf. »Das glaube ich nicht, ich denke, dass es nur noch schlimmer gekommen wäre.«

Tito spürt, wie er wütend wird, aber er versucht sich zu beherrschen. »Das liegt daran, Lucia, dass du mich nicht kennst, du hast keine Vorstellungen davon, wer ich bin oder zu was ich in der Lage bin. Ich hätte die verdammten Bastarde umgebracht und letztlich haben wir das auch. Nur zu spät. Ich hätte kein Problem damit gehabt, mein Leben für Sanchez zu geben und auch jetzt würde ich für jeden von meinen Leuten mein Leben geben.« Er sieht Lucia an, dass sie seine Aussage erschreckt hat, doch sie scheint nicht locker lassen zu wollen.

»Was würde denn dann deine Familie machen und deine Freunde? Was ist mit Bella?« Tito sieht die hübsche Amerikanerin lange an, sie ist manchmal so schüchtern und verklemmt, doch jetzt blitzen ihre Augen vor Neugierde. »Ich habe keine Familie. Mein Vater und Juans Vater wurden damals erschossen. Meine Mutter ist schon vorher an einer Krankheit gestorben. Also hat mich Bellas Mutter zu sich geholt. Seit ich acht war, habe ich bei ihnen gelebt, bis ich ins Cielo gezogen bin.

Bella war schon immer wie eine Schwester für mich. Juan und ich sind wie Brüder groß geworden. Wir haben schon viel zusammen erlebt.« Lucia nickt verständnisvoll und nun kommt sich Tito vor, als würde er auf einer Therapiecouch sitzen.

»Scheiß drauf.« Doch scheinbar denkt Lucia anders. »Das muss schrecklich für dich gewesen sein, so früh deinen Vater zu verlieren.« Tito muss leicht lachen, denn er weiß jetzt schon, dass sie seine Antwort erschrecken wird. »Es hat mich lange gequält, als ich 12 Jahre war, habe ich diejenigen aufgesucht, die dafür verantwortlich waren und sie erschossen, danach ging es mir besser.« Lucia kann ein Zusammenzucken nicht vor Tito verbergen. »Ich bin kein lieber Kerl, Lucia, das ist eine Tatsache.«

Einen Moment scheint Lucia nicht so recht zu wissen, was sie sagen soll, doch dann lächelt sie ein wenig. »Aber du hast dich heute um mich gekümmert und zu deiner Familie bist du sehr lieb.« Tito muss lachen. »Du denkst wohl, du durchschaust mich, oder?« Lucia lacht ebenfalls. »Ich denke eher, du schätzt dich falsch ein.« Sie steht auf und Tito kann seinen Blick nicht von ihrem Körper lassen, als sie sich das Top und die Shorts vom Körper streift.

»Kommst du auch?« Eigentlich mag Tito es nicht besonders, ins Meer zu gehen, er bevorzugt den Pool, aber wie könnte er da widerstehen. Als er sich bis auf seine Boxershorts auszieht, läuft Lucia schon langsam ins Wasser. Sie scheint allmählich aufzutauen, in den letzten Stunden, die beide zusammen verbracht haben, scheint sie ihre Mauer vor ihm abzubauen.

Tito folgt Lucia und als sie bis zum Bauch im Wasser sind, bleibt sie plötzlich stehen und wirbelt zu ihm um. Sie hat wohl nicht damit gerechnet, dass er ihr so nah ist. »Es ist wunderschön hier, vielen Dank, dass du mir diesen Ort gezeigt hast.« Ihre Augen verfangen sich in denen von Tito und als ihre Stimme immer leiser wird, weiß Tito, dass sie es genauso will wie er.

Er spürt es, selbst als er seine Hand an ihre weiche Wange legt und langsam seine Lippen zu ihren bewegt, zittern ihre zwar leicht, trotzdem erwidert sie seinen Kuss. Tito liebkost ihre Lippen zuerst langsam, immer wieder trennt er seine Lippen von ihren, auch wenn es ihm nicht leichtfällt. Genauso süß, wie sie einen Vanillegeruch an sich hat, schmeckt sie auch. Doch er will ihr die Möglichkeit geben, den Kuss zu unterbrechen, wenn sie sich doch noch anders entscheidet.

Als sie dies nicht tut, sondern ihn immer weiter erwidert, legt er seinen Arm um ihre Taille und streicht mit der Zunge über ihre Unterlippen. Das Gefühl, als sie sich ihm öffnet, lässt bei Tito kurz eine Gänsehaut entstehen und auch sie keucht leise auf.

Ihr Kuss ist am Anfang langsam, doch als Lucy ihn auch umfasst und mit ihren Händen seinen Nacken bis zu seinen Haaren hochfährt, können sich beide nicht mehr stoppen und geben sich ihrem Verlangen hin.

Tito kann sich nicht erinnern, schon einmal so stark etwas gewollt zu haben, wie diesen amerikanischen Engel ganz zu spüren. Sie lösen den Kuss erst, als beide nicht mehr anders können und in diesem Moment scheint Lucia zu realisieren, was gerade passiert ist. Sie fasst sich an die Lippen und sieht etwas erschrocken zu Tito.

»Das dürfen wir nicht … «, murmelt sie. Tito will sie wieder an sich ziehen, doch sie weicht ihm aus.

»Was in Puerto Rico passiert, bleibt in Puerto Rico«, verspricht er ihr, doch Lucia wendet sich ab und geht aus dem Wasser.

Kapitel 5

Als sie bei Bellas Haus ankommen, atmet Lucy erleichtert auf.

Mittlerweile ist es schon dunkel. Direkt nach ihrem Kuss im Was-ser sind sie beide aufgebrochen. Lucy hat versucht, alles herunter-zuspielen, hat vom Thema abgelenkt und angefangen, Tito über die Landschaft auszufragen. Zwar hat er ihr alles beantwortet, aber es war zu spüren, dass er ganz genau weiß, dass sie dieser Kuss nicht kalt gelassen hat, wie könnte er.

Tito begleitet sie hinein. Paco und Bella sind beide da. Bella sieht ziemlich erschöpft aus. Sie setzen sich alle in den Garten. Während Bella und Lucy die letzten Geschenke für Leandros großen Tag morgen einpacken, unterhalten sich Tito und Paco über einen Orlando und ein Treffen, das anscheinend bald bevorsteht. Immer wieder kehren Lucys Gedanken zu diesem einen Kuss zurück. Sie hätte es nicht zulassen dürfen, aber dennoch hat sie es getan, und schlimmer noch, es hat ihr gefallen.

Titos Kuss war heiß und verlangend, er weiß, was er will, und Lucy hat sich so gut gefühlt, dass dies in diesem Moment offen-sichtlich sie war. Immer wieder spürt sie Titos Blick auf sich und erwischt sich selbst dabei, wie sie ihre Lippen berührt, egal wie falsch es war, es hat sich gut angefühlt.

Als Bella und Lucy fertig sind, gehen beide nach oben und lassen die Männer mit ihrer Diskussion im Garten zurück. Soweit Lucy mitbekommen hat, sind wohl beide, Paco wie auch Tito, absolut nicht glücklich, mit diesem Orlando zusammenarbeiten zu müssen. Lucy legt sich nach einer langen Dusche erschöpft ins Bett. Ihre Gedanken kehren wieder zu dem Kuss zurück.

Tito ist so anders als Cameron, fordernder, seine Berührungen hat Lucy bis auf die Knochen gespürt und tut dies immer noch. Nach seinem Geruch und seinem Geschmack könnte man süchtig werden.

Lucy versucht, das alles aus ihren Gedanken zu vertreiben, sich bewusst zu machen, dass dies nur ein Ausrutscher war, der nicht mehr passieren wird, egal wie gut es sich angefühlt hat. Mit diesen widersprüchlichen Gedanken schläft sie schließlich ein.

Am nächsten Morgen wird sie durch einigen Lärm aufgeweckt und ihr fällt ein, dass heute Leandros Geburtstag ist. Lucy zieht sich schnell an und schminkt sich leicht. Als sie die Treppen zum unteren Bereich herunterkommt, begegnet ihr schon ein wie immer grinsender Tito mit Leandro auf den Arm und Pitty um sich herumwirbelnd. »Hey, herzlichen Glückwunsch, Großer.« Lucy nimmt Leandro aus Titos Arm und übergibt ihm ihr Geschenk, was sie ihm aus New York mitgebracht hat.

»Hast du hier geschlafen?«, fragt sie Tito nebenbei, als er Leandro hilft, das Papier zu entfernen, sodass die bunten Bilderbücher zum Vorschein kommen und Leandro diese gleich fasziniert betrachtet. »Ja, es ist gestern noch spät geworden.« Lucy nickt und im gleichen Moment kommt Bella aus ihrem Schlafzimmer, Paco umarmt sie von hinten. Offensichtlich hat er nicht vor, seine Frau loszulassen, was diese lächelnd registriert.

»Na los, dann feiern wir mal unseren Leandro.«

Im Punto-Haus angekommen, werden noch die letzten Vorbereitungen getroffen. Bellas Mutter und einige andere Frauen bringen Unmengen von Essen. Die Kuchen werden geliefert, Luftballons aufgeblasen, die Geschenke türmen sich, doch der Mittelpunkt ist Leandro, der das Ganze auf den breiten Schultern seines Vaters genießt. Es kommen nach und nach immer mehr Leute zum Punto-Haus, die mit Leandro seinen Geburtstag feiern wollen. Pacos restliche Familie erscheint auch vollzählig.

Rodriguez kommt mit einer Begleitung, die er aber links liegen lässt. Auch Ramon und seine ganze Familie, Mano, Chico und noch einige der Les Surenas, die Lucy bisher noch nicht gesehen hat, erscheinen. Trotzdem ist diese Feier anders als die bisherigen.

Heute laufen keine halbnackten Frauen herum, es kommen einige Tanten und Onkel. Lucy lernt Maria und Johanna, Bellas Cousinen kennen, auch ganz viele kleine Kinder aus Bellas Kindergarten rennen über die Wiese. Selbst Sara ist da, Juan und sie gehen sich allerdings konsequent aus dem Weg.

Bella hat Lucy gestern noch erzählt, dass beide, Juan und Sara, keine Lust mehr auf die Beziehung haben und stinksauer auf den anderen sind. Alle Bemühungen von Bella, das wieder hinzubekommen, verlaufen sich im Sand.

Die Kinder haben wahnsinnigen Spaß an den Hüpfburgen und den Piñatas und auch die Männer toben sich an einer aus. Der ganze Nachmittag ist schön, doch das Highlight ist, als ein Clown auftritt und für die Kinder Figuren aus Luftballons zaubert. Lucys Blick fällt immer wieder zu Tito, der zwar auch gelegentlich einen Blick zu ihr wirft, sich aber auch um andere anwesende Frauen kümmert. Lucy spürt, dass sie diese Tatsache leicht verärgert, was es allerdings nicht sollte.

Sie ist in einer Beziehung, der Kuss war ein Ausrutscher, und so sollte sie es auch ansehen. Nach der Clown-Vorstellung spielen Bella, Lucy und Sam mit den Kindern ein paar Spiele, bis das Klingeln von Lucys Handy sie aufhören lässt und Sara sie ablöst. Lucy geht ins Haus, in die leere Küche, um in Ruhe telefonieren zu können. Es ist Cameron, dieses Mal scheint er sich extra etwas Zeit für Lucy genommen zu haben, doch hat Lucy nun keinen Bedarf mehr sich mitzuteilen.

Viel zu schwer wiegt dieser eine Kuss auf ihr. Nicht, weil sie oder Cameron so etwas zu hoch bewerten würden, sicherlich würde es ihn treffen, doch so wie Lucy ihn einschätzt, hätte er dafür wahrscheinlich sogar in gewisser Weise Verständnis. Das Schlimme an der Sache ist, dass Lucy es nicht wirklich als Fehler akzeptieren kann, dafür brennen noch immer viel zu sehr Titos Lippen auf ihren.

Als hätte er ihre Gedanken gespürt, entdeckt Lucy, als sie sich umdreht, Tito am Türrahmen gelehnt und sie beobachten. Sein

Blick ruht auf ihr und sie kann diesem nicht ausweichen, sodass sie sich am Telefon nur noch verheddert, und als Tito schließlich langsam auf sie zukommt, Cameron vertröstet und auflegt.

»War das dein komischer Freund?« Lucy kommt Titos Stimme plötzlich noch viel rauer vor. Er nimmt eine Strähne von ihr in die Hand. »Das war er ... Cameron ... ja.« Tito nimmt ihr Gesicht in seine Hände und Lucy weiß, sie sollte das nicht zulassen, doch sie kann nichts dagegen machen, dass ihr Herz so viel schneller schlägt, als er ihr in die Augen sieht.

»Seit unserem Kuss kann ich nichts dagegen tun, das noch einmal fühlen zu wollen«, flüstert Tito an ihre Lippen. »Das dürfen ... wir nicht«, stammelt Lucy, kann aber nicht verhindern, dass sich selbst für sie ihre Stimme ziemlich unglaubwürdig anhört. »Es ist nicht die Frage, was wir dürfen, sondern was wir wollen.« Lucy ist diejenige, die die letzte Distanz zwischen ihnen überbrückt.

Tito übernimmt sofort, kaum berühren sich ihre Lippen wieder, fühlt Lucy eine beängstigende Zufriedenheit. Dieser Kuss ist kein zartes Herantasten mehr, er ist fordernd und Lucy kann sich ein leichtes Aufseufzen nicht verkneifen, als sie Tito wieder so spürt. Titos Lippen verlassen Lucys Mund und fast hätte sie angefangen zu protestieren, doch als sie sich ihren Hals entlang küssen, stöhnt sie zufrieden auf.

Tito umfasst sie mit seinen Armen. Sein verführerischer Geruch benebelt auch noch ihre letzten Sinne. Als er sie an ihrem Po hochhebt und auf die Küchenanrichte hebt, damit er ganz zwischen ihren Beinen stehen kann, gibt sie den letzten Widerstand auf.

»Ich will dich, kleiner Engel, und ich spüre, dass du mich auch willst.« Tito drängt seinen Unterleib an Lucy und sie seufzt erregt auf, während ihre Hände sich selbstständig machen und unter seinem Shirt seine harten Muskeln entlangfahren. Titos Lippen finden wieder ihre und seine Hand beginnt, unter ihr Shirt zu wandern, als sie plötzlich von einem Räuspern unterbrochen werden.

Beide drehen sich blitzschnell um und sehen in Rodriguez' belustigtes Gesicht. Egal wie unangenehm Lucy diese Situation ist und sie ihre aufsteigende Röte spürt, ihr entgeht nicht das Grübchen, das sich auf Rodriguez' Wange bildet und wie gut er aussieht, wenn er so grinst.

»Ich will euch nur ungern stören, aber die da draußen machen sich schon Sorgen.«

Tito seufzt laut auf, Rodriguez der Sack. Lucia entweicht aus Titos Griff und er seufzt abermals auf. »Ich gehe schon raus«, nuschelt sie und streicht einmal durch ihre Haare, während sie die Küche verlässt. Tito öffnet den Kühlschrank und holt zwei kalte Dosen Cola heraus. Er braucht gar nicht nach hinten zu sehen, als er eine Dose zu Rodriguez wirft. Er kennt Pacos Bruder inzwischen sehr gut, Rodriguez ist mittlerweile noch viel kälter, härter und unberechenbarer, als Paco es jemals war, und Paco war schon berühmt dafür.

Tito überlegt einen Moment, was wohl wäre, wenn sie noch einen jüngeren Brüder hätten, was wäre dieser dann bloß, würde er das noch übertreffen? Rodriguez' Öffnen der Dose lässt ihn seinen Gedankengang unterbrechen. »Sei froh, dass ich nicht Bella bin, die bringt dich um.« Tito muss grinsen und wendet sich zu Rodriguez herum.

»Sie soll sich mal nicht so haben, wir sind alt genug. Und sah es so aus, als wollte sie es nicht?« Rodriguez' Grinsen wird breiter. »Sie ist wirklich hübsch.« Tito nickt. »Ja, mal was anderes, sie reizt mich«, gibt er zu und Rodriguez lehnt sich an die Ablage. Im selben Moment betritt Saul die Küche ebenfalls, Tito stellt Rodriguez Saul vor und der scheint beeindruckt.

Hat man schon Respekt vor Juan, Paco oder sonst einem der engeren Mitglieder beider Familias, so gilt das Doppelte für Rodriguez, der mittlerweile fast schon einen extra Status unter ihnen hat. Saul scheint nichts von alledem sonderlich zu beeindrucken und erlangt so die Anerkennung der beiden älteren und viel erfahreneren Männer. »Hast du morgen etwas Geschäftliches zu tun?«, wendet sich Tito an Rodriguez. Der nimmt einen Schluck und nickt. »Ich muss mich mit Chico um ein paar Geschäfte kümmern, die uns unterliegen. Ein paar kluge Leute denken, sie müssten nicht mehr zahlen.«

Tito nickt und geht in Richtung Ausgang, dabei schlägt er Saul freundschaftlich auf den Nacken. »Wir begleiten euch, wird Zeit ihn einzuweisen.« Rodriguez folgt ihm und nickt Saul zu. »Kein Problem.«

Als sie alle hinaustreten, hat sich das Bild schon etwas geändert.

Die Kinder sind fast alle weg, nur noch die, die zur Familie gehören, sind anwesend. Die Frauen fangen langsam an aufzuräumen, Leandro kommt zu ihnen gewackelt und sein Strahlen könnte nicht größer sein. Rodriguez hebt ihn auf den Arm. »Na mein Großer, war dein Geburtstag schön?« Statt zu antworten, legt Leandro erschöpft seinen kleinen Kopf auf die breite Schulter seines Onkels und kuschelt sich an ihn. »Das hat ihn umgehauen«, grinst Tito. Beide wollen gerade zu Paco und Juan, als plötzlich die Gartentür aufgeht und sich alle umwenden. Innerhalb weniger Sekunden ändert sich die Situation.

Alle anwesenden Männer greifen nach ihren Waffen. Tito wie auch alle anderen sehen misstrauisch zu den hereinkommenden Männern und Frauen. Es sind vier Männer und mehrere ziemlich sexy gekleidete Frauen. Rodriguez neben ihm stöhnt entnervt auf. »Was soll der Scheiß jetzt?« Er geht zu Bella und gibt ihr den müden Leandro in den Arm. Im selben Moment tritt Paco dazu und schiebt Bella und seinen Sohn hinter seinen Rücken, genauso postieren sich alle anderen männlichen Mitglieder vor die noch anwesenden Frauen.

»Orlando!« Mit dieser Aussage entschärft Rodriguez die Situation ein wenig, Tito selbst wird noch wütender. Die verdammten Kolumbianer wurden erst in zwei Tagen erwartet. Nun haben sie die Frechheit, hier einfach unangekündigt hineinzuplatzen und das gerade jetzt, wenn die Familien hier sind, was Schlimmeres hätten sie sich nicht antun können. Juan und Paco treten nach vorne, bis jetzt haben die Kolumbianer noch gar nicht reagiert. Sie treten ein und gehen Paco und Juan entgegen.

Am auffälligsten ist ein mit schwarzem Anzug bekleideter großer, dunkler Mann mit Sonnenbrille. Sein ganzes Auftreten ist Beweis genug, dass es sich um den Anführer Orlando handelt. Kurz bevor er ganz bei Rodriguez, Paco und Juan ist, bildet sich ein breites Grinsen auf seinem Gesicht und er nimmt seine Sonnenbrille ab.

Trotz der angespannten Situation betrachtet Lucy fasziniert diesen breiten dunklen Mann, der, im absoluten Kontrast zu seinem dunklen Hautton, seinen schwarzen lockigen Haaren und seiner dunklen Kleidung, nun seine strahlend blauen Augen zeigt. Allerdings dauert diese Ablenkung nicht lange, denn die Anspannung ist erdrückend. Trotzdem versucht Lucy, an den breiten Schulter von Miko vorbeizuschauen und weiter zu beobachten, was passiert. »Rodriguez, schön dich wiederzusehen.«

Der Mann und Rodriguez schütteln sich die Hand. Rodriguez stellt Paco und Juan vor. Paco ist äußerst gereizt. »Wie kommt es, dass ihr heute schon hier seid, wir haben noch nicht mit euch gerechnet?« Den Mann allerdings scheint die ganze Aufregung nicht sonderlich zu beeindrucken.

»Wir sind etwas früher gekommen, wir wollten euer Land etwas genießen, ich bin nur hier vorbeigekommen, um euch ein paar Geschenke hierzulassen, als Zeichen meines guten Willens. Ihr könnt sie solange hier behalten, bis wir wieder abreisen.« Lucy sieht verwirrt zu den Frauen und Männern, die mit diesem Mann gekommen sind, entdeckt aber nirgendwo Geschenke.

»Wir mögen es nicht, wenn jemand hier hereinplatzt. Wir halten unsere Familien aus solchen Angelegenheiten lieber heraus.« Lucy merkt, wie Pepo und Raul Bellas Mutter, die Tanten sowie die anderen weiblichen Gäste aus dem Garten bringen wollen. »Das tut mir leid, so etwas respektiere ich natürlich, wenn ich mich hier so umsehe, kommen mir meine Geschenke sowieso nicht so geeignet vor. Ich hatte vergessen, wie schön die puertoricanischen Frauen sind.«

Er lächelt zu Bella, Sara, Sam und auch zu Lucy, die sich mittlerweile alle zusammen hinter Miko positioniert haben und gespannt lauschen. Er winkt nach hinten und die drei wunderschönen, sehr knapp bekleideten Frauen treten hervor und lächeln zu Juan, Rodriguez und Paco. »Hier, sie gehören euch, solange wir hier in Puerto Rico sind. Sie werden euch jeden Wunsch erfüllen.« In diesem Moment signalisiert Raul Bella, Lucy, Sam und Sara, dass auch sie vier mit ihnen kommen sollen, doch Bella gibt ihm nur Leandro auf den Arm. »Wir bleiben, leg ihn bei Mama hin.«

Raul seufzt laut. »Du weißt, dass das nicht geht, komm schon, Bella, jetzt mach das nicht schon wieder.« Doch Bella beachtet ihren Cousin gar nicht weiter und auch Sam und Sara drehen sich wieder den Geschehnissen zu. Als sich Lucy wieder umdreht, bemerkt sie den warnenden Blick, den Paco seiner Frau zuwirft, doch die schnauft nur sauer auf und Paco seufzt aufgebend. »Ich glaube das gerade nicht«, zischt Bella zu Sara, doch Sam lacht als Antwort leise auf.

»Wusstest du nicht, dass dieser Orlando nicht nur Drogen verkauft, sondern auch groß im Frauenhandel beschäftigt ist?« Lucy kann sich ein leichtes Aufkeuchen nicht verkneifen und sieht noch einmal zu den Frauen, die mittlerweile bei Paco, Juan und Rodriguez stehen. Nun siehst sie diese in einem ganz anderem Licht. Sie versucht zu begreifen, was das bedeutet, mit diesen Frauen wird gehandelt? Sie müssen machen, was man ihnen sagt. Lucy sieht jeder Einzelnen von ihnen ins Gesicht, versucht etwas zu entdecken, aber keine von ihnen sieht traurig oder gar schlecht behandelt aus.

»Wie gesagt, wir mögen solche Überraschungen nicht.« Juan zeigt sich weder von den sogenannten Geschenken noch von Orlandos

Auftreten beeindruckt, doch der grinst unbekümmert weiter. Jetzt ist es das erste Mal, dass Lucy mit eigenen Augen sieht, wie Bellas Familie auch sein kann. Jeder der Männer hält schon die ganze Zeit seine Hand an der Waffe, die entweder vorn oder hinten in deren Hose steckt. Chico hat seine Waffe sogar ganz gezückt und hält sie in seiner Hand.

»Wir sehen uns dann in zwei Tagen, genießt meine Geschenke.« Bevor er seine Sonnenbrille aufzieht, zwinkert er noch einmal zu Lucy, Bella, Sam und Sara. »Ladies, es war mir ein Vergnügen.« Er setzt sich die Sonnenbrille auf und wendet sich mit den Männern zum Gehen, nur die Frauen bleiben. Paco dreht sich zu seinem Bruder und Juan um. »Das stinkt mir zu sehr, ich traue dem Scheißkerl nicht.« Juan zuckt unbeteiligt die Schultern und niemandem entgeht, dass er die Frauen mustert. Sara neben Lucy seufzt traurig auf.

Paco wirbelt zu den dreien um. »Was soll das, Bella? Ich will niemanden von euch hier haben, wenn so etwas passiert. Warum bist du nicht mit Raul ins Haus gegangen?« Lucy zuckt leicht zusammen bei dem Angriff von Paco, doch Bella scheint kaum beeindruckt, und sie treten alle zusammen zu den Männern vor. »Mich interessiert viel mehr, wieso ihr diese … Geschenke angenommen habt?« Bella fuchtelt mit den Armen und Juan grinst leicht, als er seine Schwester und seinen Schwager in ihrer Diskussion beobachtet. »Das ist mir doch egal«, erwidert Paco genervt. Bella geht zu den Frauen und seufzt leise. »Was habt ihr denn jetzt mit denen vor?« Pepo tritt zu ihr und legt den Arm um eine von den unbekannten Schönheiten, was diese gleich kichern lässt. »Sie kommen mit ins Cielo, was sonst, oder willst du sie bei dir schlafen lassen?« Er wackelt mit den Augenbrauen und selbst Rodriguez grinst.

»Gut …«, mischt sich nun auch Sam ein. »Platzt habt ihr genug, denn für die Tage bleibt Miko bei mir.« Miko umarmt seine Freundin von hinten und gibt ihr einen Kuss auf die Schulter. »Mit dem größten Vergnügen.« Sara wendet sich ab und Lucy bemerkt Juans traurigen Blick auf ihr.

Lucy ist sich absolut sicher, dass der mächtige Anführer der Trez Puntos innerlich seine Freundin vermisst, nicht ein Wort haben sie gewechselt, aber wie auch immer er fühlt, er lässt sich davon nichts anmerken. »Okay, ich hole noch schnell Leandro, der ist wirklich fertig. Das war heute sehr viel für ihn.«

Bella und Sara wenden sich mit Lucy ab und holen Leandro. Auf den Weg zum Haus von Bellas Mutter teilt Sara den beiden mit, dass sie für ein paar Tage mit ihrem Vater nach Italien fliegt, um ihren Kopf frei zu bekommen und jede von ihnen versteht das. Als sie aus Bellas Elternhaus mit dem schlafenden Leandro treten, sitzt zu Lucys Verwunderung nicht nur Paco, sondern auch Tito vorn mit drin.

Bella und sie steigen hinten ein. »Bleibst du bei uns?« Bella legt Leandro so bequem wie möglich hin und sieht dann zu Tito. »Ich will mit ihm noch ein paar Sachen wegen Orlando mit Rodriguez klären«, erklärt Paco an Stelle von Tito. Paco scheint noch immer sauer zu sein.

Lucys Bauch kribbelt, als sie Titos Augen im Rückspiegel trifft.

Sie weiß, was das bedeutet, für ihn ist das, was sie vorhin in der Küche angefangen haben, noch nicht beendet. Und wenn Lucy jetzt ihr Herzrasen bemerkt, weiß sie, dass es das für sie auch nicht ist.

Kapitel 6

Nachdem sie alle bei Bella zu Hause angekommen sind, gehen Paco und Tito zu Rodriguez' Haus hinüber, wo auch gerade Rodriguez, Chico und Mano aus ihrem Wagen aussteigen. Lucy hilft Bella, das kleine Geburtstagskind ins Bett zu bringen und sie setzen sich noch für ein paar Minuten auf die Terrasse, auf der sich Bella noch einmal Luft wegen diesem Orlando und seinem Frauenhandel macht.

Lucy ist mit ihr absolut einer Meinung, trotzdem stellt sie Bella die Frage, wieso denn die Männer hier überhaupt auf so etwas so gelassen reagieren. Pepo und die anderen waren alles andere als abgeneigt und Lucy will sich gar nicht vorstellen, was genau in diesem Moment alles in diesem sogenannten Cielo passiert.

Bella seufzt leise auf. »Weißt du, so sind die Männer hier eben. Was denkst du, warum es fast unmöglich ist, mit ihnen eine normale Beziehung zu führen? Die brauchen hier nichts zu machen, um eine Frau zu bekommen, im Gegenteil, sie bekommen, was sie wollen, einfach so. Wenn es dann mal passiert, dass sich etwas Festes anbahnt, ist dies meist unglücklich und kompliziert. Sieh dir doch Sara an oder Selena. Sam und Miko haben auch schon mehr als einmal deswegen Probleme gehabt.«

Lucy schüttelt leicht den Kopf. »Ja, aber dafür sind sie so aufmerksam und liebevoll zu euch. Wenn ich mir dich und Paco ansehe ...« Bella sieht schwach lächelnd zu Lucy. »Das war alles andere als leicht. Du weißt nicht, wie lang und wie hart der Weg war, dass Paco und ich das jetzt haben. Ich bin froh, ihn gegangen zu sein, aber ich weiß nicht, ob ich jemandem wünschen würde, so etwas durchzumachen. Glaub mir, Lucy, sei froh, so einen normalen, bodenständigen Mann an deiner Seite zu haben. Von den Männern hier kann ich leider meist nur abraten.«

Bella hat keine Vorstellungen davon, wie erwischt sich Lucy in diesem Moment vorkommt, wie sollte sie auch? Lucy wendet ihren Blick schnell ab und als Bella und sie wenig später hochgehen und sich für die Nacht verabschieden, atmet Lucy einmal tief ein.

Sie weiß nicht, was sie jetzt tun soll. Soll sie wirklich dem Gefühl in ihrem Bauch vertrauen und darauf hoffen, dass Tito noch kommt oder soll sie ihrem Verstand folgen und hoffen, dass er es sein lässt? Verwirrt geht Lucy unter die Dusche und versucht, nicht daran zu denken, wie gut sich seine Hände vorhin in der Küche auf ihrem Körper angefühlt haben. Als sie sich in ein weiches Frottierhandtuch einwickelt, klopft es an ihrer Tür und ihr Herzschlag beschleunigt sich augenblicklich.

Würde sie jetzt nicht reagieren, so tun, als schliefe sie schon, würde er gehen, es käme nie dazu, wozu es garantiert kommen wird, wenn sie diese Tür öffnet. Lucy wäre in wenigen Tagen wieder bei Cameron, ohne hier solch einen Fehler begangen zu haben. Lucy sieht in den Spiegel und hasst sich einen Moment selbst dafür, dass sie sich abwendet und die Tür öffnet.

Als sich endlich Lucias Tür öffnet und Tito auf den blonden Engel blickt, der nur von einem Handtuch bedeckt wird, spürt er, wie sich seine Gefühle plötzlich ändern. Sie ist zu schade dafür. Lucia ist nicht wie die anderen Frauen, mit denen er sonst seinen Spaß hat. Er sollte umkehren, den Engel verschonen und sich im Cielo abreagieren, doch sein Verstand verabschiedet sich, als er ihre cremige Haut sieht und sich daran erinnert, wie weich sie war, sodass er zu Lucia ins Zimmer tritt.

Nachdem die Tür hinter ihnen ins Schloss fällt, stellt Tito sich vor Lucia, die mit dem Rücken an der Wand steht, als versuche sie, sich selbst davor zurückzuhalten, was gleich zwischen ihnen passieren wird. Was ihre Körperhaltung auch aussagt, ihrer beider Augen, die sich ineinander verkeilen, sagen etwas ganz anderes aus.

74

Tito kann nicht anders, er tritt so nah wie nur möglich an sie heran, er atmet tief ein und platziert einen leichten Kuss auf ihre zarten Schultern. »Lucia, wenn du willst, gehe ich wieder, wenn auch nicht gerne, denn um ehrlich zu sein, würde ich im Moment dafür töten, dich ganz haben zu können.«

Seine Lippen sind ganz nah an ihren und Lucias Augen verraten, dass sie mit sich kämpft, doch genau wie in der Küche kommt schließlich sie ihm entgegen.

Tito muss sich wirklich bremsen, um sie nicht sofort mit Haut und Haaren zu verschlingen, als er wieder ihr vanilleartiges Aroma schmeckt. Doch so sehr zurückzuhalten braucht er sich gar nicht, merkt er schnell, denn Lucia beginnt den Kuss zu unterbrechen, um ihm sein Shirt auszuziehen. Tito genießt es, wie sie seine Muskeln entlangfährt, seine Hände wandern unter das Handtuch und umfassen ihren kleinen runden Po.

Tito wird halb wahnsinnig vor Lust, als er ihre weiche Haut unter seinen Händen spürt. Mit einem schnellen Ruck hebt er sie hoch und trägt sie zum Bett. Als er sie auf die weiche Matratze niederlässt, löst sie die Umarmung in seinem Nacken nicht, sodass er sich nicht von ihr wegbewegen kann, er kann sich ein Lächeln an ihren Lippen nicht verkneifen. Er legt sich auf sie und sieht ihr in die Augen.

Sie ist anders, das ist schon mal sicher, in seinen Armen wirkt sie wie ein kostbarer weicher Engel, aber auch wenn Tito nicht darauf verzichten kann sie zu haben, so schwört er sich doch in dem Moment, als er in ihre großen veilchenblauen Augen blickt, dass er ihr etwas anderes geben wird, als er es sonst mit einer Frau tut.

Er küsst sanft ihre Lippen, bevor er vorsichtig das Handtuch löst, was als einziges noch ihren Körper vor ihm verhüllt. Tito kann seinen Blick kaum von ihren cremigen Kurven nehmen. Sie ist perfekt, zart und weich und als er beginnt, ihren Körper zu verwöhnen, scheint sie in seinen Armen zu zerschmelzen. Tito ist normalerweise eher ungeduldig, doch er liebt es, sie überall zu liebkosen und ihre Reaktion auf seine Berührungen zu erfahren.

Irgendwann scheint sie nicht mehr warten zu wollen und öffnet seine Hose. Schnell ist auch das letzte Stück Stoff zwischen ihnen weg und als Tito in Lucia eindringt, fängt er ihr Aufstöhnen mit einem Kuss ab.

Lucy kann nicht aufhören, sich an Tito festzuhalten. Es ist solch ein Gefühlschaos, was über sie einbricht, als sie sich lieben, dass sie sich an ihm Halt sucht. Und das gibt er ihr, noch nie hat sich Lucy in irgendwelchen Armen so geborgen gefühlt wie in seinen. Sie fährt seine Tätowierungen nach, küsst seine Brust und genießt seine Liebkosungen. Als sie sich so drehen, dass Lucy auf ihm sitzt und sie Titos Blick auf sich spürt, weiß sie genau, dass er anderes gewohnt ist, ebenso wie sie. Fasziniert betrachtet sie den starken Kontrast ihrer Haut, der in diesem Augenblick für ihre beiden Leben steht, die unterschiedlicher nicht sein könnten. Doch sind diese beiden Welten in diesem Augenblick vereint und es fühlt sich atemberaubend an.

Lucy nimmt alles von Tito und gibt ihm alles und er tut es genauso. Als sie sich danach erschöpft neben ihn legt, zieht er sie in seine Arme, er küsst ihre Stirn und versucht, selbst wieder regelmäßiger zu atmen. Lucy will etwas sagen, lässt es aber bleiben. Es ist klar, dass dies eine einmalige, wunderschöne Sache war. Sie legt den Kopf an seine Brust, inhaliert noch einmal seinen Geruch und schließt die Augen.

»Hey, träumst du schon wieder?« Bella wedelt Lucy mit ihrer Hand vor der Nase herum und lacht. Lucy schüttelt schnell den Kopf und verscheucht die Gedanken, die ihr mal wieder durch den Kopf geschwirrt sind. Drei Tage sind seit dem 'Ausrutscher' mit Tito vergangen. Sie haben diese Nacht zusammen verbracht, eng aneinander gekuschelt zusammen geschlafen, doch am nächsten Morgen ist Lucy vor ihm aufgestanden und hat sich beeilt, um schnell am Frühstückstisch zu erscheinen und keinen Verdacht zu erregen. Als Tito dann viel später dazugestoßen ist, hat er ihr wieder sein übliches Grinsen geschenkt, doch dann ist er mit Rodriguez weggefahren.

Seitdem hat Lucy die Tage mit den Mädels verbracht. Sie waren ein paar mal Sightseeing machen, Shoppen und am Meer. Sara ist mittlerweile abgereist und soviel Lucy weiß, hat sie seit dem unpassenden Antrag seinerseits kein Wort mehr mit Juan gewechselt. Es scheint, als wäre für beide die Beziehung beendet.

Tito hat Lucy seitdem nicht mehr gesehen.

Sie hat aber mitbekommen, dass er viel mit diesem Saul unterwegs war, um ihn, auf welche Art auch immer, einzuweisen. Auch scheinen sie sich mit diesem Orlando getroffen zu haben, offensichtlich sind sie sich etwas entgegengekommen, denn Paco ist bei diesem Thema nicht mehr ganz so gereizt, wie noch vor diesem Treffen.

In drei Tagen fliegt Lucy zurück nach New York, sie weiß momentan nichts mit ihren Gefühlen anzufangen. Sie kann dieses Gefühl, dieses starke Kribbeln, das Tito in ihr erweckt hat, nicht vergessen, auch wenn sie ganz genau weiß, dass es nur das eine Mal war. Trotzdem konnte und kann sie diese paar Stunden nicht aus ihrem Kopf verbannen und auch mit niemandem darüber reden, denn sie möchte nicht, dass es jemand erfährt.

Lucy sehnt sich mittlerweile wieder nach New York, nach ihrem normalem Leben und ist sich sicher, dass sie spätestens dann wieder einen klaren Kopf bekommt. Trotzdem ist sie aufgeregt, als sie nach dem Frühstück mit Bella zu ihrer Mutter fährt. Sie wollen am Nachmittag mit Sam in eine Theatervorstellung gehen und Bellas Mutter soll auf Leandro aufpassen. Während Bella ihrer Mutter nochmal ganz genaue Anweisungen gibt, was sie wegen Leandro zu beachten hat und die ihr sauer versichert, dass sie das alles weiß, geht Lucy schon langsam vor zum Punto-Haus, in dem Bella und sie Sam abholen wollen.

Lucy kann sich selbst nicht erklären warum und weiß genau, dass es nicht richtig ist, aber sie will Tito wiedersehen, allein um festzustellen, wie seine Reaktion auf sie ist, ob er eventuell auch noch an ihre gemeinsame Nacht denkt.

Als sie den Garten des Punto-Hauses betritt, ist es auffällig leer. Außer zwei Männern, die sie beide nur etwas verwundert ansehen, scheint niemand da zu sein. Lucy überlegt, dass Sam sicher im Cielo ist und macht sich durch den Hintereingang auf den Weg zu dem Haus, welches nur ein paar Häuser entfernt steht.

Gerade als sie nah genug ist, entdeckt sie auf dem Parkplatz vor dem Haus neben mehreren Autos Tito, Pepo und noch drei weitere Männer. Auf einem der Autos liegen mehrere Pakete und Geldscheine. Lucy bleibt etwas weiter entfernt stehen und beobachtet die Szene, die auf sie sehr bedrohlich wirkt.

Tito trägt nur eine graue Jogginghose, es scheint, als wäre er gerade erst aufgestanden, auch Pepo sieht nicht viel wacher aus. Lucy lässt ihren Blick einmal über Titos braune Muskeln schweifen, die sich gerade in der Sonne anspannen. Tito ist wütend, ungeheuer wütend. Es herrscht eine fast schon unheimliche Stille und Lucy vermutet, dass sie gerade erst etwas erfahren haben müssen.

Schneller als Lucy überhaupt reagieren kann, ändert sich die Szene. Tito holt aus und mit einer so ungeheuren Wucht, dass Lucy leise aufstöhnt, schlägt er einem der Männer, die vor ihm stehen, direkt ins Gesicht.

»Denkst du, dass du uns verarschen kannst, du Bastard?« Ungerührt von dem Blut, das aus der Nase des Mannes läuft, der mittlerweile aufgrunde des heftigen Schlages am Boden liegt, hebt Tito diesen am Kragen seines Shirts hoch und schlägt seinen Kopf auf die Motorhaube des Autos, direkt neben die Päckchen und dem Geld. Bisher hat Lucy noch nicht mal richtig atmen können, so geschockt ist sie von dieser Szene, die sich da gerade vor ihren Augen abspielt.

Lucy hat die Waffe, die ebenfalls auf der Motorhaube liegt, noch nicht gesehen. Als Tito diese jedoch nimmt und dem Mann, dessen Kopf er auf die Motorhaube drückt, an die Schläfe hält, lässt Lucy einen stummen Schrei los. »Mit wem dachtest du legst du dich an, du Wichser?« Lucy weiß nicht, was in sie gefahren ist, doch in ihr schreit alles auf.

»Tito, nein!« Sie stürzt nach vorne. Alle Männer blicken zu ihr. Pepo flucht leise, doch Tito starrt Lucy nur sauer an, noch immer hält er die Waffe an den Kopf des Mannes, sein Blick liegt aber wütend auf ihr. »Was tust du hier?« Lucy hält erst knapp vor Tito und holt tief Luft. »Was tust du hier? Lass den armen Mann los!«, fordert sie ungehalten und wundert sich selbst über ihren Mut, doch der Mann auf der Motorhaube ist in diesem Moment wichtiger als ihre eigene Angst.

»Armer Mann? Lucia, du hast keine Ahnung, misch dich nicht in Sachen ein, von denen du keine Vorstellung hast«, fährt Tito sie ungehalten an. Lucy weicht zurück, erschrocken über den Ton, den Tito ihr gegenüber anschlägt und spürt auf einmal Pepos Arm um sich. »Komm mit.« Obwohl Lucy es eigentlich nicht will, lässt sie sich von Pepo ins Cielo bringen. Sie fühlt sich wie gelähmt. Ohne großartig darüber nachzudenken, geht sie direkt in Titos Zimmer, um dort auf die Toilette zu gehen und ihre Gedanken zu sammeln, sie spürt, dass sie zittert. Titos anziehender Geruch hängt schwer im Raum.

»Bist du wieder da, Papi?« Lucy schreckt zusammen, als sie auf einmal im dunklen Zimmer eine Stimme hört und sich eines der sogenannten Geschenke von diesem Orlando aus dem Bett erhebt. Ohne auf die Frau und ihren verwunderten Blick zu reagieren, eilt Lucy ins Bad und schlägt die Tür hinter sich zu. Sie stürzt zur Toilette, ihr ist so übel, dass sie das dringenden Bedürfnis hat, sich zu übergeben, doch selbst jetzt verweigert sich ihr Körper und es kommt nichts heraus. Tränen fließen ihr die Wange herunter, und sie lehnt ihren Kopf gegen die kühlen Fliesen.

Sie weiß momentan nicht, was sie mehr bestürzt und schon gar nicht, warum. Soll sie schockiert darüber sein, was Tito da draußen mit dem Mann gemacht hat? Sie wusste es doch. Sie war sich seiner Person sehr wohl bewusst, als sie sich ihm hingegeben hat. Ist sie schockiert darüber, dass Tito ein paar Nächte nach ihr das Bett schon wieder mit einer anderen teilt? Das sollte sie nun wirklich am allerwenigsten treffen, wahrscheinlich hatte er in der selben Nacht, in der sie zusammen am Morgen noch im Bett lagen, schon die nächste. Sie ist diejenige, die in einer Beziehung steckt, und trotzdem trifft es sie.

Vor allem, dass Lucy scheinbar nur eine kleine Ausnahme in seinem sonstigen Schema war, wenn man an die rassige dunkle Schönheit denkt, die gerade im Nebenzimmer in seinem Bett liegt. Lucy hat keine Ahnung, wie lange sie da im Bad vor sich hindämmert, bis sie sich endlich aufrafft und das Bad wieder aufschließt.

Das Bild hat sich geändert. Es liegt niemand mehr im Bett. Tito sitzt auf dessen Kante und blickt zu ihr, als sie aus dem Bad tritt. Mittlerweile sind die Vorhänge geöffnet und ein Fenster steht offen, sodass frische Luft zu Lucy gelangt. Das tut ihr gut, denn somit kann sie Titos Geruch widerstehen, der so anziehend auf sie wirkt. Auch die Frau ist verschwunden, zumindest entdeckt Lucy sie nirgends.

»Das war wirklich unvorsichtig, so etwas darfst du nicht nochmal machen«, ermahnt Tito Lucy und behält sie genau im Blick. Als sich ihre Augen treffen, erkennt Tito, dass Lucy geweint hat, denn sein Gesicht wird etwas weicher. »Verdammt, Lucia …. ich wollte dich nicht so angreifen, aber du solltest dich nicht in so etwas einmischen.« Lucy wendet den Blick sauer ab. »Tut mir leid, dass ich das mitbekommen habe, Tito. Aber was soll's, in ein paar Tagen bin ich sowieso weg, dann kann ich dich nicht mehr bei deinen … Angelegenheiten unterbrechen.«

Lucy will herumwirbeln, doch sie unterschätzt Titos Schnelligkeit. Er hält sie am Arm fest und zieht sie eng an sich. Seine Augen funkeln sie wütend an, doch trotzdem bemerkt Lucy wieder etwas anderes darin, nur kann sie das diesmal nicht deuten.

»Ich habe dir nie etwas vorgespielt, kleiner Engel. Du weißt und wusstest genau, wer ich bin, und ich habe dir nie falsche Hoffnungen gemacht.« Lucy schluckt leise und spürt, wie in ihr die Wut hochkommt. »Nein, das hast du nicht«, gibt sie leise aber wütend zurück. Tito lacht kurz auf und geht einen Schritt zurück. »Ich hoffe, das alles hier richtet keinen Schaden in deinem süßen Kopf an, wenn du wieder in deiner heilen Welt, bei deinem feinen Anwalt im Arm liegst.«

Lucy schluckt und kämpft gegen die Tränen an. Ein paar Sekunden sehen sich beide nochmal in die Augen. Die Bilder von ihnen schießen in Lucys Kopf, von ihren unterschiedlichen Hauttönen, die so falsch und doch so perfekt zusammen gepasst haben.

Dann entfährt ihr ein kleines Schnaufen, und sie verlässt das Zimmer. Sie läuft direkt an Pepo und Raul vorbei, die scheinbar noch etwas zu ihr sagen wollen, doch Lucy lässt sie gar nicht zu Wort kommen und geht einfach weiter. Genau in dem Moment, als sie aus dem Haus stürmt, kommt Bella mit dem Auto vorgefahren.

»Hier bist du.« Lucy steigt schnell auf den Beifahrersitz und Bella sieht sie verwundert an. »Fahr einfach, bitte.« Bella kommt zum Glück ohne Worte ihrer Bitte nach, hält aber ein paar Straßen weiter am Straßenrand und sieht sie ungläubig an. »Du siehst aus, als hättest du gerade deine eigene Beerdigung miterlebt. Was ist passiert?« Lucy lehnt den Kopf nach hinten und atmet tief ein. »Ich habe mit Tito geschlafen.«

»Du hast WAS?« Lucy schließt kurz die Augen. »Ich habe mit Tito geschlafen, ich weiß auch nicht, warum das passiert ist und was in mich gefahren ist. Zusätzlich habe ich auch noch gerade gesehen, wie er fast einen Mann umgebracht hätte. Keine Ahnung, vielleicht hat er das sogar, denn gerade war der ja nicht mehr da, wer weiß, ob er jetzt noch lebt. Obendrein war eine dieser Frauen in seinem Bett, die, mit denen dieser Orlando handelt und … «

Bella zieht Lucy in ihre Arme und unterbricht den aus ihr herausgebrochenen Redeschwall. Lucy weint nicht, trotzdem tut es gut, und sie beruhigt sich wieder etwas. »Es tut mir so leid, Lucy, ich wusste, dass all das hier nichts für dich ist.« Lucy unterbricht sie. »Nein, der Urlaub war … ist schön, das mit Tito habe ich mir selbst eingebrockt. Ich weiß auch nicht, er ist einfach so, wenn er …. « Bella unterbricht Lucy. »Du bist doch nicht etwa in ihn verliebt?«

Aus der Art und Weise wie Bella das sagt, ist mehr als deutlich herauszuhören, dass dieses eine mittelschwere Katastrophe wäre. »Ich bringe ihn um.« Lucy winkt ab. »Nein … und Bella, lass ihn. Wir beide wollten es und es war … schön. Ich meine, es hat mich geschockt, was heute passiert ist, aber letztlich wusste ich, wer er ist und es hätte mich nicht so umhauen dürfen.«

Bella lehnt ebenfalls ihren Kopf nach hinten. »Was ist mit Cameron? Ich meine, liebst du ihn noch? War es nur ein 'Ausrutscher'?« Lucy zuckt die Schultern. »Mit mir und Cameron hat schon vorher einiges nicht gestimmt, ich werde sehen was mit uns ist, wenn ich wieder in New York bin.«

Bella seufzt. »Weißt du, Lucy, sie alle, meine Familia, sie sind keine Engel, sicherlich nicht, aber sie haben ein gutes Herz, jeder von ihnen. Es ist einfach schwer zu beschreiben, so ist das hier nun mal, wir sind damit groß geworden, wir kennen es nicht anders. Aber es tut mir leid, ich kann mir vorstellen, dass es für dich ein Schock sein muss.«

Lucy sieht ihre Freundin an. »Nein, ich bin ganz froh hier zu sein, um ehrlich zu sein, habe ich mir, als ich damals die Fotos gesehen habe, sonst was für Vorstellungen gemacht. So konnte ich alle kennenlernen und ich weiß jetzt, was du meinst, wenn du sagst, dass sie gute Herzen haben. Ich habe gesehen und erlebt, wie sie sind, doch dieser starke Unterschied, wie sie einerseits zu ihrer Familie sind und andererseits, was sie sonst machen, das ist etwas, was ich … was mir so unglaublich vorkommt.«

Bella nickt und startet den Wagen. »Das ist es und bis heute habe ich mich daran noch nicht gewöhnt. Doch letztlich muss man es einfach akzeptieren, denn es ist so und es wird sich nicht ändern. Lass uns Sam abholen, sie hat angerufen, sie ist noch im Geschäft, sie hat es nicht früher geschafft. Wir machen uns einen schönen Nachmittag.«

Lucy nickt, doch Bella sieht noch einmal zu ihr. »Lucy, tue mir einen Gefallen, egal was zwischen dir und Tito war oder ist, ich halte mich da heraus, ihr müsst das selber wissen, aber bitte … halte dein Herz da heraus. Tito ist einfach nicht … es würde nicht gut gehen.« Lucy nickt und sieht dann aus dem Fenster. »Das tue ich.«

Tito knallt wütend seine Schranktür zu und zieht sich das erstbeste Shirt über. Das hätte nicht passieren sollen. Wieso konnte er nicht die Finger von Lucia lassen? Schon am nächsten Tag hätte er sie am liebsten nochmal gehabt, wie verrückt ist das denn bitte? Als er sich dann eine der mitgebrachten Chicas von Orlando geschnappt hat, war es komisch.

Lucia ist so anders, nicht nur das offensichtliche, aber aus irgendeinen Grund kümmert es ihn, was sie denkt und als er sie dann vorhin gesehen hat, ihr Weinen bemerkt hat, ist ihm klar geworden, dass er sich schnell zurückziehen muss. Das wird ihm zu heiß. Nicht auszudenken, was ihm blüht, wenn Bella ihn in ihre Finger bekommt.

»Bist du fertig?« Pepo steckt seinen Kopf durch die Tür. »Ja ja, bin schon da.« Sie gehen alle hinaus und Tito wirft noch einen letzten Blick auf das Blut auf dem Parkplatz.

Der Tag hat schon so beschissen begonnen. Nicht nur, dass er mit dieser Chica nicht wirklich etwas anfangen konnte, dann platzt auch noch einer aus der Familia morgens bei ihnen rein und erzählt ihnen, das ein langjähriges Mitglied seit geraumer Zeit hinter ihrem Rücken seine eigenen Geschäfte mit ihren Waren macht.

Als er diesen zur Rede stellt, taucht Lucia auf. Mal sehen, was heute noch für Katastrophen passieren. Tito macht sich mit Miko, Pepo und Saul auf den Weg zu Juan. Mittlerweile nehmen sie Saul fast überall hin mit. Der Kleine beweist immer mehr, dass er es wert ist darüber nachzudenken, ihn in den engeren Kreis aufzunehmen. Als sie vor dem Haus von Juan und seiner Mutter halten, wartet dieser schon in der Einfahrt.

»Was braucht ihr denn so lange?« Juan setzt sich nach vorn zu Tito. Juan ist gereizt, seit seinem Streit mit Sara wird es von Tag zu Tag schlimmer. Er behauptet steif und fest, dass es ihm so besser geht, doch keiner nimmt ihm das ab. Er vermisst Sara und fühlt sich gleichzeitig unter Druck gesetzt, nun eine Entscheidung fällen zu müssen. Dass er es genießt, gerade ohne sie zu sein, kann man nicht behaupten. Auch wenn er jetzt die Möglichkeit hätte, sich nach etwas anderem umzuschauen, so hat er es nicht gemacht. Genauso wenig ist er auf die Angebote der Frauen, die sich gerade im Cielo befinden, eingegangen.

Sie fahren zu dem Haus, das sich Orlando für seinen Aufenthalt in Puerto Rico gemietet hat. In zwei Tagen reist dieser wieder ab und heute werden die letzten Details des neuen Deals besprochen. Die Les Surenas und die Trez Puntos beliefern ihn mit Waffen. Sie haben den besten Markt dafür aufgetan und kommen am schnellsten, unkompliziertesten und günstigsten an große und seltene Mengen. Im Gegenzug dazu sollen künftig die Exporte nach Amerika über seine Mittelsmänner laufen. Auch wenn sich alles gut anhört und mittlerweile selbst Paco sein Misstrauen gegen die Kolumbianer etwas abgelegt hat, kann Tito noch immer nicht auf diese vertrauen.

Orlando zeigt nie sein wahres Gesicht. Er sprüht jedes Mal geradezu vor Freundlichkeit, kommt ihnen bei allem entgegen und es scheint, als wäre es für ihn das größte, sie nun an seiner Seite zu wissen, doch Tito spürt, dass sich hinter dieser Fassade viel mehr verbirgt.

Als sie von einer Angestellten auf die riesige Terrasse am Pool geführt werden, sitzen dort schon Paco, Rodriguez und Mano und lassen sich gerade ein paar Leckereien reichen. Orlando sitzt ebenfalls am Tisch. Genauso wie Tito ihn die letzten Tage erlebt hat, in seinem feinen Anzug, perfekt zurechtgemacht, mit diesem 'ihr könnt mir vertrauen' Grinsen und einer Bikinischönheit auf dem Schoß, die er mit einem leichten Klaps auf den Po weg-schickt, als er sie begrüßt.

Tito setzt sich neben Paco und dessen Blick nach zu urteilen weiß er, dass sich Tito im Gegensatz zu allen anderen noch nicht damit angefreundet hat, Geschäfte mit diesen Leuten zu machen. Es werden die letzten Vereinbarungen getroffen. Sobald die schon angeforderte Lieferung eingetroffen ist, sollen ein paar Leute von ihnen nach Kolumbien fliegen, um die Mittelsmänner zu treffen. Für solche Geschäfte haben sich Paco und Juan erst vor einem Jahr einen Privatjet zugelegt, damit sie ihre Waren ohne Probleme transportieren können.

In solchen Ländern hat man, genauso wie in Puerto Rico, keiner-lei Probleme mit dem Zoll, da hilft einfach etwas Geld und man hat freies Geleit. Obwohl alles klar ist und Orlando ihnen so oder so in allen Sachen entgegenkommt, zieht sich das Ganze hin und Titos Gedanken wandern wieder zu dem miesen Morgen. Er steht auf und geht ein paar Schritte weiter weg, um Bella anzurufen.

Als Bella abhebt, erkennt er schon an ihrer Stimme, dass sie über alles Bescheid weiß. Tito hat keine Lust auf Diskussionen mit Bella und fragt knapp nach, ob es Lucia gut geht und wie zu erwarten, gibt Bella einfach nur knapp zurück, dass es ihr bestens geht und Tito sich um andere Sachen kümmern soll. Tito flucht leise, als sie auflegen, er sollte sich nicht solche Gedanken um Lucia machen. Da hat Bella vollkommen recht, noch ein paar Tage und sie ist wieder in ihrer Welt und das eine weiß Tito wenigsten ganz genau, da gehört sie auch hin.

Die nächsten zwei Tage scheint Bella es sich zur Aufgabe gemacht zu haben, Lucy nicht zum Grübeln kommen zu lassen. Sie und Sam unternehmen so viele Sachen mit ihr, dass sie sich abends nur noch müde ins Bett werfen kann. Bella scheint nicht zu wollen, dass Lucy sich weiter ihre Gedanken wegen Tito macht und offenbar kann sie auch sehr gut einschätzen, wie schwer es Lucy fällt. Offensichtlich kennt Bella die Anziehungskraft dieser Männer wirklich besser als sonst jemand und Lucy ist froh darüber, dass es Bella gelingt, sie auf andere Gedanken zu bringen.

Heute Abend ist ihr letzter Abend in Puerto Rico. Lucy bereut diesen Urlaub nicht. Es war faszinierend, in diese Welt einzutauchen. Puerto Rico ist ein unglaubliches Land, es ist eines der schönsten Länder, die sie je gesehen hat. Diese unglaubliche Natur, die vielen Farben. Diese unterschiedlichen Menschen, die Art, wie sie leben und ihre offene, herzliche und fröhliche Art haben Lucy schwer beeindruckt.

Genauso wie sie auch froh ist, Bellas Familie getroffen zu haben, diese andere gefährliche Welt und sie ist sogar etwas stolz auf sich, dass sie dieses Abenteuer gewagt hat und sich ganz darauf eingelassen hat. So hat sie die Möglichkeit, hinter all das zu blicken, zu sehen, dass es eben nicht nur einfach irgendwelche reichen, brutalen puertoricanischen Gangster sind, sondern zu erkennen, dass es trotz allem auch liebende Männer sind. Familienväter, Männer, die, wenn sie denn eine Frau lieben, trotz allem in der Lage sind, so unglaublich aufmerksam und fürsorglich zu sein, wie es Lucy noch nicht erlebt hat.

Miko, Ramon und Paco haben sie in dieser Sache schwer beeindruckt. Gleichzeitig hat sie aber auch die Schwierigkeiten gesehen, die solche eine Verbindung mit sich bringt, das beste und traurigste Beispiel dafür steht wohl für Juan und Sara. Aber auch Rodriguez mit seiner kalten, unbarmherzigen Art geht ihr durch den Kopf. Diese Familia, wie sie es ab jetzt auch nur noch nennt, hat aber einen so ungeheuren Zusammenhalt, wie es Lucy noch nicht mal aus echten, durch Geburt vereinten Familien kennt. Hier scheint das Wort Widerspruch ganz deutlich mit allem verbunden zu sein.

Für Lucy, die normalerweise eher in geordneten Bahnen lebt, ist es zu viel Widerspruch, und gleichzeitig konnte selbst sie sich dem nicht entziehen. Sie kann es immer noch nicht, wenn sie an Tito denkt, an ihr Gespräch am Strand, in dem er sie etwas in seine Seele hat blicken lassen und ihr einen kleinen Teil seiner selbst offenbart hat, wobei sie sich absolut sicher ist, dass dies nicht jeder zu spüren bekommt.

Gleichzeitig hat sie diese Szene im Kopf, wie brutal er mit dem Mann umgegangen ist und wiederum im vollkommenen Widerspruch dazu, wie sie sich geliebt haben. Wie ihre beiden Körper zusammen verschmolzen sind und bei allen Unterschieden, die es zwischen ihnen gibt ... wie gut sich das angefühlt hat und wie gerne sie dies nochmal spüren würde.

Die Feier heute Abend, Lucy weiß nicht einmal, zu welchem Anlass diesmal, findet bei Rodriguez statt, auch dieser Orlando kommt dahin, denn auch er scheint morgen wieder abzureisen. Die letzten Tage hat Bella Lucy bewusst von all dem ferngehalten und Lucy weiß gar nicht, wie die Männer jetzt verblieben sind, wahrscheinlich ist es so am besten. Lucy ist etwas traurig, dass sie Sara nicht nochmal sieht. Ausser ein paar Telefonaten, die sie kurz mit Bella hatte, hat kaum einer was von ihr gehört.

Lucy beschließt, diesen letzten Abend noch zu genießen, auch wenn das heißt, noch einmal Tito zu sehen und ihr Verlangen nach ihm, was ohne Zweifel da ist, zu ignorieren. Als sie mit Bella und Paco hinüber zu Rodriguez geht, hat sie ein leicht mulmiges Gefühl, keine Ahnung, wie sie nun Tito gegenübertreten soll. Doch als sie dann mitten in die schon laufende Feier kommen, erledigt sich das Thema von allein. Es ist so voll, dass sie gar nicht weiter auffallen. Bella erklärt ihr, dass es heute so voll ist, weil wirklich die gesamten Les Surenas, die gesamten Trez Puntos und auch die Leute von diesem Orlando da sind.

Die vielen leicht bekleideten Frauen sind kaum zu übersehen. Es dauert eine Weile, bis Lucy Tito entdeckt hat, er sitzt mit Juan auf Liegestühlen und hat ein Glas in der Hand. Er raucht etwas, was nicht nach einer Zigarette aussieht, und übergibt es dann an Pepo, der neben ihm steht.

Lucy seufzt leise auf, wie er da sitzt, mit einer schwarzen Jeans und einem einfachen weißen Shirt. Seine Tätowierungen sind gut zu sehen, auch eine Waffe erkennt man in seinem hinteren Hosenbund, sein unwiderstehliches Grinsen, so gefährlich, so warnend wie er aussieht ... genauso anziehend wirkt er in diesem Moment auf sie. Das ist dieser Widerspruch, den Lucy weder verstehen noch ihm entgehen kann.

Sie geht mit Bella, Jennifer und Sam tanzen. Etwas mulmig ist ihr schon, obwohl sie mittlerweile viele kennt, doch solch eine Menge an Personen, wie heute hier versammelt ist, schüchtern sie dann doch noch ein. Allerdings bemerkt sie auch, dass immer jemand ein Augen auf sie drei hat, sei es Paco, Ramon und Miko, die immer in ihrer Nähe sind und auch, wenn sie gerade mit anderen im Gespräch sind, sie die Frauen genau im Auge behalten. Aber auch Rodriguez, Raul, Pepo, Chico, alle sehen immer wieder zu ihnen hinüber und Lucy kann sich diesem Gefühl nicht entziehen, diese Männer würden nicht zulassen, dass einer von ihnen etwas passiert.

Lucys Blick schnellt immer wieder ungewollt zu Tito hinüber. Mittlerweile ist er genau wie die anderen eingekreist von schönen Frauen, doch auch sein Blick gleitet immer wieder zu Lucy. Wenn sich aber ihre Augen treffen, wendet Lucy den Blick schnell wieder ab, zu deutlich sind seine Worte aus dem Schlafzimmer noch in ihrem Kopf. Trotzdem macht es sie ein wenig zufrieden, als sie merkt, dass er die Verführungsversuche der anderen ignoriert und sich immer mehr an Lucy festzubeißen scheint.

Sie genießt es sogar richtig, lacht und flirtet mit Pepo und den anderen herum, als würde ihr seine Unzufriedenheit ein gewisses Glücksgefühl geben. Sie tanzen eine Weile und als Lucy dann etwas später ins Haus geht, um sich auf der Toilette etwas frisch zu machen, fühlt sie sich freier.

Im Untergeschoss sind alle Toiletten belegt, also geht Lucy ins obere Stockwerk. Vom Schnitt ist das Haus ähnlich wie das von Paco, allerdings schreit hier alles fast schon überdeutlich nach Junggessellenbude, ähnlich wie im Cielo. Lucy geht an der zwar sicher teuren aber doch eher spärlichen und zweckmäßigen Einrichtung vorbei zu einem Bad. Sie erfrischt sich und als sie wieder heraustritt, lehnt genau gegenüber an der Wand Tito und mustert sie eindringlich.

Lucy bleibt stehen und wappnet sich innerlich gegenüber dem, was er von ihr will, vor seinem schon wieder so anziehenden Aussehen und seiner scheinbar magischen Anziehungskraft auf sie. Er räuspert sich leise. »Wegen letztens nochmal, ich wollte nicht, dass das unser letztes Zusammentreffen ist, dass du so zurückkehrst.«

Tito wirkt auf einmal gar nicht mehr so selbstsicher. »Schon okay, du hast ja recht gehabt, ich weiß wer du bist, Tito. Es hätte mich nicht so schockieren dürfen.« Lucy ist selbst überrascht, wie kalt ihre Stimme wirkt. Tito nickt langsam. »Ja sicher, ich wollte es nur nochmal … keine Ahnung, ich wollte einfach nicht das, was zwischen uns war, dass du das jetzt bereust oder anders siehst.« Er wendet sich zum Gehen um. »Ich wünsche dir alles Gute, Lucia.«

Tito geht schon ein paar Schritte und Lucy seufzt leise, sie sollte auf ihren Verstand hören. Doch sie folgt ihrem Herzen. Sie geht Tito hinterher und hält ihn am Arm fest. »Ich bereue es nicht, Tito.« Als er sich umdreht weiß Lucy, dass es nichts ändert, sie leben in verschiedenen Welten, er ist alles, was ihr Angst machen sollte, sie wird morgen wieder in ihrer Welt sein und das alles hier viele tausend Kilometer von ihr entfernt sein.

Doch als Tito seine Hand an ihre Wange legt und sie fordernd küsst, fühlt es sich so gut an, so richtig.

Tito weiß, er sollte das nicht schon wieder tun, er hatte es nicht vor. Er wollte nur nicht, dass die Dinge so zwischen ihnen stehen bleiben, doch als Lucia ihn zurückgehalten hat, konnte er dem Drang, sie noch einmal zu spüren, nicht widerstehen.

Als er spürt, wie fordernd Lucia ihn zurück küsst, wird ihm noch mehr als die Tage zuvor bewusst, dass es ihm gefehlt hat, den kleinen Engel so nah bei sich zu haben. Er dirigiert sie in irgendein Schlafzimmer, was als nächstes kommt. Sobald die Tür hinter ihnen zu ist, beendet er den Kuss und seine Lippen fahren ihre Wangen und den Hals entlang, während sie ihm ungeduldig sein Shirt auszieht.

»Ich dachte, das wäre etwas Einmaliges«, seufzt Lucia leise und Tito grinst an ihrem Hals. »Zweimaliges.« Tito findet wieder den Weg zu ihren Lippen und setzt sie auf einen Schreibtisch. Beide wissen was sie wollen und sie zeigen es sich offen, schnell fällt Titos Shirt zur Seite und Lucias Kleid wird hochgeschoben. Ihre Lippen trennen sich kaum, Tito kann sich nicht mal den anderen verführerischen Stellen ihres Körpers widmen, weil er ihre Lippen nicht verlassen will … nicht verlassen kann.

Als er dann in sie eindringt, unterbrechen sie den Lippenkontakt und sehen sich in die Augen. Tito weiß nicht, warum er es tut, aber dieser kleine Augenblick löst etwas in ihm aus. Ihre leicht geröteten Wangen, diese großen Augen, die ihn anblicken und dieser sanfte Engel, der in seinen Armen ist … er beginnt sie so vorsichtig zu küssen, wie er noch nie eine Frau geküsst hat.

Lucia spürt diesen Umschwung und geht darauf ein. Sie lieben sich trotz der anfänglichen Hektik anders, als Tito es normalerweise gewohnt ist. Ruhiger und genießender, denn letztlich wissen beide, dass es ihr letztes Mal sein wird.

Als Lucia danach noch schwer atmend ihr Gesicht an seiner Schulter vergräbt, fühlt sich Tito eigenartig, Die Vorstellung, dass sie bald wieder in den Armen eines anderen liegt, passt ihm nicht, doch er weiß, er kann es nicht ändern, noch sollte er es tun. Zudem hat er nicht den Willen, irgendetwas einzugehen, weder

90

Versprechen, noch Verpflichtungen oder sonstiges. Er mag sein Leben genauso wie es ist und er fragt sich, warum dieser blonde Engel überhaupt dazu in der Lage ist, solche Gedanken bei ihm auszulösen.

Er küsst Lucia auf die Haare und sie sieht zu ihm hoch. »Lass uns zu den anderen gehen, die wundern sich sicher schon, wo wir bleiben.« Tito nickt und sieht zu, wie sich Lucia kurz frisch machen geht.

Er wird den Engel gehen lassen in ihre Welt, denn in seiner hat sie nichts verloren.

Kapitel 7

Der Regen tröpfelt langsam und beständig an die Fensterscheibe. Lucy zieht ihre Knie an sich heran und nimmt einen Schluck Tee aus ihrer Tasse, dabei sieht sie den vielen Regentropfen zu, die sich ihren Weg über die Glasscheibe ihres Studentenwohnheims in New York suchen. Seit einer Woche ist sie nun wieder zurück in New York.

Während des gesamten Rückfluges hat sie darüber nachgedacht, was sie jetzt wegen Cameron machen soll. Ob sie ihm alles erzählen soll oder sich an Titos Spruch 'was in Puerto Rico passiert, bleibt in Puerto Rico' halten soll. Letztlich ist sie niemand, der lügt oder Dinge verheimlicht, doch sie sagt sich auch selbst, dass es nichts zu bedeuten hatte, wieso also dem Ganzen zu viel Bedeutung schenken? Das mit Tito war einfach ein Ausrutscher, ohne Konsequenzen und ohne Folgen, warum also all das höher bewerten, als es ist?

Auch Bella hat nichts mehr dazu gesagt, als sie in dieser Nacht wieder mit Tito aus dem Haus kam. Zwar hat Bella sie beide angesehen, sich jedoch einen Kommentar verkniffen. Zum Abschied in dieser Nacht hat Tito sie noch einmal lange umarmt und ihr viel Glück gewünscht, und Lucy war sich so sicher, dass sie, sobald sie wieder in New York ist, alles vergessen wird.

Schon kurz nach der Begrüßung durch Cameron wurde ihr allerdings klar, dass dies nicht so einfach wird. Sobald sie wieder in seinen Armen lag, kam in ihr ein neues Gefühl auf, das sie zuerst nicht zuordnen konnte. Bald jedoch wurde ihr klar, dass es sich einfach falsch anfühlt.

Wenn sie Cameron geküsst hat, wenn er sie immer wieder glücklich umarmt hat, war es komisch und als es an dem Abend ihrer Rückkehr fast so weit war, dass sie miteinander geschlafen hätten, konnte sie damit nicht mehr leben und hat ihm alles gebeichtet. Ihr

Plan, alles in Puerto Rico zurückzulassen, hat nicht mal ein paar Stunden funktioniert.

Cameron war zu Lucys Verwunderung nicht einmal sonderlich geschockt. Er hat gesagt, dass er es sich schon fast gedacht hätte, was wiederum für Lucy ein Schock war. Daraufhin folgte ein langes Gespräch, das die ganze Nacht dauerte. Lucy kann sich nicht daran erinnern, wann sie und Cameron jemals so offen und viel und vor allem über sich, nicht über das Studium oder irgendwelche Projekte, gesprochen haben.

Lucy hat versucht, ihre Gefühle auszudrücken, was ihr in der Beziehung fehlt, dass das mit Tito nichts zu bedeuten hatte. Cameron hat letztlich so reagiert, wie sie es sich gedacht hat. Er ist kein Mensch, der so etwas zu emotional sieht. Er wägt ab, schätzt ein und ist letztlich zu dem Schluss gekommen, dass es einfach ein kleiner Ausbruch aus ihrer gewohnten Welt war. Ein Abenteuer und dass ihre jetzigen Gefühle daher kommen, dass sie ein schlechtes Gewissen hat.

Er ist überzeugt, dass, wenn sie an ihrer Beziehung arbeiten, wenn sie versuchen, das alles als kleinen Fehltritt und Warnung anzusehen, sie es zusammen wieder hinbekommen werden. Lucy möchte es genauso, doch sie sagt ihm auch, dass sie nicht viel Hoffnung hat, dass es klappen wird, allerdings probiert sie wirklich daran zu glauben.

Cameron gibt sich Mühe, genau wie Lucy selbst auch, aber es geht einfach nicht weg. Dieses Gefühl, dass es sich nicht mehr gut, nicht mehr richtig anfühlt, wenn sie sich mit Cameron näher kommt und es wird sogar immer schlimmer. Sie kann nicht mehr mit Cameron leben, nicht mehr aus dem Grund, dass er sonst perfekt ist. Am Anfang dachte sie wirklich, dass es gehen könnte, aber es ist unmöglich, seitdem sie gespürt hat, was man empfinden kann.

Wenn sie daran denkt, wie Tito sie geliebt hat. Lucy spürt mit jedem Tag mehr, dass es nicht klappt, dass sie diese Gefühle für Cameron einfach nicht hat, auch wenn sie es sich wünscht. Wenn er sie küssen will, zieht sie sich zurück. Jedes Mal wenn er versucht, sich ihr zärtlich zu nähern, spürt sie, dass es nicht geht und zieht letztlich nach ein paar Tagen die letzte und einzige Konsequenz die sie daraus ziehen kann, bevor sie beide noch mehr darunter leiden.

Sie weiß nun, dass ihr das was Cameron und sie haben nicht mehr reicht, dass sie sich nicht mehr nur damit zufrieden geben kann. Sie mag ihn und will ihn als guten Freund behalten, denn mehr als das war es in der letzten Zeit sowieso nicht mehr für sie. Ihre Gefühle für ihn gehen einfach nicht über das freundschaftliche hinaus.

Vor ihrer Reise hat sie das schon gespürt und wusste, dass es nicht ausreichend, nicht genug ist, doch seit sie diese Leidenschaft mit Tito erlebt hat, wie kurz auch immer sie nur gewesen sein mag, ist es nicht mehr möglich, so zu tun, als wünschte sie sich nicht mehr als einen Freund an ihrer Seite.

Als sie Cameron all das gestern eröffnet hat, war er zwar gefasst und hat Lucys Entschluss hingenommen, doch hat Lucy nun Zweifel, dass es mit der Freundschaft, die sie so gerne weiterhin mit ihm haben würde, wirklich klappen kann.

Jetzt sitzt sie hier und ihre Gedanken spielen verrückt. Sie war sich so sicher, Lucy wollte diesen Schritt, den sie mit Tito gegangen ist, nicht bereuen. Doch sie tut es mittlerweile und das nicht aus dem Grund, dass es nicht schön war, nicht aus dem Grund, dass er ist was er ist, auch nicht aus dem Grund, dass sie die Beziehung mit Cameron nun beendet hat, dafür ist sie sogar dankbar. Doch es hat bei ihr Spuren hinterlassen und deshalb bereut sie es inzwischen.

Sie versucht es zu verdrängen, zu ignorieren, doch sie hat Sehnsucht nach ihm. Sie wünscht sich immer öfter und immer intensiver, wieder in seinen Armen zu liegen. Und das ist das, was sie bereut, sie hat ihr Herz zu sehr eingesetzt, ungewollt, doch es ist passiert. Ihre Gedanken kreisen immer wieder um ihre Leidenschaft füreinander, miteinander.

Auch an seine Worte, er hätte ihr nie Versprechungen gemacht, dass sie nichts von ihm zu erwarten hätte, denkt sie immer wieder zurück und weiß es selbst. Lucy ist nicht naiv, sie weiß, dass so etwas wie eine Beziehung mit Tito ausgeschlossen ist und sie hat auch nicht vor, ihr Leben mit ihm zu verbringen, wie sollte so etwas möglich sein? Was gibt es, was sie beide verbindet? Was könnte sie jemals verbinden? Doch sie kann ihn einfach nicht vergessen. Die wenigen Stunden, die sie zusammen verbracht haben, haben sich tief in ihre Seele gebrannt.

Seitdem sie wieder hier ist, hat sie ein paar Mal mit Bella telefoniert, insgeheim hatte sie die Hoffnung, dass sie ihr etwas von Tito sagt, vielleicht sogar, dass er mal ans Handy kommt, wie er es früher schon öfter getan hat, doch nichts dergleichen ist passiert. Tito ist schlau genug, das Ganze so zu sehen, wie es gedacht war, ein kleines Abenteuer, ohne Bedeutung. Dass sie sich daran nicht gehalten hat, ist etwas, womit sie alleine klarkommen muss.

Als es plötzlich an der Tür klopft, schreckt Lucy zusammen, genervt steht sie von ihrem gemütlichen Platz am Fenster auf. Bestimmt ist es wieder eine Freundin ihrer Mitbewohnerin, die sie zu irgendwelchen Demonstrationen von Naturbefürwortern abholen will. Allerdings ist diese schon unterwegs und Lucy hat gerade so gar keine Lust darauf, ein 'oh, könntest du ihr' und so weiter Gespräch zu führen.

Umso erstaunter ist sie dann, als sie die Tür aufmacht und Sara davor steht. Die allerdings sieht sehr zufrieden aus, so als wäre sie nicht sicher gewesen, ob sie hier wirklich bei Lucy klopft.

»Hey Sara, das ist ja eine Überraschung.« Lucy umarmt die puertoricanische Schönheit und sie gibt ihr einen Kuss auf die Wange. »Ja, ich bin gerade hier in New York und da ich deine Nummer nicht hatte, dachte ich, probiere ich es einfach mal. Ich wusste ja noch von unserem letzten Besuch, wo du wohnst.« Lucy tritt zur Seite und Sara kommt herein.

Klar ist Lucy in Puerto Rico und auch damals bei ihrem ersten Aufenthalt in New York schon aufgefallen, wie hübsch Sara ist, doch jetzt so allein hier in ihrem Appartment wirkt ihre Präsenz unglaublich. Die langen dunklen Locken, diese braunen Mandelaugen, ihr Gesicht ist fast schon perfekt. Ein Leberfleck neben ihrer rechten Augenbraue unterstreicht das Ganze noch.

Doch man sieht ihr an, dass sie nicht glücklich ist und Lucy weiß natürlich warum. »Weißt du, die letzten Tage ging es drunter und drüber bei mir, ich kam nicht dazu einzukaufen, aber an der Ecke gibt es den besten Kaffee und die leckersten Brownies der Welt. Ich glaube, die können wir beide jetzt gut gebrauchen.« Saras dankbares Lächeln ist mehr als eine Zustimmung.

Eine Stunde, zwei Cappuccinos und zwei riesige Brownies später hat Sara Lucy erzählt, dass sie momentan ihren Vater auf Reisen begleitet. Er ist Vertreter und reist viel herum. Als Sara jünger war, hat sie ihn schon immer gerne begleitet, sie liebt es, durch die Welt zu reisen. Er ist allerdings gestern schon zurückgeflogen, aber Sara bleibt wegen eines Arzttermines noch ein paar Tage länger.

Lucy bemerkt, auch wenn sie Sara noch nicht so gut kennt, dass es ihr nicht gut geht. Für Lucy ist klar, dass dies mit Juan und ihrem Streit oder vielleicht sogar der Trennung zusammenhängt. Was jetzt genau der Stand der Dinge zwischen Juan und Sara ist, weiß Lucy auch noch nicht, selbst Sara scheint sich darüber nicht wirklich im Klaren zu sein.

Sara beginnt ihr zu erzählen, dass Juan sich seit ein paar Tagen wieder regelmäßig meldet. Das tut er immer, sagt sie, er schafft es nicht lange, ohne sie zu leben. Eigentlich eine Feststellung, die jede Frau erfreuen sollte, doch Sara sieht alles andere als glücklich aus. Als Lucy genauer nachhakt, erzählt Sara ihr schließlich etwas von ihrer Beziehung zu ihm.

Sara und Juan kennen sich von klein auf. Im Kindergarten war Sara immer eine der wenigen, der es egal war, dass viele Kinder nicht mit Bella spielen wollten oder durften, weil sie aus einer gefährlichen Familie kommt. Die beiden sind unzertrennlich geworden und Sara war schnell ein fester Bestandteil der Familie.

So lernte sie auch Bellas älteren Bruder, die Cousins und Tito ganz genau kennen und ist sozusagen mit ihnen aufgewachsen. Am Anfang haben die Jungs Bella und Sara meistens nur geärgert, doch das Ganze hat sich schnell verändert und Juan hat immer mehr um Sara geworben. In der Grundschule war es noch mehr zum Spaß, doch als sie dann älter wurden, konnte sich Sara ihm nicht mehr entziehen.

Sie schwärmt Lucy von Juans unglaublicher Art vor. Wenn sie alleine waren, ist er immer liebevoll mit ihr umgegangen, er behandelt sie immer wie den kostbarsten Schatz auf Erden. Es geht Sara nicht darum, nie, nicht eine Sekunde hat sie daran gezweifelt, dass er sie liebt, sie weiß genau, dass er das tut. Doch ihre Beziehung bleibt seit Jahren an einem Punkt stehen. Sie kommen nicht vorwärts und nicht rückwärts.

Sara musste viel in der Beziehung einstecken, die Familia ist immer einer der größten Teile von Juans Leben gewesen, damit hat sie sich abgefunden. Juan ist der Anführer der Trez Puntos, er ist praktisch immer in Gefahr, sodass, sie manchmal nächtelang nicht schlafen kann, weil sie nicht weiß, ob er die Nacht überleben wird, damit hat sie sich nicht abgefunden, aber gelernt, damit zu leben. Dass es immer Frauen gibt, die ihn haben wollen, nur um dadurch, wenn auch nur für ein paar Stunden, etwas Machtvolles zu erleben, damit lebt sie auch.

Er hat sie, als beide noch jünger waren und er gerade die ersten Jahre seine ganze Macht ausgekostet hat, zweimal betrogen. Es war sehr hart für sie, doch ihre Liebe zu ihm war stärker, beiden ist es nicht möglich, ohne den anderen zu Leben. Doch es muss sich für Sara langsam etwas ändern, sie kann nicht mehr so in der Luft hängen. Sie versteht nicht, warum Juan solch eine Panik davor hat, einen Schritt weiter zu gehen.

Er hat ihr erklärt, dass für ihn das Problem nicht darin liegt, mit ihr einen Schritt weiterzugehen, sondern er denkt einfach, dass, wenn er diesen Schritt weitergeht, alles andere zurücklässt, und das ist das eigentliche Problem, daran glaubt Sara fest.

Sie denkt, Juan hat Angst davor, sie zu heiraten, Kinder zu bekommt und all das weil es seine Stellung und seine Zeit für die Familia beeinflusst und genau das ist es, was Sara trifft. Immer hat sie zur Familia gehalten, liebt diese genau wie Bella, aber sie hat innerlich immer gewusst, dass diese sie eines Tages von Juan fernhalten wird.

Lucy und Sara vertiefen ihr Gespräch immer mehr. Lucy spürt, dass es Sara gut tut, einmal mit jemand anderem außer mit Bella oder sonst einem direkt Involvierten darüber zu sprechen. Und auch Lucy tut es gut ihr zuzuhören, sie bekommt immer mehr einen Einblick in das Leben dieser Familia. Juan hat sich am Anfang dieses Streits auch stur gestellt, doch seit ein paar Tagen ruft er Sara wieder an. Er will mit ihr reden, sie sehen, egal wo oder wie. Sara lehnt das ab, sie weiß genau, worauf das hinausläuft. Dieses Mal will sie nicht wieder so schnell nachgeben.

Kleinlaut fängt schließlich auch Lucy an zu erzählen, was sich bei ihr getan hat. Sie erzählt ihr von der Trennung mit Cameron. Erst will sie Sara gar nicht beichten, was sich in ihrem Puerto Rico-Urlaub zwischen ihr und Tito abgespielt hat, aber letztlich kann sie alles weitere nur erklären, wenn sie die Ursachen offen auf den Tisch legt, und Sara war immerhin auch offen und ehrlich zu ihr.

Also atmet sie tief ein und ist letztlich selbst erstaunt darüber, wie ihr plötzlich alles aus dem Mund geschossen kommt. Sie erzählt Sara alles, auch ihre jetzigen widersprüchlichen Gefühle versucht sie zu beschreiben, was ihr schwerfällt, denn sie kann sich diese ja selber nicht wirklich erklären. Sara hört ihr geduldig zu, doch an ihre Miene erkennt Lucy auch, dass sie sich zu Wort melden und klar sagen wird, was sie darüber denkt.

Als Lucy ihre Erzählung beendet, lehnt sich Sara zurück. »Tito ... Herr im Himmel, diese Männer«, ist ihre erste Reaktion und dann sieht sie Lucy lange an. »Ich verstehe dich absolut, Lucy. Tito ist ein unglaublich hübscher Mann, er kann sehr liebevoll sein, ich selber liebe ihn für seine Art über alles.

Aber er ist, genauso wenig wie irgendeiner von ihnen, für so etwas wie eine feste Bindung geschaffen und ehrlich gesagt, glaube ich fast, von allen ist es Tito am allerwenigsten. Gut, vielleicht ist Rodriguez noch weniger für eine Beziehungs geeignet, aber sonst ist Tito wirklich der letzte, an den du einen Gedanken wegen einer Beziehung verschwenden solltest. Egal wie lieb, gut aussehend und anziehend er ist. Glaube mir, ich weiß wie schwer es ist, aber solange du kannst, lass die Finger von ihm. Ich würde das jedem raten, der anfängt, sich in einen dieser Männer zu verlieben. Bella habe ich das geraten, Sam habe ich vorgewarnt … Letztlich muss es jeder selber wissen, doch es ist immer eine Katastrophe. Manchmal mit gutem Ende, manchmal mit weniger gutem.«

Lucy lächelt matt. »Das hat Bella mir auch schon gesagt.« Sara nickt zustimmend. »Gott, wenn ich an Bella und Paco denke, ein Hurrikan ist nichts im Vergleich dazu, was damals los war, als die beiden nicht voneinander lassen konnten.« Lucy nickt. »Ich kenne ein paar Einzelheiten, aber keine Angst, ich denke nicht, dass ich mich in Tito verliebt habe, es ist einfach nur ... keine Ahnung, warum er noch immer so in meinem Kopf herumschwirrt.« Lucy kann es sich wirklich selbst nicht erklären und diesmal lächelt Sara wissend. »Unterschätze diese Männer und deren Macht auf uns nicht, Lucy, mache diesen Fehler niemals.«

Es vergehen Stunden, in denen Sara und Lucy gemütlich in diesem kleinen Eckcafé sitzen und sich über diese ungewöhnliche Welt unterhalten, die so viele Kilometer von diesem Ort entfernt und immer noch so beeindruckend ist, dass es trotzdem nur um sie geht. Je länger sie jedoch dort sitzen, desto blasser wird Sara.

Lucy schiebt das auf das Thema und dass es sie doch noch mehr mitnimmt, als sie es so offen zeigen will. Dreimal in der Zeit, wo die beiden in diesem Café sitzen, versucht Juan Sara zu erreichen, beim vierten Mal erst geht sie ans Handy und wimmelt ihn schnell wieder ab.

Lucy bewundert Sara für diese kühle, durchdachte Art, die sie Juan entgegenbringt, obwohl sie vor ein paar Sekunden noch ganz klar gezeigt hat, wie sehr er ihr fehlt.

Sara sagt, dass sie gerade bei Lucy zu Besuch ist und kurz bevor sie es schafft, Juan ganz abzuwimmeln, fängt Lucys Herz schneller an zu schlagen, als Sara leicht die Augen verdreht und ihr das Handy hinhält. »Tito will dich sprechen.« Lucy fühlt sich fast wie in der Grundschule, kurz bevor sie ihren ersten Liebesbrief öffnet und ihr hallen Saras Worte durch den Kopf. Nein, sie ist nicht in Tito verliebt und soll sich da auch bloß in nichts hineinsteigern, doch als sie dann seine unvergleichliche Stimme hört, bekommt sie allein dadurch schon eine Gänsehaut.

»Hey Engel, wie geht es dir?« Sara erhebt sich und deutet an, dass sie auf die Toilette gehen will. Lucy lehnt sich zurück. Es ist schön, wieder mit Tito zu sprechen. Am Anfang reden sie kurz über die normalen Sachen, wie es in der Uni läuft, wie der Rückflug war, doch als er dann nach Cameron fragt, ändert sich das Ganze so schnell wie es gekommen ist.

Lucy gibt zu, dass sie nicht mehr mit ihm zusammen ist, dass sie gemerkt hat, dass sie ihn nicht liebt. Schwer zu sagen, was für eine Reaktion Lucy sich vorgestellt hat, eigentlich gar keine, denn sie war auf dieses Gespräch ja nicht vorbereitet. Aber die Reaktion von Tito trifft sie sehr. Er ist ruhig, beängstigend ruhig, dann räuspert er sich und stellt die Frage, auf die Lucy selbst keine Antwort weiß. »Hast du dich wegen dem, was zwischen uns war, von ihm getrennt?«

Lucy zuckt leicht zusammen, sie fingert an der Serviette auf dem Tisch herum und antwortet leise, viel zu leise. »Nicht direkt … ich meine, vielleicht hat es mir etwas die Augen … «, weiter kommt sie nicht, denn ein Fluch, den Lucy weder verstehen kann noch wirklich möchte, unterbricht sie.

»Verdammt Lucia, ich habe dir doch gesagt, dass du dir davon nichts versprechen sollst.« Gäbe es in diesem Moment ein Loch, in das sie hätte hineinkriechen können, sie hätte es getan. »Das habe ich doch auch gar nicht, dass habe ich gar nicht gemeint«, versucht sie sich zu rechtfertigen und spürt, wie ihr die Tränen hochkommen. Tito seufzt. »Ich meine, Lucia, du sollst nicht ... das ... da, wo du jetzt bist, das ist deine Welt und da gehörst du hin, verstehst du?« Lucy wird nicht nur traurig, sondern auch wütend. »Ja ich verstehe, Tito, es ist nicht so, dass ich irgendwas von dir erwartet habe, also krieg' nicht gleich so eine ... Panik.« Wieder flucht er und es entsteht eine unangenehme Stille. »Hör mal, Lucia, das alles ....« Lucy spürt, wie Tito nach Worten sucht, dann aber doch letztlich einen Rückzieher macht. »Ich muss langsam los, lass es dir gut gehen, Lucia.« Sie nickt und wischt sich eine Träne weg. »Du auch.«

Als sie das Gespräch beenden, hätte sie am liebsten selbst laut geflucht. Sie kann jedem erzählen, dass sie sich nicht in Tito verliebt hat, aber sich selbst etwas vorzumachen, ist unmöglich. Wenn man bedenkt, was für einen Schlag ihr das gerade von Tito gegeben hat und dass sie sogar ein paar Tränen über seine abwehrende, ja fast schon panische Reaktion verloren hat, fällt es einem ziemlich schwer zu glauben, Tito würde ihr nichts bedeuten.

Erst als Lucy ein paar Mal tief eingeatmet hat, fällt ihr auf, dass Sara ziemlich lange auf der Toilette braucht. Sie steht auf und geht ihr hinterher um nachzusehen, ob alles in Ordnung ist, immerhin war Sara vorhin schon ziemlich blass.

Auf der Toilette des Cafés findet sie Sara am Waschbecken gelehnt vor, anscheinend mit der Übelkeit kämpfend. Sie geht zu ihr und streicht ihr über den Rücken. »Ist alles in Ordnung?« Als Sara schwach nickt, zählt Lucy alles zusammen, den koffeinfreien Cappuccino, den zweiten Brownie, den Sara noch verspeist hat, ihre Blässe ... »Kann es sein, dass du schwanger bist?«

Es dauert eine Weile, bis Sara Lucy antwortet, aber wirklich tun muss sie das auch nicht. Lucy hat es ihr auch so angesehen. »Das war ein Unfall, nicht geplant. Ich weiß, wie das jetzt aussehen muss, als würde ich versuchen, Juan mit allen Mitteln an mich zu binden, doch ich schwöre dir, Lucy, so ist es nicht.« Plötzlich bricht Sara ganz in Tränen aus und Lucy nimmt sie in den Arm. »Nein, natürlich nicht, das hätte ich gar nicht gedacht. Beruhige dich.«

Als Sara sich etwas beruhigt hat, bringt Lucy sie zurück zu ihren Plätzen, wo sie erst mal einen Kamillentee für Sara bestellt. Nachdem diese ein paar Schlucke genommen hat, erzählt sie Lucy was passiert ist und auch, dass sie nun die Einzige ist, die davon weiß. Nicht einmal Bella weiß von Saras Umständen, es soll auch niemand erfahren.

Kurz vor Juans unmöglichem Heiratsantrag hat Sara ihre Pille umgestellt, weil sie von ihrer bisherigen immer wieder zu starke Blutungen bekommen hat. Es muss in dieser Umstellungsphase passiert sein. Sie hatte nie vor, einfach so schwanger zu werden und sie hat es auch erst vor einer Woche richtig gemerkt, alle bis dahin aufgetretenen Symptome hat sie auf den Stress geschoben.

Sie muss jetzt ungefähr am Anfang des zweiten Monats sein. Lucy ist wirklich etwas überfordert mit all diesen Neuigkeiten, vor allem nach diesem gerade erst so unglücklich verlaufenen Gespräch zwischen ihr und Tito. »Okay und deshalb der Arzttermin? Du willst gucken lassen, ob alles okay ist? Was ist mit Juan? Wann willst du es ihm sagen?« Als Sara ihrem Blick ausweicht und zögert, krampft sich Lucys Bauch zusammen.

»Ich will das Kind nicht, Lucy, nicht so, nicht jetzt. Es soll nicht so aussehen, als wolle ich es als Druckmittel benutzen. Juan will mich nicht heiraten, damit muss ich leben, auch wenn er jetzt am Telefon etwas anderes behauptet, doch auf keinen Fall will ich so dieses Kind bekommen. Ich will, dass niemand davon erfährt, verstehst du Lucy? Auch nicht Bella, es quält mich selbst, etwas vor ihr zu verheimlichen, aber sie würde es Juan sagen. Bitte Lucy, es darf niemand erfahren.«

Lucy bekommt in dieser Nacht kein Auge zu. Sie hat Sara schweren Herzens ins Hotel zurückgebracht. Am liebsten hätte Lucy sie bei sich behalten, aber dafür ist ihre Wohnung einfach zu klein. Sie fühlt, dass es nicht richtig ist, nicht gut ist.

Sara hat das Recht, mit ihrem Körper zu tun was sie will, aber Lucy ist überzeugt davon, dass sie dieses Kind unter anderen Umständen behalten würde. Was ist mit Juan? Er weiß nicht einmal etwas von der Existenz des Kindes. Sara wird das kaputt machen, sie wird mit dieser Last nicht leben können. Lucy hat ihr zugesichert, sie morgen zu begleiten, sie nimmt sich fest vor, nach der Untersuchung noch einmal ernsthaft auf sie einzureden. Heute war Sara dafür einfach schon zu fertig.

Lucy wälzt sich im Bett herum, genauso schwirren ihr Titos abweisende Worte im Ohr. Sie ist nicht verwundert oder enttäuscht, sie hat nie etwas von ihm erwartet, vielleicht hat sie gehofft, dass er ihre gemeinsamen Stunden auch nicht so wirklich aus dem Kopf bekommt, doch diese kleine Hoffnung ist genauso sinnlos wie ihr Wunsch, in diesem Moment einfach in seinen Armen zu liegen.

Den ganzen nächsten Morgen überlegt Lucy hin und her, einfach Bella anzurufen, doch sie will das nicht hinter Saras Rücken machen. Während diese am Vormittag untersucht wird, wartet Lucy angespannt vor dem Ärztezimmer. Als sie dann endlich eintreten kann, findet sie Sara wie ein Häufchen Elend auf dem Stuhl vor seinem Schreibtisch vor. Sie setzt sich zu ihr und legt den Arm um sie.

»Alles okay? Stimmt etwas nicht?« Sara schluchzt auf. »Doch es ist alles in Ordnung, das Baby ist gesund, es geht ihm bestens.« Lucy weiß nicht so recht, was sie sagen soll und ist froh, als der Arzt sie räuspernd unterbricht. »Also, wie ich schon gesagt hatte, vom medizinischen Standpunkt aus gesehen gibt es keinen Grund, diese Schwangerschaft zu beenden. Wenn sie das aber immer noch vorhaben, ist das natürlich ihr gutes Recht. Ich gebe ihnen einen Termin … doch ich würde ihnen raten, sich das Ganze nochmal gründlich durch den Kopf gehen zu lassen.

Verstehen sie, ich habe oft Frauen hier, die aus den verschiedensten Gründen einen Schwangerschaftsabbruch wollen, doch meist sind diese entschlossener, haben sich diese Entscheidung gründlich überlegt, aber bei ihnen habe ich nicht das Gefühl, dass sie das wirklich von ganzem Herzen wollen.«

Sara kann sich zwar ein Schniefen nicht verkneifen, doch sie nimmt den Zettel mit dem Termin entgegen. »Doch, ich kann nicht anders.« Lucys Herz krampft sich zusammen bei dem Schmerz, den sie aus Saras Stimme heraushört.

Da es in ihrer Wohnung nicht geht, begleitet Lucy Sara mit in ihr Hotel. Über die Größe und vornehme Ausstattung ihres Zimmers denkt Lucy gar nicht weiter nach. Nachdem sie angekommen sind, bestellt sie etwas zum Essen und Sara legt sich erschöpft auf die Couch. Lucy ist sich unsicher, so gut kennt sie Sara nicht, außerdem ist sie nicht gerade sehr erfahren auf diesem Gebiet, doch in diesem Moment ist sie die einzige Person, die auf Sara einreden kann. Als beide anfangen zu essen, fasst sie sich ein Herz und redet mit Engelszungen auf Sara ein, doch mit Juan zu reden.

Lucy merkt sehr schnell, dass dies der falsche Weg ist, Sara ist nicht mal ein wenig in diese Richtung zu drängen. Saras größte Angst ist, dass alle denken, sie hätte das extra gemacht, um Juan so an sich zu binden. Sie sagt selbst, er beteuert ihr mittlerweile jeden Tag am Telefon, dass er sie heiraten wolle, er fleht sie an zurückzukommen, doch Sara hat das Gefühl, all das ist nicht echt.

Es ist wie immer und am Ende ändert sich nichts. Doch als Lucy anfängt, sie wegen Bella zu bitten, spürt sie, dass sie da bei Sara einen wunden Punkt trifft. Sara tut es offensichtlich weh, dies vor ihrer besten Freundin zu verheimlichen. Lucy will Sara nicht drängen, aber sie weiß, allein schafft sie es nicht, mit diesem Problem umzugehen. Am Ende ist es gar nicht so schwer, Sara zu überreden, wenigstens Bella einzuweihen. Als sie vom Hoteltelefon mit Lautsprecher zusammen Bella anrufen, fallen Lucy tausend Steine vom Herzen.

Das Gespräch wird kompliziert, Sara ist zu aufgewühlt, um alles richtig erklären zu können. Lucy versucht, Bella alles zu erläutern, doch sie scheint das alles nicht so recht zu verstehen. Es dauert eine Weile, bis alles bei Bella angekommen ist und sie versteht, in welcher Lage Sara da gerade steckt. Was genau dann gesprochen wird, kann Lucy nur erahnen. Die beiden sprechen so schnell und so abwechselnd auf spanisch, dass Lucy nicht mehr hinterherkommt.

Sie versteht gerade, dass Bella Sara sagt, wie sehr Juan sie vermisst, dass er alles bereut und sie nur noch zurückhaben will. Bella fleht Sara an das Baby zu bekommen und dass sie mit Juan reden soll. Sara sagt ihr ihre Meinung, die sie auch schon Lucy erklärt hat. So geht es eine ganze Weile hin und her. Lucy setzt sich auf die Couch und lehnt sich zurück, mit der Zeit wird das Wortgefecht der beiden besten Freundinnen leiser und Lucys Blick fällt immer wieder auf den Zettel mit dem Termin, der schon in zwei Tagen ist.

Plötzlich hört man durch den Lautsprecher Juan. Offensichtlich hat er Bella beim Telefonieren bemerkt und aus ein paar Wortfetzen erkannt, dass es Sara ist, mit der Bella telefoniert.

»Wovon redet ihr da? Ist das Sara? Gib mir das Telefon ...« Man kann förmlich hören wie Bella ihn wütend anfunkelt. »Sie will aber nicht mit dir reden. Du weißt gar nicht, was du da wieder angerichtet hast.« Lucy sieht zu Sara, die sich die Hand vor den Mund hält und der dicke Tränen über das Gesicht rollen, allein weil sie ihn am Telefon hört.

»Komm schon, Bella, gib mir das Telefon, ich will mit ihr reden. Worüber habt ihr da geredet?« Plötzlich ist nur noch Juan am Telefon. »Sara? Sara ... mein Herz, komm Süße, rede mit mir ... bitte, ich werde wahnsinnig, wenn ich nichts von dir höre. Ich liebe dich und es war so bescheuert von mir zu glauben, ich könnte ohne dich sein. Bitte komm und rede mit mir.« Selbst Lucy kommen die Tränen hoch, man hört, dass Juan das aus vollem Herzen sagt.

Sara schluchzt leise und beichtet ihm von der Schwangerschaft und dass sie das Kind nicht will, nicht so. Sie schwört, dass es niemals ihre Absicht war, ihn damit zu halten. Juan ist ganz ruhig, wahrscheinlich geschockt, erst als Sara am Ende nochmal klar und mit mittlerweile wieder fester Stimme sagt, dass sie dieses Kind nicht behalten wird und in zwei Tagen einen Arzttermin hat, hört man etwas laut zerknallen.

Plötzlich ist Bella wieder dran. »Ähmm, naja ... also gut, das war jetzt ... Mist. Ich rufe später nochmal an.«

Als Sara das Gespräch beendet, lässt sie sich auch neben Lucy auf der Couch nieder. Als sie noch am Diskutieren war, ist sie aufgeregt durch das Zimmer gelaufen. »Und was denkst du, passiert jetzt?« Lucy hat wirklich keine Vorstellung, so gut kann sie das alles und vor allem Juan nicht einschätzen. Sara winkt müde ab. »Du meinst nachdem er die halbe Wohnung oder das Punto-Haus, wo auch immer er gerade war, kaputt geschlagen hat? Keine Ahnung, erst mal wird er wahrscheinlich Telefonterror machen, so ganz kann ich das auch nicht einschätzen. Es ging bisher ja nur immer um mich, ich weiß nicht wie er«, sie zeigt auf ihren Bauch »deswegen reagiert. Du hast ja gehört, dass er noch nicht viel dazu gesagt hat.«

Sie seufzt leise. »Wollen wir uns einen DVD-Abend machen, ich brauche dringend Ablenkung? Lass uns etwas Schönes aussuchen, in ein paar Minuten fängt hier so oder so der Terror an.«

Sara behält Recht, es dauert keine zehn Minuten und ihr Handy klingelt pausenlos. Irgendwann auch das Hoteltelefon. Lucy bewundert Saras Beharrlichkeit und Gelassenheit in dieser Sache. Sie sehen sich zwei Videos an und Lucy verschont Sara für diese Nacht mit dem Thema, was diese zur Kenntnis nimmt. Erst als es bereits wieder hell wird, legen sich beide schlafen. Es ist Wochenende und keine Uni. Lucy will Sara einfach nicht allein lassen. Als beide am späten Nachmittag aufstehen und frühstücken, beschließen sie, etwas spazieren zu gehen und Lucy hofft bei der Gelegenheit, nochmal auf Sara einwirken zu können.

Als es dann plötzlich heftig gegen die Hoteltür klopft und draußen laute Stimmen zu hören sind, weiß Lucy, dass sie das nicht mehr braucht, das wird nun jemand anderes für sie übernehmen.

Sara bleibt wie angewurzelt stehen, also übernimmt Lucy und öffnet die Zimmertür, vor der ein aufgebrachter Juan und ein etwas leicht verzweifelter Hotelangestellter stehen und wild diskutieren. Als beide sehen, dass die Tür nun geöffnet ist, zuckt der Hotelangestellte die Schultern und geht davon, während Juan eintritt. Er bleibt vor Lucy stehen, die etwas verunsichert in das wütende Gesicht von Juan blickt.

Während des Aufenthaltes in Puerto Rico hatte sie nicht viel Gelegenheit, mit ihm zu reden, nicht so wie bei Paco, Miko oder Tito. Durch den Streit mit Sara war er meist nicht gut drauf und auch jetzt sieht er aus, als hätte er erstens nicht geschlafen und zweitens, als hätte er gerade einmal die Hölle durchquert.

Lucy zuckt kurz zusammen, als er sie plötzlich umarmt. »Ich danke dir dafür, dass du dich um Sara gekümmert hast. Du bist wirklich ein Engel.« Etwas überrumpelt ist Lucy schon, doch sie umarmt ihn zurück und seufzt leise. Was haben die bloß ständig mit diesem Engel? Juan lässt Lucy los und wendet sich ab. Sie beobachtet gerührt, wie alles wütende, alles was sie gerade noch so erschreckt hat, von seinem Gesicht abfällt, als er auf die völlig fertige Sara sieht, der gerade wieder Tränen über die Wangen laufen.

Wahrscheinlich hatten beide es nicht vor, jeder von ihnen hätte dem anderen sicherlich tausend Dinge an den Kopf zu werfen, doch Juan geht zu Sara und nimmt sie in seine Arme, in denen sie so heftig zu Weinen beginnt, dass man ahnt, wie sehr die letzte Zeit sie mitgenommen hat.

Lucy lächelt und zieht sich zurück.

Ihr Bauchgefühl sagt ihr, dass alles wieder in Ordnung kommt.

Die Liebe, die die beiden füreinander empfinden, wird das schon richten.

Kapitel 8

Sara und Juan bleiben noch zwei Tage in New York. Sie gehen noch einmal zusammen zum Arzt, aber diesmal nur, weil Juan unbedingt sein kleines Baby sehen möchte. Sara meint, er sei wie ausgewechselt, er freue sich auf das Baby, worüber selbst Sara erstaunt ist. Seine immerwährende Angst vor der Verantwortung hat sich mit der Tatsache, dass es nun einfach passiert ist, in Luft aufgelöst. Sie haben lange geredet und Juan hat ihr seit seinem ersten missglückten Versuch den bestimmt hundertsten Antrag gemacht, aber diesmal hat Sara ihn angenommen.

Lucy sieht die beiden in den Tagen des Öfteren und Juan äußert mehr als einmal seinen Dank. Er hat das Gefühl, hätte Sara sich nicht Lucy anvertraut und die auf sie eingeredet, mit Bella zu sprechen, hätte das ganze anders enden können. Wenn die drei essen oder sonst zusammen sind und Juan telefoniert, bekommt Lucy mit, dass manchmal Tito am Handy ist. Juans Blick schweift dann immer automatisch zu Lucy hinüber, doch etwas sagen oder gar sie ans Telefon bitten, das tut er nicht.

Nachdem die beiden wieder nach Puerto Rico zurück sind, widmet sich Lucy ganz ihrem Studium. Sie versucht, Tito und die Sehnsucht nach ihm, die sie weder verstehen noch ihr nachgeben kann, zu verdrängen. Cameron, der nach der durch Lucy beendeten Beziehung noch ziemlich kühl und distanziert gewirkt hat, versucht inzwischen, wieder näher an sie heranzukommen. Doch auch wenn sie weiß, dass aus ihr und Tito nie etwas werden wird, es geht nicht. Die Tatsache, dass Lucy nicht mehr als freundschaftliche, vielleicht brüderliche Gefühle für ihn hat, lässt sich einfach nicht wegdiskutieren. Egal wie viel dafür spricht, wie viel Gemeinsamkeiten sie haben, solch eine Leidenschaft, wie sie es mit Tito erlebt hat, kann sie sich bei ihm einfach nicht vorstellen.

Lucy kann einfach nur hoffen, dass sie jemanden trifft, bei dem sie beides findet, diese Leidenschaft und gleichzeitig jemanden, der in ihre Welt passt. Wenn sie jedoch mit Bella telefoniert, hat sie trotzdem jedes Mal die Hoffnung, dass Bella sagt 'Warte! Tito möchte dich noch einmal sprechen.' Es passiert aber nie. Nach ihm zu fragen traut sich Lucy allerdings auch nicht, weil sie nicht offenbaren möchte, dass ihr die verbrachten Stunden doch mehr bedeutet haben. Natürlich will sie auch nicht hören oder erneut bemerken, dass nur sie so dumm war und viel mehr in alles hinein-interpretiert hat, als vorhanden ist.

Lucy sitzt mitten in einer Lesung, als ihr Handy vibriert. Als sie sieht, dass es ihre Mutter ist, entschuldigt sie sich schnell und geht verwundert hinaus, um das Gespräch anzunehmen. Sie und ihre Eltern haben eine schwierige Beziehung. Lucy ist ein Einzelkind, aufgewachsen in einer kleinen Stadt in Texas. Ihre Mutter ist die typische Hausfrau wie aus einem Bilderbuch. Sie war immer zu Hause, hat das Haus perfekt gepflegt, sich den ganzen Tag um Lucy gekümmert, in wohltätigen Vereinen mitgeholfen, einfach vorbildlich. Als Kleinkind was das sicherlich sehr schön, aber je älter Lucy wurde, desto mehr Streit bekamen die beiden. Lucy wollte etwas erleben und frei sein, während ihre Mutter sie nicht loslassen wollte. Sie hatte immer Angst, ein Fehltritt von Lucy könnte dem so wichtigen Ansehen der Familie schaden.

Im Gegensatz zu der allgegenwärtigen Mutter hat Lucy ihren Vater selten gesehen. Als Soldat war er oft monatelang im Einsatz. Es war nie zu leugnen, dass er sich immer mehr einen Sohn gewünscht hat. Inzwischen weiß Lucy auch, dass ihre Eltern noch lange probiert haben, weitere Kinder zu bekommen, doch es hat nicht geklappt. Obwohl sie sich nie daran erinnern kann, viel mit ihrem Vater unternommen zu haben, hing sie viel mehr an ihm, als an sonst jemandem. Wenn er mal da war und sie manchmal auf seine starken Schultern genommen oder sie wegen einer guten Arbeit gelobt hat, war das alles für sie.

Wahrscheinlich war das auch der Grund, warum sie als Teenager weniger rebelliert hat, als es gewöhnliche Teenager tun. Die unterdrückte Angst, die wenige Zuneigung ihres Vater auch noch zu verlieren, war zu groß.

Lucy war immer gut in der Schule, Gerechtigkeit und Ordnung schon immer Teil ihres Lebens, so war es fast schon naheliegend, dass sie sich um ein Jurastudium bewirbt. Als sie dann das Stipendium für New York erhielt, war es für sie fast eine Pflicht, dorthin zu gehen. Nicht nur, weil es eine der besten Universitäten des ganzen Landes ist, sondern auch, weil sie so endlich aus den Händen ihrer Mutter und aus der Kleinstadt in Texas hinauskommen konnte.

Ihre Eltern waren nicht begeistert, sie gehen zu lassen, doch waren die Vorzüge, die dieses Stipendium mit sich bringt, einfach nicht von der Hand zu weisen. Da ihr Vater mittlerweile im Ruhestand zu Hause ist und ihre Mutter sich nun voll und ganz ihm widmen kann, lies auch sie endlich die hütenden Hände von Lucy, und ihrem neuen Leben stand nichts mehr im Weg.

In New York traf sie auf Bella und zusammen machten sie in den ersten Wochen die Nacht zum Tage. Lucy konnte endlich mal frei atmen und sich ohne den Gedanken, was die Leute dann über ihre Familie sagen, frei bewegen und tun und lassen, was sie wollte. Der Kontakt zu ihren Eltern war am Anfang noch sehr verstärkt, doch mit der Zeit haben sie sich damit abgefunden, dass Lucy nun ihr Leben führt.

Wenn sie zu Besuch nach Hause fährt, empfindet sie die Atmosphäre viel entspannter und ungezwungener, als sie es jemals vorher empfunden hat, als sie noch in diesem Haushalt gelebt hat. Deswegen wundert sie sich auch, dass ihre Mutter sie heute mitten in einer Lesung anruft, so etwas tut sie sonst nie. Ein ungutes Bauchgefühl breitet sich in ihr aus, als sie an das Handy geht.

Tito sieht aus dem Fenster des Flugzeuges. Durch den Privatjet, den sich beide Familias zugelegt haben, ist er lange nicht mehr mit einem normalen Linienflug geflogen und er sehnt sich gerade danach aufzustehen und im Gang auf und ab zu laufen, doch wahrscheinlich würde die Stewardess, die ihn so oder so schon die ganze Zeit im Auge behält, dann vollkommen durchdrehen.

Tito fährt sich durch die Haare und lehnt sich zurück. Was zur Hölle tut er hier eigentlich gerade?

Seitdem Lucia wieder nach New York zurückgegangen ist, muss er zugeben, dass er immer wieder an sie gedacht hat. Kein Wunder nach diesen Stunden, die sie beide miteinander verbracht haben. Tito hat schon von Anfang an bemerkt, dass Lucy bei ihm einen bleibenden Eindruck hinterlassen wird. Oft hat er sich gewünscht, sie bei sich zu haben, doch gleichzeitig ist und war ihm immer bewusst, dass das nicht möglich ist.

Als er dann am Telefon mit ihr geredet und erkannt hat, dass ihre gemeinsame Zeit Lucy doch mehr bedeutet hat, ist er wütend geworden. Es wäre so viel leichter für ihn, diesen blonden Engel endlich ganz aus seinem Kopf zu bekommen, wenn er wüsste, dass sie in New York glücklich in den Armen des Anwaltstypen liegt, wo sie hingehört. Das erste Mal in seinem Leben hat er sich in diesem Moment am Telefon an die Wand gedrängt gefühlt, als er gehört hat, dass dies nicht der Fall ist. Sobald aber das Gespräch beendet war, hat Tito sich noch mieser gefühlt, weil er sie so angegangen ist.

Seitdem spielen seine Gedanken und Gefühle verrückt.

Ja, er denkt an Lucia und ja, er würde jede der Frauen, mit denen er im Bett ist, gegen eine Nacht mit ihr eintauschen. Doch er weiß auch, dass er weder Lust noch Interesse an einer Beziehung hat. Nicht mal mit einer von ihnen, die in Puerto Rico lebt, die das Leben dort kennt, die ihn dafür schätzt was er ist und ihn nicht jedes Mal schief anguckt, wenn er flucht. Doch noch unmöglicher ist es, jemals eine Beziehung mit Lucia einzugehen. Das alles ist ihm absolut klar, doch die vergangenen Tage hat er sich selber immer wieder bei dem Gedanken erwischt, wie es wäre … wie es funktionieren könnte und ärgert sich selbst darüber, dass er überhaupt einen Gedanken daran verschwendet und er jedes Mal zum gleichen Ergebnis kommt. Es gibt keine Möglichkeit, selbst wenn er wollte, was er aber nicht tut.

Tito fährt in letzter Zeit viel mit Rodriguez, Saul und Chico herum, um sich außerhalb der Stadt um die Geschäfte zu kümmern. Zwar ist Juan auch wieder da, aber der ist gerade nicht von Saras Seite zu bekommen. Tito freut sich für die beiden. Es war zwar klar, dass sie nicht getrennt bleiben, da keiner ohne den anderen leben kann, aber dass die beiden nun auch ein Baby bekommen und sie wirklich heiraten, das hätte er nicht erwartet. Tito freut sich aber natürlich für seinen besten Freund.

Tito muss an den Tag denken, an dem Saul noch einmal seinen Einstieg in den engeren Kreis beschleunigt hat. Sie sind zu der Hauptfiliale einer Schmuckladenkette gefahren. Sie gehören unter den Schutz der Trez Puntos und der Les Surenas. Der Geschäftsinhaber hat sie darüber informiert, dass eine kleine Gang, die sich neu in der Nähe der Stadt niedergelassen hat, Stress macht, weil sie der Meinung sind, sie müssten nun die Geschäfte in dieser Stadt übernehmen.

Ob sie nur nicht wissen, mit wem sie sich anlegen oder einfach nur lebensmüde sind, weiß Tito nicht genau, es ist ihm aber auch ziemlich egal. Als sie in die Filiale kommen, läuft der Besitzer schon unruhig herum und zeigt beim Anblick der vier auf eine Ecke, in der sich ein paar Kleingangster herumlümmeln und sich wie die neuen Besitzer des Ladens aufführen. In dem Moment, als diese Männer sie entdecken, stehen sie auf und kommen direkt auf Tito, Rodriguez, Chico und Saul zu. Sie schienen unbeeindruckt darüber gewesen zu sein, wer hier gekommen ist, also wussten sie, mit wem sie sich anlegen und die Gier nach diesem Geschäft hat sie einfach lebensmüde werden lassen.

Tito musste schmunzeln, auch Chico lachte leise, während Rodriguez sehr angespannt war. Tito weiß, dass Rodriguez sich am liebsten sofort alle vorgenommen hätte, aber Tito deutete ihm zu warten. Er schlug Saul leicht auf die Schulter. »Mal sehen, wie sich unser Neuer schlägt.« Anstatt dass Saul nervös wurde oder gefragt hätte, was er tun soll, grinste er und auch Rodriguez trat ein Schritt zurück. Einer der Männer zog die Augenbrauen hoch und wendete sich an Tito und Rodriguez.

»Also Freunde, ihr habt sicher schon mitbekommen, dass wir ab jetzt diesen Laden übernehmen. Das ist unsere Stadt, also denke ich, sollte das für euch ...« Weiter kam er nicht, schneller als selbst Tito das realisieren konnte, war Saul zwei Schritte nach vorn gegangen. Statt sich denjenigen zu schnappen, der sie ansprach, hatte sich Saul blitzschnell den Mann aus der Mitte dieser Kerle geschnappt. Es war offensichtlich, dass er der Anführer dieser Gang ist.

Saul hat ihn so schnell in den Schwitzkasten genommen und ihm eine Waffe an den Kopf gehalten, dass Chico leise hinter Tito geflucht hat. »Verdammt, ist der Mistkerl schnell.« Auch Rodriguez zog anerkennend die Augenbrauen hoch. »Habt ihr Wichser eigentlich eine Vorstellung, mit wem ihr euch anlegt? Falls nicht, wisst ihr es jetzt. Verschwindet und wagt es nicht noch einmal, in eines unserer Geschäfte zu kommen.«

Erst dann kamen die anderen der Familia dazu zu reagieren. Sie zogen ihre Waffen und richteten sie auf Saul. Tito seufzte leise, Mut hatten sie ja. Chico grinste amüsiert und nahezu gleichzeitig zückten er, Rodriguez und Tito ihre Waffen. Mit einem Kopfschütteln deutete Chico den nun nicht mehr so selbstsicher wirkenden Männern, dass dies keine gute Idee sei, und Saul fuhr fort. »Es interessiert uns einen Scheiß, ob ihr denkt, irgendeine Stadt würde euch gehören, denn uns gehört Puerto Rico, also verschwindet und hört auf uns vollzuquatschen, wir reden nicht mit solchem Abschaum wie euch. Comprende?«

Mit diesen Worten nahm Saul die Waffe vom Kopf des Anführers und schubste ihn in Richtung Ausgang. Tito warf Saul einen anerkennenden Blick zu. Alle wendeten sich nun den Männern zu, die unsicher zu ihrem Anführer sahen. Doch der hatte wohl offensichtlich kapiert, mit wem er sich hier anlegt und führte seine Männer mit einem Kopfnicken hinaus.

Nachdem sich der Geschäftsführer noch ein paar mal überflüssigerweise bedankt hatte, schließlich bezahlt er ja genau für diesen Schutz, entdeckte Tito noch ein schönes Armband, welches er für Bella mitnahm und damit verließen sie die Stadt wieder.

Saul hat bewiesen, dass man ihn ohne Bedenken in den engeren Kreis lassen kann.

Als sie bei Bella angekommen waren, gab Tito ihr das Armband. Bellas Handy klingelte, als sie gerade anfing, Leandro zu wickeln. Tito erkannte, dass es Lucia war, er wollte das Handy schon weglegen, doch irgendein komisches Gefühl lies ihn dann doch das Gespräch annehmen. Es versetzte ihm einen Stich in die Brust, als er Lucia so aufgelöst und verzweifelt am Telefon hörte, sie hatte nicht einmal richtig registriert, wer dran war. Völlig durcheinander hatte sie dann nach Bella gefragt, nachdem sie ihn erkannt hatte, doch Tito wollte, dass sie ihm sagt was passiert war.

Tito verstand irgendetwas von ihrem Vater und Krankenhaus, bevor er allerdings weiter nachhaken konnte, war Bella schon da und hatte ihm ihr Handy weggenommen.

Nach dem langen Telefonat zwischen Bella und Lucy war klar, was passiert ist und warum Lucia so fertig war. Ihr Vater hatte einen Herzinfakt und liegt nun im Krankenhaus. Die Ärzte wissen noch nicht, ob er es überstehen wird. Tito kann sich noch sehr gut daran erinnern, wie Lucia ihm bei ihren früheren Telefonaten einmal erzählt hatte, wie sehr sie an ihrem Vater hängt.

Tito weiß, dass Lucia aus einer typischen Kleinstadtfamilie aus Texas kommt und immer wenn er an ihren Vater gedacht hat, hat er sich einen Soldaten mit tausend Marken, strengem Befehlston und übler Laune vorgestellt. Doch nun zu wissen, dass er, der Lucia soviel bedeutet, vielleicht im Sterben liegt und sie gerade durch die Hölle geht, trifft ihn.

Bella reagierte sofort, für Tito ein weiteres Zeichen dafür, dass es Lucia wirklich schlecht geht. Sie buchte für den nächsten Morgen einen Flug, Bella war ganz nervös, sie machte sich ernsthaft Sorgen, weil Lucia so extrem fertig war.

Auch Tito lies das nicht in Ruhe, obwohl er wusste, dass es ihr nach Bellas Ankunft sicher besser gehen würde. Er versuchte trotzdem, Lucia während des gesamten Tages zu erreichen, später erfuhr er von Bella, dass sie es auch versucht hatte, sie aber auch nicht erreichen konnte. Wahrscheinlich ist sie den ganzen Tag bei ihrem Vater im Krankenhaus gewesen.

In dieser Nacht bekam Leandro zu allem Übel auch noch hohes Fieber, und als Tito am nächsten Morgen zu Bella fuhr, um Neuigkeiten von Lucia zu erfahren, lagen Bellas Nerven blank. Leandro war noch nie krank und sie möchte ihn jetzt nicht allein lassen, gleichzeitig bricht es ihr das Herz, nicht für Lucia da sein zu können.

Ob es Bellas Verzweiflung war, die von Lucia am Telefon oder einfach nur ein spontaner Impuls, aber Tito erklärte, dass er für Bella fliegt. Genauso verwundert, wie die Gesichter aller anwesenden Personen im Raum, fühlte sich Tito in dem Moment, als er allen seinen Entschluss mitgeteilt hat, auch.

In ein paar Minuten landet er nun. Weder weiß Lucia, dass er an Bellas Stelle kommt, noch hat er eine Idee, was er ihr überhaupt sagen soll, warum er kommt. Er weiß es ja selber nicht.

Als das Taxi ihn etwas später vor dem Krankenhaus absetzt, welches Bella ihm aufgeschrieben hat, flucht Tito und der Taxifahrer sieht verwundert zu ihm. Tito ist hier in einer wirklichen Kleinstadt gelandet. Alle Häuser stehen perfekt aneinandergereiht. Alles wirkt so gediegen. Tito fällt hier auf wie ein bunter Hund und so fühlt er sich gerade auch. Am liebsten würde er umkehren und zurückfliegen, er hat nicht einmal eine Vorstellung, ob Lucia ihn jetzt überhaupt sehen möchte.

Dazu kommt, dass Bella erst dagegen war, dass genau er fliegt, doch dann hat sich plötzlich Sara eingemischt. Sie hat als Letzte viel Zeit mit Lucia verbracht und Tito ist sich sicher, dass sie noch einiges mehr weiß, als sie es erzählt hat. Sie meinte, dass sie es für richtig hält, wenn Tito fliegt. Dabei hat sie ihm so einen komischen Blick zugeworfen, als vermute sie etwas oder weiß es sogar. Tito hat keine Ahnung, was in den Köpfen der Frauen vor sich geht. Letztlich ist er geflogen unter dem breiten Grinsen von Juan, der ihm immer wieder auf die Schulter geklopft hat »Dass es dich auch mal erwischt.« Tito hat ihm sehr deutlich gesagt, dass er den Blödsinn lassen soll, aber das dicke Grinsen konnte er ihm nicht aus dem Gesicht entfernen.

Er drückt dem Taxifahrer ein Bündel Scheine in die Hand, als er ihm seine Reisetasche aus dem Kofferraum reicht. Schneller als er es sicherlich gewöhnlich tut, fährt dieser wieder los. Klar, dass Tito hier auf alle wie ein Krimineller wirken muss, auch wenn er heute einfach nur eine Jeans und ein Shirt trägt. Seine Tattoos und sein südamerikanisches Aussehen sind sicherlich zu viel für so eine Kleinstadt. Tito muss grinsen bei der Vorstellung der Reaktion der Leute, wenn sie hier eine Ahnung hätten, wer er wirklich ist.

Tito betritt das Krankenhaus und beachtet die ihm zugeworfenen Blicke die ihm sofort zugeworfen werden gar nicht, als er in Richtung Intensivstation geht, auf der Lucias Vater liegen soll. Er will gerade durch die Glastür treten, als aus einer der vielen Türen Lucia herauskommt und sich erschöpft gegen eine Wand lehnt. Titos Herz schlägt schneller beim Anblick ihres traurigen Gesichtes, die langen blonden Locken sind einfach zu einem Knoten zusammengebunden, sie wirkt so noch viel zerbrechlicher als ohnehin schon.

Genau in dem Moment kommt auch ein Mann aus dem selben Zimmer, welches Lucia gerade verlassen hat. Tito erkennt sofort, dass es dieser Cameron sein muss. Lucia hatte Bella mal ein Bild von beiden geschickt und Tito hat sich den Kerl genau angesehen. Offensichtlich will er Lucia trösten, doch als er sie in seine Arme ziehen will, weicht sie aus. Man sieht ihr deutlich an, dass sie am liebsten weinen würde, dieses Bedürfnis aber zurückhält.

Tito öffnet die Tür und kommt sich irgendwie fehl am Platz vor, als er die Intensivstation betritt. Doch was dann passiert, fährt ihm einmal durch den gesamten Körper, es trifft ihn. Lucia hebt den Kopf und sieht zu ihm. Für einen Moment sieht sie ihn so fragend an, wie er sich fehl am Platz vorkommt, doch dann kommt sie zu ihm und kehrt ohne zu zögern in seine Arme.

Tito umfasst sie und küsst ihren Scheitel. Er weiß nicht, was er sagen soll, er kann sich ihr Verhalten nicht erklären, als hätte sie es sich gewünscht, dort in seinen Armen zu sein. Und plötzlich fängt sie an zu weinen, als würde nun alle Last von ihr abfallen. Als wäre bei ihr ein Knoten geplatzt, weint Lucia leise an Titos Brust und er verstärkt seinen Griff um sie. In diesem Augenblick ändert sich etwas in Tito, er kann es nicht beschreiben, nicht greifen, aber Lucia so in seinen Armen zu haben, dass sie sich ihm so anvertraut, bedeutet ihm mehr als es gut wäre.

Während sich Lucia an Titos Brust versucht zu beruhigen und er immer wieder ihren Scheitel küsst, fällt sein Blick zu diesem Cameron, der an der Wand lehnt und sie beide beobachtet. Blicke sagen mehr als Worte und Tito weiß, dass die Sache mit Lucia für Cameron noch nicht beendet ist. Doch anstatt sich um den Idioten zu kümmern, widmet Tito sich wieder Lucia, die sich langsam beruhigt hat und nun ihren Kopf zu ihm nach oben wendet. Tito muss leicht lächeln, als sie ihn aus ihren großen Augen anblickt und ihr noch ein paar Tränen aus den Augen kullern.

»Wie kommst du her?« Tito ist erleichtert über die Frage, denn wenn sie gefragt hätte was er hier tut hätte er dazu keine Antwort gehabt. Er kann nicht widerstehen, ihre Wange zu küssen. »Mit dem Flugzeug....« Lucia zieht die Augenbrauen zusammen. »Bella wollte kommen, aber Leandro ist krank geworden.« Lucia unterbricht ihn. »Oh nein, nicht auch....« Tito winkt ab. »Dem geht es schon besser, ich habe gerade erst mit Paco telefoniert, ich soll dich von beiden, von allen ... grüßen. Du sollst Bella und Sara anrufen.« Lucy nickt. »Das ist so lieb«, sagt sie leise.

Aus einem dummen Impuls heraus will er ihr den gleichen Spruch sagen, den er Sara, Bella und Sam schon tausendmal gesagt hat. »So ist das in unserer Familia«, aber er kann sich noch rechtzeitig stoppen. Sie gehört nicht zur Familie, nicht zur Familia, nicht einmal annähernd in seine Welt.

»Wie geht es deinem Vater?«, lenkt er ein und Lucia lehnt ihren Kopf wieder an ihn. »Sie haben ihn in ein künstliches Koma versetzt, sie wollen ihn morgen daraus wecken. Man kann noch nicht sagen, ob das klappen wird und ob Schäden an ihm zurückbleiben.« Tito räuspert sich. »Das tut mir leid, Engel.« In dem Moment kommt eine Schwester aus dem Zimmer. »Sie können jetzt wieder reingehen.« Lucia nickt, auf dem Weg dorthin wartet dieser Cameron auf sie.

Lucia stellt beide vor und ihre Stimme verrät, dass es ihr unangenehm ist. Cameron kann sich gerade noch ein leichtes Nicken abringen, Tito macht sich nicht einmal diese Mühe. Er ist nicht der Typ dafür etwas vorzuspielen, für ihn ist klar, keiner von beiden will den anderen hier haben, also warum sollte er so tun als ob.

Sie betreten das kleine Zimmer, in dem Lucias Vater liegt.

Angeschlossen an diese vielen Geräte wirkt er so anders, als Tito ihn sich vorgestellt hat. Er hat auch sehr helle Haare und im Gesicht ist eine gewisse Ähnlichkeit zu Lucia unverkennbar. Tito setzt sich auf einen der Stühle, die um den winzigen Tisch herumstehen, während sich Lucia zu ihrem Vater ans Bett setzt und seine Hand nimmt. Tito hasst Krankenhäuser schon immer und die kommenden Stunden sind für ihn eine Qual, aber er bleibt dort, ebenso wie Cameron.

Keiner der drei spricht viel, Lucia erzählt, dass sie sich mit ihrer Mutter abwechselt, sodass immer einer von ihnen bei ihrem Vater ist. Lucia bleibt den Tag über im Krankenhaus, die Mutter die Nacht. Tito geht nur ab und zu mal eine rauchen oder in die Cafeteria etwas zum Essen besorgen, ansonsten lässt er Lucia nicht aus den Augen, dafür scheint sie ihm sehr dankbar zu sein. Zwar bindet sie auch immer Cameron mit ein, aber jeder, vor allem Tito, spürt, dass sie eigentlich nur Tito bei sich braucht. Mehr als einmal lässt sie sich von ihm in den Arm nehmen, sie sieht immer wieder zu ihm, als wolle sie sicher gehen, dass er auch wirklich da ist. Als es langsam dunkel wird, machen sich die drei auf den Weg.

Lucia ist mit einem Auto hier und man merkt, dass der Familienwagen ihren Eltern gehört. Sie fährt zu einem Hotel, in dem sich wohl Cameron eingecheckt hat und dieser verlässt widerwillig das Auto. Als er verschwunden ist, scheint es einen Moment fast so, als würde Lucia durchatmen, dann wendet sie sich an Tito. »Wo bleibst du? Ich meine ... hast du...« Tito zuckt die Schultern. »Nein, das war ziemlich spontan, setze mich einfach irgendwo ab. Ich kriege schon noch ein Zimmer.« Lucia scheint kurz zu überlegen, dann siehst sie ihn fragend an.

»Würdest du bei mir bleiben? Ich meine, das wäre ... ich möchte jetzt nicht alleine sein.« Tito kann sich ein Grinsen nicht verkneifen, er hatte gar nicht vor, sie alleine zu lassen. »Deswegen bin ich hier.«

Als beide vor dem Haus von Lucias Eltern halten, in dem sie auf gewachsen ist, kommt sofort eine Frau aus dem Haus. Dieses Haus sieht genau wie alle anderen Häuser hier aus. Tito fragt sich, ob es normal ist, dass sich hier alles so ähnelt, ob man einfach nicht aus der Reihe tanzen will. Sofort bemerkt Tito, dass Lucia die blonden Locken von ihrer Mutter hat, auch wenn diese sie etwas kürzer trägt. Als die Mutter Lucia und Tito aus dem Auto steigen sieht, stockt sie kurz. Lucia seufzt leise auf und geht auf ihre Mutter zu, Tito bleibt nichts anderes übrig, als ihr zu folgen.

Sie stellt ihrer Mutter Tito als einen guten Freund vor, aber man sieht der Mutter genau an, sie würde sich am liebsten mit Händen und Füßen dagegen wehren, dass ihre Tochter solche Freunde hat. Doch genau die Art, die Tito sonst immer so an den Amerikanern hasst, kommt ihm hier zugute. Am liebsten würde die Mutter Tito sicher hochkantig von ihrem Grundstück entfernen, aber sie würde das wahrscheinlich nie zeigen.

Also gibt sie ihm höflich die Hand und sagt den beiden, dass Essen in der Küche bereit steht und dass Tito gern das Gästezimmer benutzen kann. Er nickt höflich und wundert sich einmal mehr über diese Eigenart. Er hätte keine Probleme, es jemandem offen ins Gesicht zu sagen, wenn er etwas gegen ihn hat, aber gerade ist das wohl so am besten. Die Mutter eilt schnell davon, nachdem sie Lucia noch einmal umarmt hat.

Das Haus ist nicht sehr groß, aber sehr familiär eingerichtet. Überall hängen Bilder von Lucia, die sich Tito ansieht. Lucia als Kleinkind, als Teenager, beim Highschool-Abschluss, auf dem Schoß des Weihnachtsmannes. Vor einem Bild, das sie als etwa Fünfjährige im Engelskostüm zeigt, bleibt er stehen und betrachtet es länger. »Verkneif dir deinen Kommentar«, lässt Lucia aus der Küche wissen und Tito geht grinsend zu ihr, als sie für sie beide jeweils eine Portion Hähnchenkeulen, Karoffelbrei und Erbsen auftut. Lucia ist während des Essens sehr ruhig, sie scheint mit ihren Gedanken bei ihrem Vater im Krankenhaus zu sein.

Tito macht das nervös, er weiß, er sollte etwas sagen, sie ablenken, doch er war noch nie gut in so etwas und er weiß einfach, wie beschissen es einem in so einer Situation geht. Wenn er an die Nacht denkt, in der keiner von ihnen wusste, ob Bella überleben wird, dreht sich ihm heute noch sein Magen um.

Nach dem Essen gehen beide duschen, Tito ist froh, dieses Krankenhausgefühl abwaschen zu können. Lucia nimmt das Bad bei ihren Eltern im Schlafzimmer und überlässt Tito ihr altes Bad, das direkt an ihrem alten Zimmer ist. Auf dem Weg dorthin fällt Tito ein Bild von Cameron und Lucia auf, welches gut platziert mitten im Flur aufgehangen ist. Selbstverständlich ist Cameron der perfekte Schwiegersohn und Lucias Mutter hat sicherlich heimlich schon die perfekte Hochzeit, hier in dieser perfekten kleinen Stadt, geplant und macht sich gerade im Krankenhaus ihre Gedanken darüber, warum nicht Cameron sondern ein puertoricanischer Gangster bei ihnen im Haus ist.

Als Tito fertig ist, zieht er sich nur eine Jogginghose über. Ihm ist ja bewusst, dass beide hier heute Nacht allein sind. Er kommt aus dem Bad und entdeckt Lucia in ihrem alten Zimmer bereits auf dem Bett liegen und aus dem Fenster sehen. Man sieht, dass es noch ihr Jugendzimmer ist. Auf dem Fußboden liegen ein paar alte Kuscheltiere, die sie offenbar vom Bett geworfen hat. Pokale fürs Cheerleader-Wettbewerbe stehen im Regal, Bilder von Lucy und Freunden stehen verteilt herum.

Tito weiß nicht genau, ob er sich zu ihr legen oder einfach ins Gästezimmer verschwinden soll, doch letztlich hört er auf sein Bauchgefühl und legt sich zu Lucia ins Bett. Sobald er sich hingelegt hat, dreht sie sich zu ihm und legt ihren Kopf auf seine Brust. »Ich weiß nicht, was ich tun soll, wenn er nicht mehr … wach wird«, flüstert sie leise und Tito legt seine Hand an ihre Wange.

»Daran solltest du nicht denken, er wird sicher wieder wach. Du musst abwarten, was morgen passiert. Hast du für deinen Vater gebetet?« Lucias Kopf schnellt nach oben und veilchenblaue Augen bohren sich in seine. »Gebetet? Sag bloß du bist gläubig?« Tito muss lachen. »Natürlich bin ich das und wie. Wir sind alle sehr gläubig.« Lucia setzt sich auf und sieht ihn an, als hätte er ihr gerade gesagt, er wäre in Wahrheit eine Frau.

»Und was ist mit dem Gebot … du sollst nicht töten?«

Tito kann nicht glauben, dass sie nach so einem Tag noch die Kraft hat, wieder eine dieser Diskussionen zu führen, die es schon öfter zwischen ihnen gab. Es scheint ihm fast so, als unterschätze er manchmal den kleinen Engel. »Das eine schließt das andere nicht aus, Lucia. Mein Leben ist so, ich kenne es nicht anders. Es ist ja nicht gerade so, als würde ich einfach durch die Straße gehen und wahllos Leute umbringen. Es ist sogar sehr selten, dass es mal dazu kommt und wenn, dann ist es nur, um mich oder die Familia zu schützen.«

Er nimmt eine Strähne von ihr in die Finger. »Das ist eine Doppelmoral«, gibt Lucia zerknirscht zurück und Tito lässt ihre Strähne los. »Sicher ist es das, Lucia, aber so ist das Leben. Es ist ebenso eine Doppelmoral, als Soldat loszuziehen und massenweise zu töten, nur weil man die Regierung hinter sich hat. Über dieses Thema kann man Stunden diskutieren, aber das ist jetzt nicht der richtige Zeitpunkt.«

Tito sieht Lucia an, dass sie noch so viel mehr dazu zu sagen hätte, aber sie lehnt ihren Kopf wieder auf seine Brust »Du bist so widersprüchlich, Tito, alles an dir«, murmelt sie leise und schläfrig und Tito sieht aus dem Fenster in die Nacht, während er eine Strähne von Lucia immer wieder um seinen Finger dreht. Diese Bewegung beruhigt ihn und sie offenbar auch, denn er bemerkt, dass sie eingeschlafen ist.

Tito findet aber noch lange keinen Schlaf, er sieht in die Nacht hinaus und macht sich seine Gedanken, um seine Familia, sein Leben und den schlafenden Engel in seinen Armen.

Am nächsten Morgen wird Tito von der Sonne aufgeweckt, es ist unerträglich hell in diesem Zimmer und sein Kopf brummt. Lucy liegt noch immer auf seiner Brust, aber regt sich auch langsam. Tito stellt fest, dass er sie im Schlaf wohl fest mit seinen Armen umschlossen hat und löst diesen Griff langsam, aber Lucia reagiert sofort und öffnet die Augen. Einen Moment sehen sich beide an.

»Ich dachte, ich hätte .... danke, dass du gekommen bist«, gibt Lucia schließlich leise zu und Tito kann dem Drang, dem er schon die ganze Zeit kaum widerstehen konnte, nichts mehr entgegensetzen. Er legt seine Hand in ihren Nacken und führt seine Lippen langsam an ihre. Als sie sich wieder küssen, langsam und genießend, wird ihm klar, dass es ihm genauso gefehlt hat, wie er es bei ihr spürt. Lucia rückt noch näher an ihn heran und Tito genießt es einfach, sie wieder bei sich zu haben.

Als sie den Kuss langsam lösen, hören sie von unten Geräusche. Offensichtlich ist die Mutter gekommen und beide stehen schnell auf. Das Frühstück verläuft ziemlich ruhig, Tito spürt immer wieder die Blicke der Mutter auf sich, doch er spürt auch, wie angespannt die Mutter und auch Lucia sind, weil sie gleich ins Krankenhaus fahren und der Vater aus dem Koma geholt wird.

Während der Fahrt zum Krankenhaus telefoniert Tito mit Paco, in ein paar Tagen fliegen sie nach Kolumbien, da die erwartete Waffenlieferung eingetroffen ist. Bella redet eine Weile mit Lucia, und sie bricht wieder in Tränen aus. Wenigstens geht es Leandro etwas besser, wenn er auch immer noch Fieber hat und der Arzt noch nicht richtig feststellen konnte, was ihm fehlt. Sie holen unterwegs Cameron ab. Diesmal macht auch der sich nicht die Mühe so zu tun, als würde er mit Tito klarkommen, der das sehr begrüßt. Im Gegenteil, Cameron wirkt eher so, als hätte er die ganze Nacht an nichts anderes denken können, als das, was Tito und Lucia wohl gerade machen.

Im Krankenhaus bleiben die beiden dann auch vor dem Krankenzimmer sitzen, als Lucia und ihre Mutter, gefolgt von einigen Ärzten und Schwestern, den Vater aus dem künstlichen Koma zu holen versuchen. Es vergeht eine Ewigkeit. Tito versucht sich mit einem neuen Automagazin von Camerons tödlichen Blicken abzulenken, bis Lucia wieder vor die Tür kommt. Und endlich hat sie ein Lächeln im Gesicht. Sie läuft gleich zu Tito. »Es hat geklappt, er ist zwar noch nicht richtig ansprechbar, aber alle Funktionen sind wieder hergestellt und er atmet selbstständig. Es sieht nicht so aus, als würde er bleibende Schäden davontragen.« Lucia umarmt Tito freudig und er gibt ihr einen Kuss auf den Mund.

»Das freut mich, Süße.« Sie geht auch zu Cameron und umarmt ihn, was allerdings etwas freundschaftlicher ausfällt. Lucia eilt schnell wieder ins Zimmer zurück, und Tito will endlich mal eine Zigarette rauchen gehen und sich etwas zu trinken besorgen, als sich Cameron vor ihm aufbaut.

Ungläubig schaut er ihn an und muss sich ein Grinsen verkneifen, als Cameron ihn böse niederzustarren versucht. »Hör mal, ich weiß nicht, was du hier für ein Spielchen treibst, aber lass die Finger von Lucy.« Tito mustert den Jurastudenten von oben bis unten und seufzt dann. »Geh mir aus den Weg, Kleiner.« Cameron scheint nicht daran zu denken und kommt sogar noch einen Schritt näher.

»Ich weiß nicht, was in Lucy gefahren ist, dass sie sich plötzlich zu solchem Abschaum wie dir hingezogen fühlt, aber was es auch ist, es wird sicher bald wieder vorbei sein und dann bin ich wieder an ihrer Seite.«

Normalweise hätte Tito die Person, die es wagt, so mit ihm zu reden, gar nicht zu Ende reden lassen, doch er versucht gelassen zu sein. Cameron ist sauer, weil er Lucia verloren hat, Lucia und ihre Mutter sind im Nebenzimmer und na ja ... da wäre ja noch die Tatsache, dass sie sich gerade in einem öffentlichem Krankenhaus befinden. Tito stößt Cameron, zwar nicht zu heftig, aber doch deutlich genug von sich, einige Schwestern blicken schon zu ihnen.

»Hör zu, nur weil Lucia dich nicht mehr will, musst du dich nicht bei mir ausheulen«, gibt er schroff zurück und geht ein paar Schritte. »Da sieht man, was für ein Abschaum du bist. Sie ist so viel wert und du ... Was bist du? Was willst du ihr bieten außer ein paar Nächten, die ihr das Herz brechen werden? Was kann sie von einem Kerl wie dir schon erwarten? Nichts und das ist es, was dich zum Abschaum macht.«

Tito will es nicht, aber er kann sich nicht mehr halten. Er überwindet die Schritte, die er sich gerade noch von Cameron entfernt hat und schlägt ihn gegen die Wand. Tito überkommt eine ungeheure Wut, vielleicht waren es die Worte, die ihn so getroffen haben und die Wahrheit, die dahintersteckt, denn es ist so, wie Cameron es gesagt hat. Was sollte Tito Lucia anderes bieten als Probleme?

Plötzlich sieht Cameron gar nicht mehr so selbstsicher aus, als Tito ihn gegen die Wand drückt. »Hör zu, du hast ein verdammtes Glück, dass wir uns hier und jetzt über den Weg laufen, denn sonst würde ich mich nicht so beherrschen.« Tito spürt Hände an seinem Körper, die versuchen, ihn von Cameron wegzuziehen. Er lässt ihn los, wobei er seinen Kopf noch einmal gegen die Wand drückt. Zwei Krankenpfleger stehen unmittelbar hinter ihnen, dann entdeckt Tito Lucia, die geschockt in der Tür steht. Offenbar wurde sie durch den hier entstandenen Krach alarmiert und sieht nun ungläubig zu Tito.

Bevor er etwas sagen oder erklären kann, bemerkt er, dass er das gar nicht braucht. Er sieht es in allen Gesichtern der umstehenden Personen, was sie denken. Keiner glaubt auch nur eine Sekunde, dass Cameron diesen Streit provoziert haben könnte.

»Was tust du da, Tito? Was soll das?« Lucia dringt zu Cameron vor und dieser tut so, als könne er schwer atmen. »Oh mein Gott, Cameron, bist du verletzt?« Tito lacht gehässig, so ein verdammter Schauspieler. Lucia dreht sich zu ihm um, allerdings nicht ohne Cameron dabei zu stützen, als könne der sich plötzlich nicht mehr allein auf den Beinen halten. »Warum hast du ihn angegriffen?«, fährt ihn Lucia an und will aber scheinbar gar nicht wirklich wissen, was passiert ist, denn sie wendet sich gleich wieder an Cameron. »Der ist vollkommen ausgeflippt, wie ein Wahnsinniger ...« mischt sich eine Schwester ein und hält Cameron ein Glas Wasser hin.

Tito ist es vollkommen egal, was diese Leute denken, ihm ist es egal, ob Cameron sein Ziel erreicht hat, er schaut Lucia ins Gesicht und sieht die Enttäuschung darin. Sie versucht nicht einmal, daran zu glauben, dass es nicht so war, dass nicht Tito angefangen hat. Genau wie bei allen anderen ist für sie die Lage klar, auch ohne einmal die Fakten zu kennen, tolle Anwältin.

Tito wird wütend, er tritt gegen den nächstbesten Stuhl, der scheppernd zu Boden fällt, bevor er diese gottverdammte Klinik, diese gottverdammte Stadt und dieses gottverdammte Land verlässt. Als er auf den Parkplatz tritt, hätte er auch einfach das Schloss zum Autokofferraum knacken können, aber so vertrauenswürdig, wie die Leute in dieser Kleinstadt sind, steht dieser offen, sodass Tito sich seine Tasche schnappen kann und sich ein Taxi nimmt.

Die letzten Stunden bis zum Start seines Fluges, der ihn aus diesem Land bringt, sitzt Tito in einem Restaurant im Flughafen. Er hätte nie herkommen sollen, was wollte er damit bezwecken? Sich

126

nur noch eine Bestätigung dafür holen, dass zwischen ihm und Lucia Welten liegen, eine Tatsache die er eigentlich schon genau wusste?

Trotzdem hat es ihn getroffen zu sehen, dass Lucia nicht einmal darüber nachgedacht hat, dass er keine Schuld an dieser Situation hatte. Er blickt aus dem Fenster auf die Welt, in der Lucia zu Hause ist und die sich mit seiner nie vereinbaren lassen wird.

Kapitel 9

Als Tito aus dem Flugzeug steigt, atmet er tief ein. Hier ist sein Herz und seine Welt.

Vor dem Flughafen warten Miko und Saul am Auto gelehnt und beobachten Tito abwartend. Da Tito ja mit dem normalen Flug zurückgekommen ist, weiß sicher noch keiner, dass es nicht ganz so friedlich verlaufen ist, wie sie es sich vielleicht vorgestellt haben. Dabei stellt sich die Frage, was sie sich eigentlich vorgestellt haben. Sicher wird es aber nicht lange dauern und Tito kennt die Antwort, denn hier irgendetwas zu verbergen, ist unmöglich.

Tito sieht Miko, der gerade den Mund aufmachen will, an und kann schon förmlich die Frage 'und wie war es beim Engel?' hören, doch ein Blick von Tito genügt und Miko schließt seinen Mund schnell wieder. Saul nickt ihm zu und Miko klopft ihm letztlich nur auf die Schulter. »Willkommen zu Hause. Weißt du, nur zwei Tage und mir kommt das vor wie eine Ewigkeit. Bleib nie wieder so lange weg!« Tito muss lachen und ist froh, wieder hier zu sein.

Sicher schafft es Miko, ihn auf dem Weg bis zum Punto-Haus abzulenken und Tito ist für jede Sekunde dankbar, in der er nicht darüber nachdenken muss, was in Texas passiert ist. Schon während des Fluges haben ihn diese Gedanken nicht losgelassen. Zum einen, wie gut sich Lucy mal wieder in seinen Armen angefühlt hat, wie es sich angefühlt hat zu spüren, dass sie ihn brauchte, als sie auf ihn im Krankenhaus zugekommen ist und dann, wie sie ihn anschuldigend angesehen hat. Also ist er froh, diese Gedanken weit von sich zu schieben und hört Miko zu, wie die Vorbereitungen für den übermorgen startenden Trip nach Kolumbien laufen und verdrängt den Engel aus seinen Gedanken.

Das gelingt ihm auch gut, bis sie am Punto-Haus halten und er Bellas Wagen davor sieht. »Okay, ich werde erst mal ins Cielo gehen«, murmelt Tito und Miko lacht, als er Titos Blick zum Wagen folgt. »Du entkommst ihr so oder so nicht. Also probiere es erst gar nicht.«

Tito weiß, dass Miko recht hat, aber er hat keinen Nerv, sich jetzt auch noch mit Bella herumzustreiten, also lässt er die anderen allein ins Punto-Haus gehen und verzieht sich ins Cielo. Er wirft seine Tasche in eine Ecke und geht erstmal lange unter die Dusche. Es war viel zu gut, hat sich viel zu richtig angefühlt, Lucy wiederzusehen, sie in den Armen zu halten und von ihr gebraucht zu werden.

Am allerschlimmsten ist, dass es ihn viel zu sehr getroffen hat, dass sie ihn so enttäuscht angesehen hat. Dass sie sich nicht einmal die Mühe gemacht hat zu fragen, was genau los war. Es sollte ihm doch vollkommen egal sein, was sie von ihm denkt. Wieso ist es ihm ausgerechnet genau bei ihr so wichtig? Ausgerechnet bei Lucia, die niemals auch nur eine Sache die Tito macht oder hinter der er steht, gutheißen wird.

Als er sich abgetrocknet hat, zieht er sich eine Boxershorts an und will sich ein Shirt aus dem Schrank nehmen, doch er wird nicht fündig. Verdammtes Cielo, keiner hier wäscht Wäsche. Er macht sich auf den Weg zu Miko ins Zimmer, dem Einzigen, der dank Sam immer über saubere Klamotten verfügt, aber als er den Flur entlang geht, entdeckt er Bella allein am Pool sitzend und die Beine darin baumeln lassen. Er seufzt leise auf und geht zu ihr hinaus in den Garten.

Bella schaut nicht auf, sie weiß, dass er kommt. Als er sich neben sie setzt, legt sie automatisch ihren Kopf an seine Schulter und er gibt ihr einen Kuss auf ihre weichen Haare. »Wie hat er dich provoziert? Was hat er gesagt?« Tito muss leise lachen und küsst Bellas Stirn. Deswegen liebt er Bella so sehr, sie weiß, dass es nicht Tito war, der angefangen hat und er weiß, dass Bella nie an ihm zweifeln würde. Sie kennt Tito wahrscheinlich besser als sonst jemand, ausgenommen vielleicht noch Juan.

Tito seufzt. »Vergiss es einfach, ich hätte da gar nicht hinfahren sollen ... dumme Idee.« Bella nimmt ihren Kopf von seiner Schulter und sieht ihn an. »Tito, komm schon, denkst du ich weiß nicht, dass sie dir etwas bedeutet? Egal was er gesagt hat, dir wäre es egal gewesen, also kann er dich nur mit etwas provoziert haben, was dir wichtig ist. Ich wüsste nicht, was das sein sollte, was euch beide verbindet, außer unserer Lucy.«

Tito schnauft auf. »Ach, ist sie jetzt schon unserere Lucia? Wieso bist du dir so sicher, dass ich nicht angefangen habe? Denkst du, so ein kleiner netter Jurastudent ist der Schuldige gewesen?« Bella lächelt Tito frech an. »Weil ich dich kenne, du hättest dort und zu dem Zeitpunkt keinen Streit angefangen. Nicht wenn Lucys Vater da im Krankenzimmer liegt. Glaub mir, so böse wie ihr immer denkt, seid ihr gar nicht.« Sie zwickt ihn in den Arm, doch dann wird sie ernst.

»Das ist es, was dich so wütend macht, oder? Dass Lucy das nicht sofort geglaubt hat? Tito, sie kennt dich noch nicht so gut und überlege doch mal, in welcher Situation sie war. Sie hat mich schon angerufen, als du im Flugzeug warst, es tut ihr leid. Ich habe ihr gesagt, dass du diesen Streit niemals angefangen hast und sie weiß das mittlerweile auch. Sie hat sich wohl schon mit Cameron deswegen gestritten. Sie will mit dir reden, ruf sie an.« Tito schnalzt die Zunge. »Lass mal Princesa, ist besser so, glaub mir.«

Bella sieht ihn eine Weile an und gibt ihm dann einen Kuss auf seine Schulter, bevor sie aufsteht. »Ich bin zufrieden mit Lucy, eine gute Wahl. Aber ich bin mir sicher, es wird kompliziert, wie immer.« Sie zwinkert Tito zu, der sie fragend ansieht. »Hast du nicht gehört, ich werde sie nicht anrufen. Was quatschst du da?«

Bella lacht und geht langsam davon. »Weißt du Tito, ihr seid euch alle so ähnlich ... kämpfe ruhig dagegen, aber am Ende wird es nichts bringen. DU wirst nicht loslassen können. Wenn es einen von euch einmal erwischt hat, dann kann man das nicht mehr ändern.« Tito muss schmunzeln über seine kleine Bella mit diesem riesigen Dickschädel.

»Habe ich dir schon mal gesagt, dass ich dein Psychologiestudium hasse?« Sie lacht und dreht sich nochmal um. »Hast du … ich hab dich lieb.« Tito nickt. »Ich dich auch.«

Tito weiß, dass Lucia Bella an diesem Tag noch öfter anrufen wird, also geht er Bella extra aus dem Weg. Er hat keine Lust mit ihr zu sprechen, wozu? Was sollte er ihr noch sagen? Am nächsten Tag haben sie alle die Hände voll zu tun. Die letzten Vorbereitungen für den Kolumbientrip werden geplant. Tito, Chico und Rodriguez fliegen dorthin. Da es sich nur um die Übergabe der Waren handelt, werden nicht mehr Männer gebraucht. Allerdings entscheiden sie kurzfristig, dass Saul sie begleitet. Als Tito am Abend davor zusammen mit Juan und Pepo gemütlich im Punto-Haus relaxt, kommt plötzlich Bella vom Haus ihrer Mutter herüber und drückt Tito ihr Handy in die Hand.

»Es reicht«, lässt sie ihn kurz wissen und Tito reibt sich über seine kurzen Haare, bevor er ans Handy geht. Er hat keine Lust, jetzt mit Lucia zu reden, aber er bringt es auch nicht übers Herz, einfach aufzulegen. Er meldet sich und steht auf, um den neugierigen Blicken von Juan und Pepo aus dem Weg zu gehen. »Tito?« Lucia hört sich immer noch nicht gut an, obwohl Bella ihm vorhin erzählt hat, dass es dem Vater schon viel besser geht. »Tito, es tut mir leid … ich wollte das nicht. Mir hätte klar sein müssen, dass du den Streit nicht angefangen hast. Es war nur … es sah so aus und meine Nerven liegen...«

Es sprudelt alles nur so aus Lucia heraus und Tito stoppt sie. »Ist okay, mach dir keinen Kopf deswegen.« Er hasst solche Gespräche, obendrein tritt auch noch diese unangenehme Stille ein. Tito ist mittlerweile im Punto-Haus und setzt sich auf die Couch, zum Glück ist er allein. Er reibt sich die Augen. »Hör zu, Lucia, es war so oder so eine blöde Idee von mir zu kommen.« Diesmal unterbricht Lucia ihn. »Nein Tito, das hat mir viel bedeutet, wirklich. Es war schön und ….« Sie stockt, und Tito würde sich am liebsten die Ohren zu halten, weil er weiß was kommt und er es nicht hören will. »...die Nacht in deinen Armen, der Morgen, es hat mir gut getan dich bei mir zu haben.«

Tito lehnt sich zurück, er könnte jetzt sagen, dass es für ihn auch schön war, dass er sie jetzt gern bei sich hätte, weil es so ist, aber was würde das bringen? »Wie geht es deinem Vater?« Lucia räuspert sich kurz. »Gut soweit ... also besser. Er ist wieder richtig wach und muss jetzt eine Rhea machen. Das gefällt ihn natürlich nicht, aber er ist schon wieder fit genug, um sich rumzustreiten, von daher. Ich fliege morgen wieder zurück zur Uni.«

Tito brennt die Frage nach Cameron auf der Zunge, ob er noch da ist, ob sie zusammen zurückfliegen. »Schön, das freut mich für dich.« Lucia holt kurz Luft. »Ich wünschte, du wärst nicht gegangen, ich weiß, dass du das nicht so siehst, aber ich wünschte, du wärst noch geblieben.« Lucias Stimme wird immer leiser. »Ich wäre so oder so gegangen, Lucia. Ob ein paar Stunden früher oder später.« Tito fühlt sich schlecht dabei, sie so abzuwimmeln, aber es ist besser so, alles andere wäre falsch.

»Okay, dann ... Du hast sicher noch viel zu tun. Bella hat mir erzählt, dass du morgen nach Kolumbien fliegst.« Tito fühlt sich mies, er erkennt an Lucias Stimme, dass ihr seine Reaktion weh getan hat. »Ja, das stimmt, ich habe noch ein paar Sachen zu tun.« Tito steht auf, als wolle er gleich loslegen, dabei hat er gar nichts zu tun. »Okay, ich wollte mich nur entschuldigen. Das war nicht fair von mir. Ich wünsche dir viel Spaß in Kolumbien.« Tito flucht innerlich, er sollte sie nicht so belügen. Er sollte ihr sagen, dass es für ihn auch etwas Besonderes war, sie in dieser Nacht einfach nur im Arm zu halten. »Pass auf dich auf, Lucia.«

Als Tito wieder nach draußen geht und sich zu den anderen beiden setzt, die sich gerade einige der neuen Waffen ansehen, die sie von der gelieferten Ware selbst behalten, ist er dankbar dafür, dass sie sich einen Kommentar oder Fragen sparen, auch wenn er ihnen ansieht, dass sie es gerne machen würden.

Am nächsten Morgen fliegen Rodriguez, Chico, Saul und Tito mit dem Privatjet nach Kolumbien. Wie erwartet ist der Flug sehr unterhaltsam, etwas anderes kann auch nicht sein, wenn Chico mit dabei ist. Als sie ankommen, wartet schon ein schwarzer Mercedes auf sie, von Orlando als Willkommensgruß geschickt. Bis jetzt wissen sie noch nicht, wo genau Orlando wohnt, wo sie ihn treffen werden. Es scheint, als wolle er sich hier in Kolumbien so versteckt wie möglich halten. Tito missfällt das, so wie ihm alles missfällt, was mit diesen Kolumbianern zu tun hat.

Juan weiß das, genau deswegen hat Tito auch darauf bestanden mitzufliegen. Auch wenn Juan nicht sonderlich begeistert war, hat er zugestimmt, er vertraut Chico. Juan weiß, dass er zwar sehr aufmerksam sein wird, aber nicht unnötigen Streit anfängt, wobei Tito gleich wieder an Lucias fehlendes Vertrauen denken muss. Als seine Gedanken jedoch wieder in diese Richtung wandern, gibt er sie schnell wieder auf.

Kolumbien ist schön, es ist Puerto Rico sehr ähnlich. Sie sind auf einem kleinen Privatflugplatz in der Nähe von Panama gelandet, einem der schönsten Flecken dieses Landes. Hier soll Orlando wohl auch eines seiner vielen Häuser haben. Chico gibt dem Fahrer die Adresse des Hauses, in dem sie für die paar Tage unterkommen werden. Tito hat darauf bestanden, dass sie sich selbst ein Haus besorgen und keines von denen nehmen, die ihnen Orlando stellen wollte. Er hat keine Lust überwacht oder verwanzt zu sein, so etwas ist nicht unüblich, das weiß er nur zu gut.

Als sie eine halbe Stunde später vor dem Haus stehen, das Jennifer für sie ausgewählt hat, ist Tito froh, dies in ihre Hände gegeben zu haben. Jennifer hat eine kleine Traumvilla für sie ausgesucht. Ein riesiger Pool, große Zimmer, ein großer Fernseher … Alles, was man braucht. Zu dem Anwesen gehört sogar eine Haushälterin, die sich gleich ans Auspacken der Koffer macht und ihnen sagt, dass es bald Essen gibt.

Tito setzt sich zufrieden auf die Terrasse in die Sonne, vielleicht wird der Kolumbienaufenthalt doch nicht so schlecht.

Sie verstauen die Kisten mit Waffen, die sie schon mitgebracht haben, in einem separaten Raum. Der Jet bringt abends die Hauptladung, die extra geflogen werden muss. Sie schließen die Tür lieber ab, damit die Haushälterin keinen Schock bekommt, obwohl sie hier aus Kolumbien sicher schon einiges gewöhnt ist. Der Kontakt zu Orlando findet über Rodriguez statt, und kurz nachdem sie gegessen haben, ruft er auch schon an.

Nachdem Rodriguez auflegt hat, lehnt Tito sich zurück. »Orlando schickt uns etwas zum Spielen vorbei und morgen treffen wir ihn dann, um die Aufteilung auszumachen.« Alle nicken, sie wissen, dass nicht der gesamte Bestand an Orlando geht, nur ein Teil geht an ihn, ein weiterer Teil an einen anderen Geschäftsmann aus der Gegend. Der Kontakt allerdings läuft nur über Orlando. »Was schickt er uns vorbei?«, fragt Chico mit einem breiten Grinsen und zieht sich sein Shirt aus. Tito hat seine Narben, die nicht nur in seinem Gesicht, sondern auch einmal quer über seine Brust gehen, schon oft gesehen. Trotzdem ist er immer wieder verwundert, wie locker Chico damit umgeht.

Chico ist ein ungewöhnlicher Mann, ähnlich wie Miko. Wahrscheinlich war das auch der Grund, warum die beiden sich angefreundet haben, unabhängig von dem, was zwischen Paco und Bella passiert ist und wie sehr beide Familias miteinander verfeindet waren. Chico hat einen wahnsinnigen Humor, manchmal kommt es Tito so vor, als würde er nie etwas ernst nehmen. Selbst in den gefährlichsten Situationen hat Chico noch ein Grinsen im Gesicht. Seine Narben dagegen lassen ihn unheimlich wirken.

Bella hat Tito im Nachhinein erzählt, dass sie beim ersten Aufeinandertreffen unglaubliche Angst vor ihm hatte und das will was heißen, Bella ist gefährliche Männer gewohnt. Doch egal wie gefährlich er durch die Narben wirkt, sein Dauergrinsen und das laute dunkle Lachen, das ihn ausmacht, gleichen das alles aus. Miko hat Tito erzählt, dass Chico die Narbe von einem Kampf davongetragen hat.

Es ist wohl schon länger her, Ramon war noch der offizielle Anführer und die Les Surenas haben in einer anderen Stadt eine Menge Probleme mit einer anderen Familia gehabt. Als sie dort waren, um das zu klären, kam es zu einer wilden Auseinandersetzung mit der anderen Gang. Zwar hatten die Les Surenas die Oberhand, doch in einem Kampf ist es drei Mitgliedern der anderen Gang gelungen, Chico zu überwältigen und ihn unbemerkt in eine Nebenstraße zu ziehen. Die Narbe im Gesicht stammt von Chicos heftiger Gegenwehr. Aber sie haben ihn so festgehalten, dass er nichts gegen den einen der Männer tun konnte, der ihm mit einem Messer ihre Plaka auf die Brust geritzt hat. Bevor sie es ganz beenden konnten, hat Paco sie gefunden und es hat nicht lange gedauert, da hatten Paco und Chico wieder die Oberhand, und Chico hat sich dafür gerächt.

Doch sie war nun da, die Plaka einer anderen Familia, eingeritzt auf seiner Brust. Miko weiß nichts Genaues, aber es muss der Horror gewesen sein, als Paco und Rodriguez ihn damals davon abhalten wollten, die Plaka selbst zu entfernen, doch Chico war fest entschlossen. Tito hätte damit auch nicht leben können, er hätte das Gleiche getan, doch er will sich nicht vorstellen, wie das war. Ein Teil der Haut ist abgeheilt, der andere ist zu einer Narbe geworden, die ihm über die Brust geht. Vielleicht nimmt Chico es deshalb so locker, lieber so, als mit der Alternative leben müssen.

Rodriguez, Chico und Saul gehen in den Pool zum Abkühlen, und Tito legt sich im Zimmer auf die Couch. Er hätte jetzt unwahrscheinlich Lust, Lucia anzurufen, ihre Stimme zu hören, doch er weiß, es würde nichts bringen, er müsste sie nur noch mehr vor den Kopf stoßen. Er schaltet den Fernseher ein und lässt sich vom Programm ablenken, soweit es geht. Als es schon beginnt dunkel zu werden, klingelt es und die Haushälterin kommt mit sechs schönen Frauen wieder. Alle sehen sexy und gut aus, doch Tito fällt auf, dass nur zwei von ihnen wie Kolumbianerinnen aussehen.

Wie auch schon die Frauen, die im Cielo waren, haben die anderen alle einen asiatischen Touch. Er fragt sich, woher Orlando die vielen Frauen hat. Dass es Willige gibt, ist Tito schon bewusst, aber es kommt ihm so vor, als hätte Orlando einen ganzen Stall davon.

Die Frauen umgarnen die Männer gleich und Chico und Saul scheinen sich weniger einen Kopf darum zu machen, woher die Frauen kommen, sie nehmen diese zufrieden an. Rodriguez und Tito haben beide kein so großes Interesse, manchmal denkt Tito, dass sie von solchen Frauen übersättigt sind. Er fragt sich, wie dieser Orlando das anstellt, und es kommt ihm eine Idee. Er winkt eine asiatisch aussehende kleine Schwarzhaarige zu sind, die sich sofort lächelnd auf seinen Schoß setzt.

»Hey.« Tito lächelt mild, als ihre Finger seinen Hals entlang fahren. »Hey großer, starker Mann, wie geht's dir?« Man hört, dass sie noch nicht lange hier ist. Tito streicht ihr die Haare nach hinten, dabei muss er an Lucias hellblonde Locken denken und seufzt innerlich auf. »Sag mal Kleines, wie geht es dir hier so? Gefällt es dir in Kolumbien? Woher kommst du?« Tito spürt, wie sich die Frau sofort etwas anspannt und weiß, dass er auf dem richtigen Weg ist. »Ohh, ich komme aus Vietnam, aber ich liebe Kolumbien. Ich bin so gerne hier und liebe es.« Tito grinst, schön auswendig gelernt. »Und wie bist du hergekommen? Urlaub oder Zufall?« Tito spürt, dass die Kleine auf Abstand gehen will, ihr wurde sicher eingebläut nicht zu viel preiszugeben, doch Tito will so viel wie möglich über Orlando erfahren und lässt nicht locker.

Er zieht sie enger an sich und sie tut das, wozu sie angewiesen worden ist, ihm zu gehorchen und alles zu tun, damit er zufrieden ist. »Nein, ich ... ähm, Orlando war bei uns in Vietnam und als er erzählt hat, wie toll es hier ist, wollten wir mitkommen.« Sie lächelt ein falsches Lächeln und Tito gräbt weiter. »Und wohnt ihr alle zusammen mit Orlando? Das muss ja ein Traum für ihn sein, von so vielen hübschen Frauen umgeben zu sein. Und dann muss sein Haus ja riesig sein.« Sie umarmt ihn und küsst seinen Hals entlang.

»Nein, nur am Anfang, wir haben ein eigenes Haus. Orlando ist so großzügig.« Tito wird wütend, behält es aber für sich und verbirgt es, klar ist Orlando das. Sie hat wahrscheinlich nicht mal eine

Vorstellung, wie viel Orlando mit ihnen verdient. So ein Tag wie heute, wo er sie umsonst zu seinen Geschäftspartnern schickt, wird ihm sicher nicht gefallen. »Ja Orlando ist toll, oder? Er behandelt euch sicher gut ... Was sagt denn seine Familie dazu? Kennst du sie auch?« Plötzlich wird die Frau stocksteif und reißt die Augen auf.

»Nein, und du darfst Orlando nie, wirklich niemals auf seine Familie ansprechen. Das ist das Allerwichtigste«, stammelt sie etwas geschockt und man sieht ihr eine leichte Panik an. Da hat Tito einen wunden Punkt getroffen, er lehnt sich zufrieden zurück. Mehr wird er aus der Kleinen nicht herausbekommen. Als sie sich ihm wieder widmet, weiß Tito, dass er das lieber sein lassen sollte. Es erinnert ihn zu sehr daran, wen er gerade nicht in seinen Armen hält, also nickt er zu Saul, der ganz begeistert draußen die Aufmerksamkeit einer der anderen Frauen genießt. Tito muss leise lachen, für Saul muss das alles ein Paradies sein.

»Siehst du den Kleinen dort? Er ist neu bei uns, kümmert euch beide mal um ihn. Das wäre was ganz Besonderes für ihn.« Etwas enttäuscht sieht ihn die Vietnamesin zwar an, aber macht sich dann auf den Weg zu Saul, dessen Grinsen nicht breiter sein könnte. Tito kann im Moment nichts mit den Frauen anfangen, es erinnert ihn zu sehr an das, was er nicht hat.

Ihm kommen Bellas Worte in den Kopf, dass sie glaubt, er könne Lucia nicht mehr vergessen und betet, dass sie sich täuscht. Letztlich ziehen Rodriguez und Tito allein los, um die restlichen Waffen zu holen. Chico und Saul sind zu beschäftigt. Sie fahren mit den zwei Mietwagen, die ihnen zu dem Haus geliefert worden sind, und dank des Navis finden sie den kleinen Flugplatz ohne Probleme. Die Autos sind zum Schluss vollgepackt, aber es passt alles hinein. Zwar ist es hier in Kolumbien fast genauso wie in Puerto Rico, doch Tito hat trotzdem keine Lust, irgendwelche Polizisten zu treffen und so beeilen sie sich auf dem Rückweg.

Als sie ankommen, hupen sie, damit Chico und Saul herauskommen. Chico ist sofort da, aber bei Saul dauert es etwas, bis er, nur in Boxershorts und äußerst entspannt, aus dem Haus kommt.

Selbst der sonst so ernste Rodriguez muss lachen. Sie tragen alles ins Haus und verstauen es. Nun nimmt sich auch Rodriguez eine der Frauen, wie immer die hübscheste und verschwindet auf sein Zimmer. Einen Moment will Tito sich dazu zwingen sich abzulenken, doch er hält es für schlauer noch etwas zu warten, bis er Lucia ganz aus seinem Kopf bekommen hat. Er kann nur hoffen, dass das bald passieren wird.

Am nächsten Tag treffen sie sich mit Orlando. Da Tito sich sicher ist, dass er einiges vor ihnen verbergen will, ist er dann umso erstaunter, als sie von einigen Männern abgeholt werden und scheinbar wirklich zu seinem Haus oder besser Palast gefahren werden. Es gibt Luxus, den Tito selbst hat und auch genießt, und es gibt Verschwendung. Das ganze Gelände prunkt nur so vor Verschwendung. Es ist eine riesige Anlage. Im penibel gepflegten Garten stehen überall vergoldete Statuen. Als sie die Eingangshalle betreten, tut es schon fast in den Augen weh, wie einem hier der übertriebene Luxus entgegen schreit. Tito wundert es überhaupt nicht, als sie auf dem Weg durch das Haus, welches sie durchqueren müssen, um zu dem Teil des Gartens zu gelangen, in dem Orlando sie erwartet, an einer großen Statur vorbeilaufen, die Orlando darstellen soll. Der Mann ist größenwahnsinnig, soviel ist schon mal klar.

Chico, der Titos entnervtem Blick folgt, fängt an zu lachen. Im Garten wartet Orlando, wie immer umgeben von schönen Frauen, allerdings dieses Mal mit einem anderen Mann, der offensichtlich hier ein ebenso hohes Tier ist. Er wird ihnen als Cruz vorgestellt.

Tito hasst Orlandos überschwängliche, viel zu freundliche Art, einfach weil er sie ihm nicht abkauft. Normalerweise hat Tito nichts gegen solche Geschäftstreffen, aber bei diesem hier sieht er ständig auf die Uhr und die Zeit scheint nicht vorbeigehen zu wollen. Sie besprechen die Einzelheiten. Rodriguez und Chico werden morgen mit Orlando in eine etwas entferntere Stadt fahren, die anderen Männer treffen, die genauso auf ihre Waffen warten, um mit ihnen Einzelheiten zum Deal zu besprechen. Tito und Saul bleiben im Haus, während sich einige der Männer mit diesem Cruz schon mal einen Überblick verschaffen wollen, ob auch alles an Waffen mitgebracht worden ist, was sie geordert haben.

Tito merkt während des Gespräches, dass Rodriguez doch gar nicht so überzeugt von Orlando ist. Er spürt Rodriguez' Misstrauen, und Tito wundert sich darüber, da Rodriguez ja den Kontakt hergestellt hat und er bisher bei ihm noch nicht einmal einen Hauch des Zweifels an Orlando erkennen konnte. Es ist zudem sowieso äußerst selten, dass man mal eine Gefühlsregung von Rodriguez sieht, aber Tito bemerkt, wie er Orlando sehr genau mustert.

Als sie am Abend zurück ins Haus fahren wollen, haben Saul und Chico noch Lust Panama zu erkunden und so fahren sie mit ihren eigenen Autos in einen Nachtclub. Während Chico und Saul sich amüsieren, suchen sich Rodriguez und Tito etwas abseits von allen einen Platz. Tito selbst wird ständig von den Frauen angeguckt, doch Rodriguez scheint die Blicke der Frauen magisch anzuziehen. Tito muss schon zugeben, im Gegensatz zu früher, wo er halt einfach der jüngste der drei Surena-Brüder war und noch mit Selena zusammen war, hat er sich ganz schön verändert. Seine Arme sind sicher doppelt so breit, er trainiert viel, alles junge ist aus seinem Gesicht entwischen. Doch Rodriguez beachtet die Blicke der Frauen nicht weiter, sondern grübelt vor sich hin.

Erst als eine Kellnerin ihnen Getränke hinstellt, sieht er wieder auf. »Seit wann traust du Orlando nicht mehr, ich dachte die ganze Zeit, du würdest ihm trauen?«, kommt Tito direkt zum Punkt. Rodriguez lehnt sich zurück und trinkt einen Schluck, dabei lässt er seinen Blick durch den Raum schweifen. »Trauen tue ich nur meiner Familia, na gut, eurer jetzt auch.« Er sieht zu Tito und lächelt. »Nein, ich denke schon, dass der Kerl sauber ist, ich meine wir alle haben ihn gecheckt, aber keine Ahnung, irgendwie hatte ich heute so ein komisches Gefühl, schwer zu beschreiben.«

Tito lehnt sich ebenfalls zurück. »Ich traue dem von Anfang an nicht.« Rodriguez lacht leise. »Ich weiß, das habe ich schon gemerkt. Lass uns den Deal hinter uns bringen und das war es dann sowieso erst mal mit den Kolumbianern.«

Sie bleiben noch eine ganze Weile in dem Club. Am nächsten Morgen können Tito und Saul im Bett bleiben, während Chico und Rodriguez schon früh abgeholt werden. Tito ist erst halbwach, als es plötzlich wie wild an der Haustür klopft. Er hört wie Saul öffnet und begibt sich selbst aus seinem Bett. Er zieht sich eine Jeans und ein Hemd an, sein Handy steckt er in seine Hemdbrusttasche. Als er in den Flur tritt und sich seine Waffe in die Hose steckt, hört er schon mehrere Männerstimmen, darunter auch die Stimme von diesem Cruz, der gestern bei Orlando war.

Tito wird unruhig. Für ihren Besuch ist es noch viel zu früh. Als er zu den Männern stößt, weiß er augenblicklich, dass etwas passiert ist. Saul, der sonst auch eher wenig Emotionen zeigt, ist geschockt. Cruz sieht wirklich betroffen aus und alle anderen Männer ebenso. »Was ist hier los?« Titos Magen zieht sich zusammen und Cruz räuspert sich. »Es gab einen Unfall. Der Wagen, in dem Rodriguez, Chico und auch Orlando saßen, ist von einer Bombe in die Luft gejagt worden.«

Tito hört die Worte von Cruz, kann es aber nicht glauben. Er spürt eine ungeheure Wut in sich aufkommen, es ist unfassbar. »Was redest du da für einen Scheiß? Wo sie die beiden?« Tito zieht seine Waffe, am liebsten hätte er Cruz allein für diese Behauptung sofort eine Kugel verpasst. Das hätte er schon von Anfang an tun sollen. Cruz jedoch hebt seine Hände und sieht ihn an.

»Es ist einfach passiert, niemand kann etwas dafür. In dem Auto saß ebenfalls mein Bruder. Wir bringen euch hin, damit ihr es selber sehen könnt.« Wie sehr Tito Cruz in diesem Moment hasst, er senkt seine Waffe wieder. Kein normaler Mann würde seine Familie in solche Sachen hineinziehen. Er sieht echte Betroffenheit und auch Mitgefühl in Cruz' Augen. Tito hat das Gefühl, keine Luft zu bekommen, so war das auch schon damals, als sie Sanchez gefunden haben, er reibt sich über die Augen. »Okay, bringt uns dahin.«

Die Fahrt scheint sich ewig hinzuziehen. Titos Gedanken kreisen wie verrückt, er sollte Juan anrufen und Bescheid sagen. Paco ... Herr im Himmel, er hat nicht mal eine Vorstellung, wie er das machen soll. Er will sich erst einmal selbst ein Bild davon machen, sehen, was genau passiert ist.

Sein Herz schlägt wie verrückt. Rodriguez und Chico? Das kann nicht wahr sein. Saul neben ihm ist auch ganz still und etwas blass. Egal, wie gut er sich schlägt, man darf nie vergessen, dass er erst neunzehn Jahre alt ist. Gestern hatten er und Chico noch so viel Spaß, er hat Rodriguez immer angesehen, als wäre er sein großes Vorbild. Auch Cruz scheint gedanklich weit weg zu sein und Tito versteht natürlich warum, er hat seinen Bruder und Orlando verloren. Er weiß zwar nicht, in welchem Verhältnis die beiden genau zueinander standen, doch gestern wirkten sie sehr vertraut.

Im Auto herrscht Totenstille. Es ist keine Seltenheit, Kolumbien ist dafür bekannt, dass es hier häufiger Autobombenanschläge gibt. Bombenanschläge an sich sind hier häufig, vor allem reiche, nicht aus Kolumbien stammende Leute, die hier Urlaub machen, sind betroffen. Da war allen bekannt, doch sie haben es nicht ernst genommen. Dass solche Methoden hier, vor allem unter konkurrierenden Gangs, schon fast normal sind, ist genauso bekannt.

Wieso haben die Leute von Orlando nicht reagiert und das Auto geprüft? Erst einige Zeit später, in der Tito seine Gedanken zu ordnen versucht, bemerkt er, dass sie sehr weit abseits jeder Stadt sind. Sie fahren einen kleinen nur von Wald umgebenen Weg hinein und gerade als er fragen will, was hier los ist, sieht er vor sich ein immer noch qualmendes Autowrack.

Er stößt einen lauten Fluch aus und öffnet, unmittelbar nachdem der Wagen stoppt, die Tür und geht zum Wrack. Er kann es nicht glauben, es ist wirklich passiert. Niemand kann es aus solch einer brennenden Hölle heraus geschafft haben. Rodriguez und Chico, das ist einfach … Der Gestank des Autowracks nimmt ihm ebenso den Atem wie die Erkenntnis, dass es sich nicht um ein Missverständnis oder etwas anderes gehandelt hat, wie er bis zuletzt irgendwie doch immer noch gehofft hat.

Bevor er das Autowrack erreicht, hört er einen Schuss und einen dumpfen Aufschlag. Es sind nur Millisekunden, doch die reichen zum Verstehen. Er dreht sich um. Im gleichem Moment sieht er wie Saul, der ihm gefolgt sein muss, von hinten erschossen wurde und nur ein paar Meter vor Tito zu Boden fällt.

Sie sind in einen Hinterhalt geführt worden, er hätte diesem Orlando nie trauen dürfen. Keinem von ihnen, er hatte recht. Bevor er überhaupt die Möglichkeit hat, seine Waffe zu ziehen, spürt er die Kugel, wie sie sich in seine Brust bohrt. Er sieht auf in die Gesichter der Männer, die ihn alle so hereingelegt haben, dann wird alles schwarz.

Kapitel 10

Wenn du spürst, dass deine Zeit gekommen ist, dass du Abschied nehmen musst, wohin wandern deine Gedanken? Wen siehst du als letztes vor deinem inneren Auge? Deine Familie?

Titos Gedanken wandern zu Juan und Bella, ihrer Mutter. Er erinnert sich, wie er von ihr im Arm gehalten wurde, als er seinen Vater verlor und niemanden mehr hatte. Es tat so gut, von ihr getröstet zu werden. Er hatte ja nie eine Mutter, bei der er jemals wirklich im Arm lag.

Er sieht seinen Vater vor sich, an dem Tag, als er das letzte Mal das Haus verließ. Als hätte er eine Vorahnung gehabt, gab er Tito einen Kuss auf den Kopf. Es ist Tito noch so sehr im Gedächnis, weil es so selten vorkam, solche Gesten von ihm zu bekommen und es immer etwas Besonderes war. Er erinnert sich an Juan und wie sie beide weggelaufen sind, einen Tag nach der Ermordung ihrer Väter.

Beide haben nie geweint, schon so früh hat man von ihnen erwartet stark zu sein, sie mussten auch stark für die kleine Bella sein, ihr Halt geben. Doch als sie sich ans Meer gesetzt haben, haben sie zusammen Tränen verloren. Mit Juan ging das, nur vor ihm hat Tito sich so etwas getraut. Danach haben sie sich die Tränen abgewischt und sich geschworen, ihre Väter zu rächen, das haben sie dann auch getan.

Er erinnert sich an den Schmerz bei Sanchez' Tod. Er hatte sich damals gewünscht, noch einmal seinen Tränen freien Lauf lassen zu können, doch diese Zeiten waren schon vorbei. Vielleicht hatte er deswegen bis heute das Gefühl, ersticken zu müssen.

Und dann erscheint ihm Lucia vor seinem inneren Auge. Wie sie ihn anlächelt, wie sie ihn hilfesuchend mit ihren großen Augen ansieht und ihr Tränen aus den Augen rollen. Er bereut es, er hätte ihr sagen müssen, dass sie ihm etwas bedeutet, dass ihm jede Sekunde mit ihr etwas bedeutet hat.

Er ärgert sich über sich selbst und in dieser Phase merkt er, dass er gar nicht dabei ist, endgültig das Bewusstsein zu verlieren, sondern dass er langsam wieder zu sich kommt. Er versucht sich zu bewegen und spürt nach und nach wieder alles. Es fühlt sich an, als hätte man ihn windelweich geprügelt. Am schlimmsten brennt seine Brust und ihm kommen die Erinnerungen wieder, was passiert ist. Diese verdammten Wichser. Er zwingt sich, seine Augen zu öffnen und sieht aber immer noch nur Dunkelheit.

Es dauert eine Weile, bis er versteht, dass er im Dunkeln ist, es ist mitten in der Nacht. Als sich seine Augen langsam an das Licht gewöhnt haben, bemerkt er, dass er im Wald liegt.

Tito weiß nicht, wie lange es dauert, er kämpft gegen Schwindel, gegen seine Schmerzen und jede Sekunde kommt ihm unter diesen Schmerzen ewig vor, doch Tito schafft es, sich aufzusetzen und sich umzusehen. Trotz der Dunkelheit erkennt er, dass er sich in einem Wald befindet, er liegt an einem Abhang und er weiß, dass sie dachten er wäre tot und ihn einfach hier hinunter gestoßen haben wie den letzten Dreck.

Es dauert nochmal so lange, bis er sich aufgestellt hat. Er stützt sich an einen Baum und dann entdeckt er, keine zwei Meter von sich entfernt, noch jemanden liegen. Plötzlich beachtet er seine Schmerzen nicht mehr, es ist ihm egal, er weiß, wer da liegt. Er geht langsam zu Saul hinüber und beugt sich über seinen Körper.

Tito trifft es mit voller Wucht, als er in das junge Gesicht des Neunzehnjährigen sieht und spürt, dass Saul keinen Puls mehr hat. Er schließt seine Augen und spricht ein Gebet. »Ich schwöre dir, dass ich das rächen werde.« Das sind seine letzten Worte an den jungen Mann, der es geschafft hat, ihn so zu beeindrucken. Für den er die Verantwortung übernommen hat und den sie genau wie Tito in solch einen Hinterhalt gelockt und einfach wie Abfall beseitigt haben. Er kann ihn nicht mal mitnehmen und ihm ein anständiges Begräbnis zukommen lassen, aber er schwört, das nachzuholen.

Tito kämpft sich den Abhang hoch und landet irgendwann auf einer kleinen Straße. Er hat nicht mal eine Vorstellung davon, wie lange er da unten lag, was genau weiter passiert ist. Was denken Juan und alle anderen wohl, wenn sie glauben, dass alle, Chico, Tito, Rodriguez und Saul ums Leben gekommen sind? Die Kolumbianer können denen auftischen was sie wollen, sie werden etwas unternehmen.

Tito spürt, dass er sicher einige Prellungen und Platzwunden am Körper hat. Seine Brust brennt und er zieht sein Hemd aus. Dabei entdeckt er sein durchlöchertes Handy in der Brusttasche. Er steckt sich das kleine Ding, das wahrscheinlich sein Leben gerettet hat, in die Hosentasche. Es hat den Schuss abgefangen und etwas gedämpft.

Trotzdem hat die Kugel ihn getroffen. Tito versucht die Verletzung zu begutachten, doch es gelingt ihm nicht. Da er noch am Leben ist und er sich etwas mit Schussverletzungen auskennt, weiß er aber, dass die Kugel keine Organe getroffen hat. Er drückt sich sein Hemd auf die noch immer blutende Wunde und versucht, die Straße entlangzulaufen. Er muss zurück nach Puerto Rico. Jetzt Kontakt zu Juan und den anderen herzustellen, wäre zu gefährlich.

So wie er die Situation einschätzt, werden die Kolumbianer genau ein Auge darauf haben, wie die Trez Puntos und die Les Surenas reagieren. Wenn sich Tito meldet und sagt, was wirklich passiert ist, werden alle ausflippen. Sobald die Kolumbianer wissen, dass Tito überlebt hat und er noch hier in Kolumbien ist, wäre das zu gefährlich. Tito hat hier keine Möglichkeit, sich zu schützen, nicht mal seine Waffe hat er noch. Er muss erst zurück nach Puerto Rico.

Seine Überlegungen werden unterbrochen, als ein älterer Truck langsam angefahren kommt. Tito muss abwägen, ob es besser ist, auf sich aufmerksam zu machen oder sich zu verstecken, immerhin ist er angeschossen und keiner wird glauben, dass er eine Autopanne hatte. Doch seine Überlegungen erübrigen sich, als der Truck hält und Tito im Inneren einen Padre erkennt. Tito stöhnt innerlich auf, als er dessen musternden Blick bemerkt.

»Brauchst du Hilfe, mein Sohn?« Tito reibt sich die Augen, was hat er sonst für eine Alternative? »Ja danke, das wäre nicht schlecht.«

Der Padre öffnet Tito die Tür und er steigt erleichtert ein. Dabei stöhnt er schmerzvoll auf, als er sich hinsetzt. Der Padre bekreuzigt sich, als Tito wegen der Schmerzen ein Fluch entfährt. »Tschuldigung, Padre.« Tito beißt die Zähne zusammen und der Padre fährt los. »Soll ich sie in ein Krankenhaus bringen? Das dauert zwar etwas … « Tito schüttelt den Kopf. »Nein, ich muss zum Flugplatz, kein Krankenhaus. Setzen sie mich einfach irgendwo ab, bitte.« Tito weiß nicht mal, ob das Flugzeug und die Piloten noch da sind. Aber was für eine Möglichkeit hat er sonst? Der Padre schaut zu Tito hinüber. »Nehmen sie mal das Hemd von der Wunde.« Tito tut, was der Padre ihm sagt und in ihm steigt ein Schamgefühl hoch.

Er sitzt neben einem Mann Gottes und zieht ihn in so etwas mit hinein. Doch der Padre sieht sich die Wunde unerschrocken an. »Es tut mir leid, Padre. Wenn sie mich einfach irgendwo ...« Der Padre blickt Tito in die Augen. »Mein Sohn, ich weiß nicht was dir passiert ist, aber vor Gottes Augen sind alle Menschen gleich und wir helfen jedem Menschen. So kannst du nirgendwo hin. Wenn du nicht in ein Krankenhaus kannst, nehme ich dich mit zu uns. Unser Kloster liegt hier gleich zwei Straßen weiter. Dort kannst du dich ausruhen und etwas essen.

Zudem haben wir einen Padre, der eine medizinische Ausbildung hat und sich deine Wunde sicher gerne ansieht.« Tito fällt ein Stein vom Herzen, er hat das Gefühl, sich nicht mehr lange in einer aufrechten Position halten zu können. »Danke Padre, dass ist wirklich sehr großzügig.«

Als sie in dem Kloster ankommen, fühlt sich Tito nicht nur mehr als Fehl am Platz, er ist es garantiert auch. Er war immer gläubig und besucht wie alle anderen regelmäßig die Kirche, aber jetzt hier mit einer Schussverletzung hereinzuspazieren, beschämt ihn sehr. Doch er ist viel zu geschwächt, um nach einer anderen Lösung zu suchen.

Sie werden gleich von ein paar anderen Padres begrüßt, doch wirklich viel bekommt Tito nicht mehr mit. Seine Sinne schwinden wieder, er spürt, dass er gestützt wird. Als er auf ein Bett gelegt wird, stöhnt er erleichtert auf, bevor er sich wieder der Dunkelheit hingibt.

Lucy kann sich kaum auf dem Sitz halten, als der Flug nach Puerto Rico startet. Sie weiß nicht, wie sie das durchhalten soll. Sie weiß nicht einmal, was sie fühlen soll. Wieder rollen ihr Tränen aus den Augen. Diese Nachricht hat sie völlig unerwartet getroffen.

Sie denkt an ihr letztes Telefonat mit Tito, dieses Mal war sie nicht nur traurig sondern wütend. Wütend über seine abweisende Art, denn als er zu ihr nach Texas geflogen ist, hat sie gespürt, dass es nicht so ist. Sie ist Tito nicht gleichgültig, davon ist sie überzeugt. Sie versteht nur nicht, warum er es so von sich weist. Wie er sie in den Armen gehalten hat, erst im Krankenhaus, später die ganze Nacht. Der Kuss am Morgen war so anders, so gefühlvoll. Er kann ja mit seinen Worten spielen wie er möchte, doch das hat seine wahren Gefühle gezeigt. Die ganze Zeit hat er sie nicht aus den Augen gelassen. Lucy hat es genossen, seinen Blick immer wieder auf sich zu spüren.

Ihr ist klar, dass es falsch von ihr war, in der Situation zu Cameron zu halten, obwohl sie das ja auch nicht wirklich getan hat. Die Situation war einfach … es sah so aus. Sie kam aus der Tür, alarmiert von dem Tumult im Flur und findet Tito vor, wie er Cameron an die Wand drückt. Was hätte sie denn da denken sollen? Sie war überfordert mit der Situation und als Tito dann auch noch so wütend abgehauen ist … Jetzt bereut sie ihr Verhalten noch mehr, jetzt bereut sie alles, was passiert ist.

Sie wünscht sich einfach nur zurück in seine Arme, in der Nacht in ihrem alten Schlafzimmer. Ihr war es in diesem Moment so egal, was zwischen ihnen steht oder was nicht passt. Es war so richtig, so gut und sie würde alles dafür tun, noch einmal dort mit ihm zu liegen. Aber das wird nie mehr möglich sein. Lucy hat das Gefühl, keine Luft mehr zu bekommen und wischt sich die Tränen weg. Eine Stewardess kommt und fragt, ob alles in Ordnung ist, doch Lucy nickt nur, obwohl es das nicht ist.

Tito ist tot. Sie wird diesen Anruf nie vergessen, den sie gestern von Bella erhalten hat. Bella war kaum in der Lage zu sprechen. Lucy hat sie schon traurig erlebt, aber das war die pure Verzweiflung. Immer wieder musste Bella das Telefonat unterbrechen. Irgendwann kam Paco ans Telefon und hat Lucy aufgeklärt.

In Kolumbien ist ein großes Unglück passiert. Chico und Rodriguez waren mit diesem Orlando unterwegs, um irgendwelche Leute zu treffen, als sie den Anruf erhielten. Die Leute, die eigentlich mit Tito und Saul verabredet waren, haben einen Anruf von der Haushälterin bekommen. Als sie ihre Schicht beginnen wollte, hat sie nur noch ein lichterloh brennendes Haus vorgefunden. Es war ein Bombenanschlag. Alles ist weg, das gesamte Haus ist abgebrannt, das Feuer war kaum zu bändigen durch die vielen Waffen, die im Haus gelagert waren. Tito und Saul hatten keine Chance, den Flammen zu entkommen. Es wurden verkohlte Körperteile von zwei männlichen Leichen gefunden.

Seit dem Anruf scheint Lucys Verstand nicht mehr richtig mitzuspielen. Sie hat Bellas verzweifeltes Weinen gehört, sie will sich nicht vorstellen, wie die anderen diese Nachricht aufgenommen haben. Paco erklärt, sie wünschten, jemanden dafür zur Rechenschaft ziehen zu können, aber das geht nicht. Bombenanschläge passieren ständig in Kolumbien und bei dem Versuch, noch etwas aus dem Haus zu retten, haben sich einige von Orlandos Männern verletzt.

Bella will unbedingt, dass Lucy kommt, es gibt eine Art Trauerfeier, denn jemanden, den man richtig beerdigen kann, gibt es nicht.

Bella weiß, dass Lucy Tito viel bedeutet hat und sie möchte deswegen, dass sie unbedingt kommt, aber Lucy wäre so oder so nicht davon abzuhalten gewesen, sofort nach Puerto Rico zu fliegen.

Sie hat die letzte Nacht nicht geschlafen. Das Unglück liegt jetzt drei Tage zurück. Sie will und kann nicht glauben, dass sie Tito verloren hat, ohne jemals zu wissen, ob es eine Chance zwischen ihnen gegeben hätte. Ob er vielleicht doch Gefühle hatte, wie auch Bella anscheinend der Meinung ist? Es tut so weh, mit dieser Ungewissheit für immer weiterleben zu müssen. Sie spürt, wie ihre Augenlider zuklappen, ihr Körper übernimmt die Kontrolle, doch ihre Seele weint weiter, und Lucy hat keine Vorstellung, wie das jemals enden sollte.

Als Tito dieses Mal seine Augen öffnet, fühlt er sich, als hätte er Jahre geschlafen. Es dauert eine Weile, bis er an dem schlicht eingerichteten Zimmer erkennt, dass er sich noch in dem Anwesen der Padres befinden muss. Genau in dem Moment findet er in einer Ecke des Raumes den Mann vor, der ihn von der Straße aufgelesen hat. Er gießt gerade etwas Tee in eine Tasse. Als er sich zu Tito umdreht, legt sich ein Lächeln auf sein Gesicht. »Habe ich doch richtig gelegen, dass du langsam wieder wach wirst.« Tito räuspert sich und versucht sich zu bewegen, doch der Schmerz erinnert ihn daran, was alles passiert ist.

Er muss schnell nach Puerto Rico zurück. Er will sich gar nicht vorstellen, was da los ist. »Wie lange bin ich schon hier?« Tito spürt, dass er länger als nur ein paar Stunden geschlafen hat und dass es ihm gut getan hat. »Mehr als einen Tag, aber das war gut. Dein Körper hat den Schlaf gebraucht. Padre Cuba hat dich untersucht. Du hattest großes Glück, ein Engel muss dir zur Seite gestanden haben. Du hast einen Durchschuss im Brustbereich ohne Verletzung an Organen erlitten. Die Wunde ist gesäubert und verbunden, aber du hast viel Blut verloren. Dazu die anderen Verletzungen, du musst auch gestürzt sein.«

Tito bewundert den Padre für seine Art damit umzugehen, er verurteilt nicht, er fragt nicht. Er stellt lediglich fest. »Padre, ich weiß nicht, wie ich mich jemals genügend für ihre Hilfe bedanken kann, aber das werde ich. Ich muss gehen, ich muss zum Flughafen, Padre. Gibt es eine Möglichkeit, mich dahin zu bekommen?« Der Padre nickt. »Natürlich mein Sohn, wir haben auch ein kleines Flugzeug dort, mit welchem wir Hilfsgüter in andere Regionen fliegen. Aber du solltest dich noch ausruhen.« Tito setzt sich mühevoll auf. »Padre, ich muss, ich muss zu meiner Familie.«

Als Lucy dieses Mal aus dem Flugzeug steigt und Puerto Rico betritt, spürt sie nichts als Trauer und eine erstickenden Sehnsucht, die ihr die Kehle zuschnürt. Sie geht durch die Passkontrolle und als sie aus dem Sicherheitsbereich tritt, wundert sie sich, Sam und Sara zu sehen, doch sicherlich ist Bella noch viel zu mitgenommen, um bis zum Flughafen zu fahren. Als sie in ihre Gesichter sieht, bemerkt sie zwar schon, dass sie ein paar harte Tage hinter sich haben, sie sehen aber andererseits auch etwas beruhigt aus, was Lucy doch sehr verwundert. Als beide sie umarmen und Sara sie fest drückt, flüstert sie leise, so als könne sie ihren eigenen Worten nicht trauen, den erlösenden Worten.

»Tito lebt, Lucy. Er ist wieder zu Hause.«

Lucys Gefühlswelt spielt nun vollkommen verrückt, sie entfernt sich ein paar Schritte, um Sara richtig ansehen zu können. »Wie, er lebt? Aber er war doch … wie kann das sein?« Sam hält Lucy am Arm fest und führt sie aus dem Flughafengebäude in das wartende Auto und Lucy ist froh darüber, denn sie fühlt sich so, als würde man ihr gerade erneut den Boden unter den Füßen wegziehen.

Während der Fahrt erzählen ihr Sam und Sara genau, was passiert ist. Heute Morgen ist ein Flugzeug angekommen und Juan wurde verständigt, etwas dort abzuholen. Keiner wusste was los ist, und als die Männer am Flughafen waren und ihnen ein Padre den verletzten Tito übergeben hat, sind sie alle ausgeflippt vor Freude.

Sam sagt, die Tage seitdem sie dachten, Tito wäre tot, waren die schlimmsten, die sie jemals hier erlebt hat.

Doch nach der ersten Freude, den Anrufen, um allen Bescheid zu geben, dass Tito lebt und als sie ihn nach Hause gebracht haben, kam dann die Erkenntnis, was da genau passiert ist.

Tito ist verletzt. Die Ärztin hat sich noch einmal die Wunden angesehen, aber die Leute, die Tito aufgenommen haben, sollen sich wohl sehr gut um ihn gekümmert haben. Sobald sie im Cielo eingetroffen sind und die Ärztin da war, wurde das Haus voll. Alle, wirklich alle waren da, die Trez Puntos, die Les Surenas, die Familien, alle überglücklich, dass Tito doch lebt.

Gleichzeitig passierte etwas Unheimliches, als sich nach und nach herausstellte, was wirklich passiert war. Sie alle sind so ausgerastet, dass selbst Sam, Sara und Bella, die wirklich schon viel gewöhnt sind, Angst bekommen haben. Es ist anscheinend von Anfang an ein Hinterhalt von Orlando gewesen. Chico und Rodriguez sind ganz normal mit ihnen in eine andere Stadt gefahren und haben die anderen getroffen. Während sie mit ihnen verhandelt haben, wurde Tito und Saul diese Geschichte erzählt, dass Chico und Rodriguez tot seien und sie in den Hinterhalt gelockt wurden. Nachdem sie Saul und Tito widerwärtig entsorgt haben, oder es zumindest geglaubt haben, müssen sie ins Haus, sich die Waffen geschnappt und die Bombe hochgehen lassen haben.

Woher die zwei männlichen Leichen kommen, weiß noch keiner genau, aber diesem Orlando ist alles zuzutrauen, dass er zwei seiner Männer opfert, nur damit sein Plan funktioniert, ist da wohl nicht auszuschließen. Der Tod von Saul trifft alle schwer, dass sie so hereingelegt worden sind, spitzt das Ganze nur zu.

Sara spricht mit einem leichten Zittern in der Stimme, als wüsste sie, dass diese Sache noch nicht zu Ende ist, noch lange nicht. Tito ist angeschossen worden und wenn er das nicht überlebt hätte, wäre der Plan sogar aufgegangen. Orlando hätte sich Waffen im Wert einer halben Million Dollar von den Trez Puntos und den

Les Surenas unter den Nagel gerissen und hätte Tito und Saul ungestraft auf dem Gewissen.

Die Männer sind außer sich vor Wut. Was genau noch passieren wird, weiß erst mal keiner. Selbst die sonst so taffe Sam ist blass. »Das wird böse, das wird ein Alptraum.«

Tito ist noch erschöpft und schläft und Bella weicht nicht von seiner Seite, deswegen sind auch Sara und Sam gekommen. Lucy weint vor Freude, dass Tito noch lebt, sie kann dieses Gefühl kaum einordnen. Es ist, als würde ihr mit einem Mal die Hand, die sie die ganze Zeit zu erdrücken gedroht hat, vom Hals gerissen werden. Am Cielo angekommen, stehen davor schon Unmengen an Männern, die sich wohl gerade auf den Weg ins Punto-Haus machen. Sie diskutieren und Lucy erkennt Paco, Raul, Chico, eigentlich fast alle darunter. Es scheinen wirklich sämtliche Mitglieder beider Familias da zu sein, doch Lucy beachtet sie nicht weiter und geht direkt ins Haus zu Titos Zimmer.

In dem etwas abgedunkelten Raum herrscht eine unheimliche Stille. Juan und Bella sitzen an Titos Bett auf Stühlen und man sieht Bella an, dass die letzten Tage die Hölle für sie waren. Als Lucy hereinkommt verlässt Miko gerade das Zimmer und nickt ihr zu. »Er redet von dir.« Sie sieht verwirrt zu ihm, doch Miko geht schon zu Sam. Lucy tritt ans Bett zu Bella, die sie sofort in den Arm nimmt. »Es ist alles wieder gut, er lebt und es geht ihm auch ganz gut. Er ist nur erschöpft«, erklärt sie leise und auch Lucy kullern wieder Tränen aus dem Auge, als sie Tito da so liegen sieht.

Sie setzt sich direkt zu ihm ans Bett und streicht über seine Wange, die einige Kratzwunden aufweist. Er ist etwas blasser, seine Wimpern liegen fest auf seinen Wangen, so als würde er sehr tief schlafen. Juan, Lucy und Bella sitzen lange Zeit einfach an Titos Bett und beobachten ihn, keiner von ihnen scheint dabei müde zu werden. Immer wieder kommt einer der anderen herein und bleibt eine Weile da. Paco bringt ihnen Essen und zieht seine Frau auf seinen Schoß, um mit ihr zusammen am Bett von Tito zu wachen.

Bella erwähnt irgendwann, dass Tito manchmal leise Lucys Namen gesagt hat, als er gerade eingeschlafen war.

Während Lucy an seinem Bett sitzt, sagt er nichts, er schläft wie ein Baby. Erst nach langer Zeit fängt er langsam an seine Augen zu öffnen. Sein Blick fällt sofort auf Lucy, die noch immer an seinem Bett sitzt und als sich ihre Blicke wieder treffen und Lucy in seine schönen braunen Augen gucken kann, von denen sie dachte, sie würde sie nie wieder sehen, fängt sie erneut an zu weinen.

»Hey Engel.« Titos Stimme hört sich trotz allem noch kräftig an und Lucy muss Lächeln, als er seine Hand hebt und ihre Wange berührt. Sie registriert, dass alle anderen den Raum verlassen und die Tür schließen. »Warum weinst du? Engel weinen nicht.« Tito hat wieder ein leichtes lächeln im Gesicht und Lucy weiß, dass es ihm einigermaßen gut geht, wenn er wieder so grinsen kann, doch sie bleibt ernst. »Ich dachte, du wärst....«, plötzlich fehlen ihr die Worte und auch Tito wird wieder ernst. »Es ist alles okay, Lucia, mir geht es wieder gut.« Tito legt seine ganze Hand an ihre Wange, als wolle er, dass sie ihm wirklich zuhört.

»Aber als ich da lag … ich habe es bereut, dir nicht die Wahrheit gesagt zu haben. Es hat mir etwas bedeutet, alles was zwischen uns war. Du bedeutest mir … viel … keine Ahnung, Lucia, ich bin nicht gut in so etwas.« Jetzt lächelt Lucy und stoppt ihm, indem sie ihn einen freudigen Kuss auf die Lippen gibt.

Das war es, was sie die ganze Zeit herbeigesehnt hat. Keine Versprechungen oder Schwüre, einfach nur, dass er zugibt, dass es für ihn auch eine Bedeutung hatte. Als sich Lucy zurückziehen will, um ihm nicht weh zu tun, hält Tito sie am Nacken fest und führt ihre Lippen wieder zu seinen. Tito küsst sie langsam und zärtlich, und als er diesen sanften Kuss beendet, küsst er ihre Nasenspitze. Mit diesem Kuss hätte er seine vorher gesagten Worte gar nicht aussprechen müssen, auch wenn es schön war sie zu hören. Dieser eine Kuss hat seine Gefühle für Lucy offenbart.

Lucy lächelt und Tito schlägt seine Decke zur Seite. » Du siehst erschöpft aus.« Lucy nimmt die Einladung sofort an und kuschelt sich an ihn. Tito küsst Lucy immer wieder, sie kuschelt sich so eng wie nur möglich an ihn, doch beide sind so erschöpft, dass es nicht lange dauert bis sie einschlafen.

Den gesamten nächsten Tag bleibt Tito im Bett und sobald die anderen, die immer wieder hereinkommen, weg sind, zieht er Lucy zu sich und sie genießen sich.

Am Anfang traut sich Lucy nicht, aber irgendwann fragt sie Tito, was passiert ist und er erzählt ihr sicher nicht alles, aber zumindest einen Teil davon. Ihm scheinen viele Sachen durch den Kopf zu gehen und schon am nächsten Morgen spürt sie eine Unruhe in ihm wachsen. Er steht auf und geht duschen und Lucy spürt, dass er wieder dichtmacht. So wie er sie plötzlich an sich herangelassen hat, so schnell verschließt er sich wieder.

Sie geht in den Garten und setzt sich zu Bella, die mit Leandro auf einer Decke spielt. Momentan scheint sich alles hier im Cielo bei Tito abzuspielen. Alle von den sogenannten inneren Kreisen sind hier. Selbst Bellas Mutter steht hier in der Küche und kocht. Man spürt diesen extremen Zusammenhalt aller sofort. Lucy fragt sich, ob Tito überhaupt bewusst ist, wie sehr ihn seine Familie oder Famlia liebt.

Auch die andere Familia befindet sich hier. Rodriguez, Paco und Chico sind gestern auch ständig bei Tito gewesen. Ob ihnen allen das bewusst ist oder nicht, aber eigentlich gibt es keine zwei Familias mehr, sondern nur noch eine große. Lucy spielt mit Leandro, und ihr Blick fällt auf zwei Schmetterlinge.

Einer ist weiß, der andere hat einen schönen dunkelblauen Farbton. Sie beobachtet, wie die beiden über die Wiese fliegen, es sieht so aus, als würde der eine den anderen verfolgen, aber wenn der sich dann umdreht und wegfliegt, folgt ihm der andere genauso. So unterschiedlich, aber trotzdem gehören sie zusammen. Lucy weiß nicht, was mit ihr und Tito ist, sie haben nicht darüber geredet, sich einfach nur genossen, aber fürs Erste reicht es ihr zu wissen, dass er auch Gefühle für sie hat.

Als Tito dann aus der Terrassentür tritt, scheint nicht nur Lucys Herz vor Freude schneller zu schlagen, Tito wieder so dort stehen zu sehen. Zwar noch angeschlagen, aber er ist da und das ist alles was zählt. Er sieht zu Juan. »Also, wann geht es los? Ich kann es nicht mehr abwarten, das alles zu beenden, ein für alle Mal!«

Lucys eben noch so große Freude weicht sofort, das ist doch nicht sein Ernst?

Kapitel 11

Lucy starrt Tito fassungslos an, allerdings ist sie genauso verwirrt darüber, dass niemand von den anderen sehr verwundert scheint. Alle sehen zu Tito. Miko, der ihm am nächsten steht, klopft ihm leicht auf die Schulter und lacht. »Wir warten nur auf dich, Juan tut jede Minute schon seelisch weh. Aber meinst du nicht, wir sollten noch ein paar Tage abwarten, bis wenigsten die gröbsten Sachen abgeheilt sind?« Juan steht plötzlich vom Stuhl auf und schmettert sein Handy gegen die Wand. Lucy zuckt erschrocken zusammen. »Ich muss mir von diesen verdammten Bastarden ihr gespieltes Beileid anhören und würde die am liebsten sofort zur Rechenschaft ziehen.«

Paco, der das ganze relativ gelassen beobachtet, mischt sich ein. »Nein, so ist es am besten. Sie wissen nicht, dass Tito noch lebt, das ist unser Vorteil. Wir können überraschend zuschlagen, ohne dass sie eine Ahnung haben. Lass sie im Glauben, dass wir ihnen nichts vorwerfen, in Trauer sind und die Beerdigungen vorbereiten wollen. Es ist vielleicht ihr Land, aber es ist unser Überraschungseffekt. Der zweite Jet steht ab morgen zu unserer Verfügung. Wenn du bereit bist, Tito ... wir sind es schon lange. Es wird immer schwerer, die Jungs ruhig zu halten.«

Lucy guckt erschrocken von einem zum anderen, das kann doch nicht ihr Ernst sein? Sie sieht zu Bella und erkennt die Sorge in ihrem Gesicht, doch sie sagt nichts weiter, was Lucy noch mehr verunsichert. »Wir fliegen morgen, ich kann keinen Tag länger warten!« Tito wirkt so entschlossen, dass es Lucy das Herz abschnürt. Tito sieht zu ihr, und als sich ihre Augen treffen, weiß sie, dass er gehen wird. Sie hat nicht die Macht, ihn daran zu hindern, es zu verstehen oder gar es ihm auszureden. Ihr wird bewusst, dass sich an der Grundsituation nichts ändert, auch wenn sie jetzt weiß, dass er Gefühle für sie hat.

Lucy steht auf. »Wohin?« Bella sieht sie fragend an. »Ich muss kurz mal weg«, nuschelt Lucy durcheinander, sie weiß selbst nicht wohin, sie will einfach weg aus dieser Situation. Als sie an Tito vorbeigeht, sieht er sie an, doch sie weicht seinem Blick aus.

Als Lucia an ihm vorbei ins Haus geht, stößt Tito einen leisen Fluch aus. Er ist unsicher, was er tun soll, doch als er die Haustür ins Schloss fallen hört, dreht er sich um. »Lucia ... verdammt, warte.« Er hört Juan noch leise lachen und »willkommen im Club« rufen, doch er ist schon hinter Lucia her. Er schnappt sich seinen Autoschlüssel von der Ablage und folgt ihr. Genau in dem Augenblick, als sie die Einfahrt hinaus will, holt er sie ein und hält sie am Arm zurück. »Wohin willst du?« Lucia blickt ihn nicht einmal an. »Ich muss einfach weg.« Tito kann sich ein Lächeln nicht verkneifen, als ihn sein Engel bewusst nicht ansieht. »Dann komm mit mir weg.« Mit dieser Aussage hat er sie überrascht und sie sieht ihn fragend an, doch er nimmt ihre Hand und führt sie zu seinem Auto. Sie scheint nicht begeistert zu sein, doch sie steigt ein und er fährt los.

Bevor er sie dahin bringt, wo er jetzt am liebsten sein möchte, hält er kurz an einem Laden und besorgt etwas zum Essen und zum Trinken. Dem Besitzer des Ladens, den alle von ihnen schon von klein auf kennen, weicht er geschickt Fragen über seine Verletzungen aus. Als Tito sich ins Auto zurücksetzt, stöhnt er bei der Bewegung leise auf, seine Brust schmerzt noch immer heftig. Er fährt wieder los und Lucia ignoriert ihn weiterhin, wie schon während der gesamten Fahrt. Das macht ihn wahnsinnig, er versteht sie nicht.

Er ist es gewohnt, dass Frauen es sagen, wenn ihnen etwas nicht passt. Meist laut und deutlich. Alle machen das so, Bella, Sam, Sara. Sie würden nicht einfach schweigen, doch Lucia ist so anders. Sie sagt nichts, aber er sieht ihr ihre Traurigkeit an, das macht ihn verrückt. Er wünschte sich, dass sie ihn anschreien würde, dass eine Reaktion kommt, denn dieses traurige Anschweigen ist viel schlimmer. Er hasst es, sie so zu sehen, es zerreißt sein Herz. Er weiß einfach nicht, wie er mit ihr umgehen soll.

Sie halten an der Bucht, zu der Tito sie schon einmal gebracht hat. Er hatte schon die ganze Zeit den Drang herzukommen und seinen Kopf freizubekommen, die Wut und der Wille sich zu rächen scheinen ihn zu zerfressen, er kann es nicht abwarten, Orlando dafür zur Rechenschaft zu ziehen. Er weiß, dass er da nicht allein ist.

Bevor Tito etwas sagen kann, ist Lucia schon ausgestiegen und knallt die Tür zu. Tito seufzt, wenigstens eine Reaktion, die er kennt. Lucia läuft stur vor ihm her die Steine hinab und diesmal ist Tito natürlich langsamer, seine Verletzungen sind noch zu frisch. Lucia stellt sich direkt ans Meer und atmet tief ein. Als Tito sie erreicht hat, setzt er sich hinter sie in den Sand. Eine Weile beobachtet er Lucias Statur, ihre hellen Locken, die im Wind wehen. Und auch wenn er nicht weiß, wie er genau mit ihr umgehen soll, folgt er schließlich einfach seinem Herzen.

»Lucia, bitte komm her zu mir, rede mit mir.« Lucia dreht sich um und kommt ein paar Schritte auf ihn zu. »Nein, ich sollte mich da heraushalten«, gibt sie zerknirscht zu und Tito würde am liebsten die Augen verdrehen, er versteht die Frauen einfach nicht.

Man sieht ihr an, dass sie es loswerden will, er hat sie gebeten es zu sagen, aber statt einfach ihren Mund aufzumachen, treibt sie Tito zur Verzweiflung. »Ich möchte aber hören, was du zu sagen hast.« Tito seufzt innerlich auf, er kann es sich schon denken. Er merkt, wie Lucia nach Worten sucht und da sie schon eng genug bei ihm steht, hebt er den Arm und zieht sie zu sich auf den Schoß.

Mit dieser kleinen Geste scheint Tito die Spannung zwischen ihnen zu lösen. Lucia setzt sich auf seinen Schoß, sodass sie Gesicht an Gesicht sind und Tito küsst ihre kleine süße Nase. »Was ist los, mein Engel?« Lucia lachelt und gleich geht es Tito besser, er merkt selbst, dass er schon so gut wie verloren ist, er ist Lucia total verfallen.

»Ich verstehe nicht, wie und vor allem warum du dahin willst, du bist noch verletzt, und was soll das alles bringen, außer nur noch mehr Tote?« Lucia sieht ihn eindringlich an. Sie hat zwar leise gesprochen, doch Tito konnte hören, wie ernst sie es meint. Sie stehen wieder vor diesem Scheideweg, den sie nicht versteht und er nicht ändern kann. »Du weißt nicht, was da unten alles passiert ist, Lucia.«

Sie hält sein Gesicht in ihren Händen und zwingt ihn somit, ihr in die Augen zu sehen. »Dann sag es mir, Tito, rede du auch mit mir.« Tito will das nicht, er will ihre Seele nicht belasten. Sie hat das Glück, noch nie mit solchen Geschehnissen konfrontiert worden zu sein und das will er beibehalten. So wird ihm wieder vor Augen geführt, wie unmöglich es zwischen ihnen beiden ist, was auch immer da gerade zwischen ihnen geschieht.

»Ich will dich da nicht mit hineinziehen, du weißt, was passiert ist. Ich will Saul rächen und Orlando zeigen, dass er es nicht geschafft hat mich zu töten.« Lucias Augen verengen sich, ein Signal, dass sie nun nicht mehr so leise sprechen wird, und Tito behält Recht. »Das ist doch Blödsinn, davon wird Saul auch nicht wieder lebendig und nur noch mehr verletzt, oder schlimmer, sogar getötet.« Tito versucht, die in ihm hochsteigende Wut zu unterdrücken. Lucia kann nichts dafür, aber dieses Thema ist noch zu frisch, noch nicht beendet, als dass er da nicht reagieren könnte.

»Sie haben versucht mich zu töten, Saul haben sie getötet. Sie haben uns wie Müll einen Graben heruntergeschmissen. Dazu haben sie uns um unsere Waffen gebracht. Denkst du, das kann ich einfach so vergessen und zur Tagesordnung zurückkehren?« Lucia weicht leicht zurück und Tito hält sie fest. »Ich will dich nicht erschrecken, ich sag doch, dass ich dich da nicht mit hineinziehen will.«

Lucia seufzt leise auf. »Aber was dann, Tito? Was ist das dann mit uns? Ich meine, du sagst selber, dass dir unsere Zeit etwas bedeutet hat oder tut, wie ... « Sie bricht ab und Tito sieht sie eine Weile an, er weiß es nicht. Er weiß nicht, was es bedeutet, was geschehen wird oder wie und ob es mit den beiden weitergeht, Lucia steht auf, und diesmal ist sie so schnell, dass Tito nicht reagieren kann, was aber sicher auch an seiner Verletzung liegt.

»Vergiss es einfach«, entgegnet sie ihm sauer, bevor sie erneut beginnt von ihm wegzugehen und das macht ihn rasend. Tito ignoriert seine Schmerzen und schafft es, sie noch einzuholen, bevor sie anfängt, die Steine hinaufzuklettern. Er hält sie am Arm zurück, seine Wunde schmerzt und er ist wütend. »Ich renne keinen Frauen hinterher und du zwingst mich jetzt schon zum zweiten Mal dazu«, fährt er Lucia an. Sie sieht ihn erst wütend an, doch dann beginnt sie leise zu lachen. »Es zwingt dich niemand, mir nachzulaufen.« Tito findet das nicht so lustig. »Doch du, weil du ständig wegläufst.« Lucia lacht wieder. »Dann lass mich doch gehen, Tito.«

Jetzt sieht sie ihn herausfordernd an und Tito muss auch lächeln. »Ich will dich nicht gehen lassen, ich kann es einfach nicht«, gibt er zu. Lucia überbrückt die kleine Distanz zwischen ihnen. »Warum nicht, Tito? Wieso willst du mich aus deiner Welt so unbedingt heraushalten, wenn du mich doch nicht gehen lassen kannst?« Tito legt seine Hand an ihre Wange, er liebt den Kontrast, den seine große dunkle Hand zu ihrer hellen weichen Haut bildet. »Keine Ahnung, Lucia, ich weiß es selber nicht, ich weiß nur, dass ich dich jetzt nicht gehen lassen will.«

Seine Lippen treffen auf ihre, wie so oft, seitdem er wieder hier ist und sie bei ihm ist. Er kann selbst nicht glauben, dass er davon nie genug zu bekommen scheint. Obwohl Lucia die letzte Nacht und auch die Zeit davor nur bei ihm war, hat er, außer sie im Arm zu halten, nicht viel machen können. Er ist viel zu angeschlagen und es hat ihm auch genügt, sie einfach nur zu halten, sie bei sich im Arm zu wissen.

Doch jetzt, als er sie küsst und die Erkenntnis ihn eingeholt hat, dass er sie nicht gehen lassen will, dass sie ihm was bedeutet, dass er dabei ist, in etwas hineinzuschlittern, was er weder wollte, noch stoppen kann, lässt ihn seinen Schmerz vergessen und den Drang, Lucia jetzt ganz zu spüren, immer größer werden.

Als seine Lippen es schaffen, sich von ihren zu lösen und ihren Hals entlangfahren, schlüpfen ihre Hände automatisch unter sein Shirt, doch sie zuckt dann zurück. »Du bist verletzt, Tito, wir sollten wirklich … « Tito erstickt ihren unwirklichen Widerstand, als seine Lippen ihre ihm schon bekannte empfindliche Stelle im Nacken trifft und sich der leise Protest in ein Aufseufzen verwandelt. Tito und Lucia lieben sich am Strand, es ist unglaublich. Als Tito seinen blonden Engel ansieht, als sie auf ihm sitzt und ihre Körper so miteinander vereint sind, ist ihm klar, dass er diesen Engel nicht mehr aufgeben will, auch wenn er es sicherlich muss.

Sie bleiben noch eine ganze Weile aneinander eingekuschelt am Strand sitzen und genießen sich.

Als sie später zurück zum Cielo fahren, hat sich die Stimmung schon wieder etwas geändert. Während der Fahrt ist Lucia wieder auf das Thema zurückgekommen und hat Tito versucht, andere Möglichkeiten aufzuzeigen, wie dieses Problem gelöst werden kann. Tito versucht ihr gereizt zu erklären, dass sie sich hier sicherlich nicht gerichtlich einigen werden. Als sie dann am Cielo ankommen, verlässt gerade Bella mit Leandro das Haus. »Hey, da seid ihr ja, ich gehe noch rüber zu Mama, kommt ihr mit?« Tito schüttelt den Kopf. »Ich muss noch etwas erledigen.« Lucia allerdings stellt sich zu Bella und nimmt Leandro auf den Arm. »Ich komme mit«, erklärt sie knapp. Tito ist sich bewusst, dass sie immer noch sauer ist, er weiß aber auch nicht, wie sich das bessern sollte, denn an der Situation wird sich nichts ändern. Er lässt die beiden gehen und steigt wieder ins Auto.

Er fährt ein paar Straßen weiter. Bevor er allerdings aus dem Auto steigt, bleibt er sitzen und starrt auf die Straße vor sich. Er ist ratlos, wie er das jetzt machen soll, er weiß nicht, was er sagen soll, ihm ist aber klar, dass er es tun muss. Also überwindet er sich selbst und geht mit einem noch schwereren Herzen, als er es ohnehin schon hat, zu dem Haus, in dem Sauls Mutter und seine kleine Schwester wohnen.

Er weiß, dass Juan bereits da war. Die Familia kommt für alles auf und unterstützt die Familien auch weiterhin, doch für Tito ist es mehr als eine Pflicht, persönlich sein Beileid auszusprechen. Er fühlt sich so mies, als er mit der weinenden Mutter wenig später in deren Wohnzimmer sitzt. Nachdem sie erfahren hat, dass Tito bei Saul war, als dieser umgebracht wurde, will sie wissen, wie seine letzten Stunden waren. Tito wäre am liebsten aufgestanden und gegangen. Was soll er ihr sagen, dass er hinterhältig von hinten erschossen wurde? Dass Tito es nicht verhindern konnte, dass ihr erst neunzehnjähriger Sohn viel zu früh gestorben ist? Doch dann denkt er an Sauls freudiges Gesicht, als er mit Chico gefeiert hat, an sein zufriedenes Grinsen nach seinem Abend mit den Frauen.

»Er hatte noch viel Spaß … er war glücklich«, sagt Tito leise und als ihn Sauls Mutter dankbar umarmt und er ihr den Rücken streichelt, um sie zu beruhigen, schwört er sich, dass Orlando dafür büßen wird. Am liebsten würde er das jetzt sofort in die Tat umsetzen. »Ich werde ihn rächen, das verspreche ich und wenn es irgendetwas gibt, was ihr braucht, sagt mir Bescheid.«

Als Tito das Haus wieder verlässt, fühlt er sich nicht besser, seine Wut steigt und steigt. Er hat das Gefühl, dass er momentan alles umhauen könnte, was ihm über den Weg läuft. Als er im Cielo ankommt, sieht er Bella und Lucia gerade eine Tasche in Bellas Auto verstauen. Er steigt aus und geht auf beide zu. »Was habt ihr vor?« Bella sieht ihn kurz an und geht dann ins Haus zurück. »Ich sage noch schnell Paco Bescheid«, sagt sie hastig zu den beiden. Tito wendet sich Lucia zu, die ihn nicht ansieht, sondern die Arme vor der Brust verschränkt. »Was ist los?« Lucia schließt den Kofferraum, in dem die Tasche verstaut ist und sieht wieder zu Tito.

»Ich habe einen früheren Flug genommen. Bella bringt mich zum Flughafen.« Tito durchfährt ein Stich in der Brust und er kann sich nicht genau erklären, warum. Morgen wäre sie zurückgeflogen, und er wäre nach Kolumbien geflogen. Aber er hätte sie heute Nacht einfach gern wieder in seinen Armen gehalten. »Warum bleibst du nicht noch bis morgen?« Tito ist immer noch viel zu gereizt und Lucia sieht ihn traurig an.

»Tito ... keine Ahnung, was du über uns denkst, ich weiß es nicht. Ich weiß selber nicht, was ich denken soll. Aber eines weiß ich ganz genau....« Plötzlich rollen Tränen über ihre Wange. »Ich dachte du wärst tot und es hat mich selbst erstickt. Ich werde nicht hierbleiben und zusehen, wie du dich wieder dem Tod stellst.« Sie schluchzt leise auf und dreht sich von Tito weg, in diesem Moment kommt Bella wieder aus dem Haus heraus. »Lucy, wir müssen.«

Lucia nickt und sieht Tito noch einmal in die Augen. Als Bella an Tito vorbeigeht, gibt sie ihm einen Kuss und beide steigen ein. Tito sieht dem wegfahrenden Auto noch eine Weile hinterher, bevor er laut flucht und ins Haus zurückkehrt.

Während des ganzen Rückfluges bekommt Lucy kein Auge zu, obwohl sie so müde ist. Sie musste weg, keine Sekunde länger hätte sie es dort ausgehalten. Das, was sie die ganze Zeit so fasziniert beobachtet hat, spürt sie nun selbst und es treibt sie in den Wahnsinn. Dieser Widerspruch an sich, den sie die ganze Zeit versucht hat zu erklären, zu begreifen und vor dem Bella sie gewarnt hat, ist jetzt in sie selbst übergegangen. Wie kann es sein, dass der Mann, der so zärtlich und liebevoll zu ihr ist, der sie am Strand so fest in seinen Armen gehalten hat und sie sich nirgendwo anders hin gewünscht hätte, ein paar Stunden später auf eine Todesmission geht?

Was auch passiert, es werden Leute verletzt oder getötet. Tito selbst ist gerade fast gestorben und als könne er das gar nicht abwarten, begibt er sich sofort wieder in Gefahr. Dieser Kontrast war für Lucy schon unbegreiflich mit anzusehen, ihn jetzt selbst zu spüren, zerreißt sie innerlich. Einen Moment denkt sie an Titos Worte, dass es bei Soldaten auch nicht anders ist, eher noch schlimmer und dass denen alle zujubeln, nur weil sie es mit der Genehmigung der Regierung tun.

Sie muss an ihren Vater denken, der gerade widerwillig eine Reha über sich ergehen lässt. Sie weiß, dass er viele unterschiedliche Erlebnisse im Krieg hatte. Sie kann sich daran erinnern, wie er manchmal mit anderen zusammengesessen und ein paar Dinge erzählt hat. Natürlich wurde das anders aufgenommen, als wenn Tito von seinen Erlebnissen erzählen würde. Kurz kommt ihr der Gedanke, dass er gar nicht so unrecht hat.

Auch hier ist sicherlich dieser Kontrast gegeben. Wenn Lucy und ihre Mutter ihren Vater zum Flughafen gebracht und sich verabschiedet haben, war er ein paar Stunden später an der Front. Ihre Mutter und Lucy lieben ihren Vater bedingungslos, auch wenn er Menschen ... Lucy schüttelt den Gedanken von sich, es bringt nichts, sich darüber Gedanken zu machen.

Es ging ihr ja nicht nur darum, dass er dorthin geht, auch wenn sie das schrecklich findet, sondern, dass er gerade angeschossen wurde und mit Verletzungen sich in eine noch gefährlichere Situation stürzt. Lucy ist sich sicher, alle hätten noch gewartet, doch Tito scheint es nicht abwarten zu können, nochmal angeschossen zu werden. Bei diesem Gedanken dreht sich Lucy der Magen um und sie sieht aus dem Fenster, der Welt entgegen, in der all das, was hinter ihnen liegt, so weit entfernt wirkt.

Kapitel 12

Tito sieht sich um, wie mit dem ersten Flug nach Kolumbien ist das hier nicht mehr zu vergleichen. Die Maschine ist voll, alle sind da und die zweite Maschine ist auch schon gestartet. Keiner lacht, keiner macht die üblichen Späße und das sagt mehr aus als alles andere.

Es ist für jeden eine Pflicht, ein Zwang, sich dafür zu rächen, was sich Orlando gewagt hat, den Trez Puntos und den Les Surenas anzutun. Es gab schon einmal eine ähnliche Situation, wo beide Familias so entschlossen zusammen reagiert haben. Das war damals, als sie gerade Bella und Sara aus den Händen der La Hondez befreit haben. Ihr Schlag gegen sie war gewaltig und schnell. Damals dachte er schon, diese Sache sei an Wut und Entschlossenheit nicht zu überbieten, doch wenn er jetzt in die Gesichter aller hier an Bord sieht, weiß er, dass es noch nie einen so heftigen Schlag gegeben hat wie der, der ihnen hier in Kolumbien noch bevorsteht. Sie haben diesmal kein Haus gemietet, noch haben sie sonst irgendwas vor, sie sind einzig auf dem Weg dahin, um Orlando und seine Leute auszuschalten.

Als sie endlich in Kolumbien landen, warten schon mehrere schwarze Geländewagen auf sie. Das war das Einzige, was sie geordert haben und was sie über mehrere Wege gemacht haben, damit nichts zu ihnen zurückfällt, denn ihr Vorteil ist der Überraschungseffekt. Sie warten auf die andere Maschine und als alle versammelt sind, teilen sie sich auf. Sie haben insgesamt drei Häuser in der näheren Umgebung Orlando zuweisen können. Das hat alles viele Recherchen im Internet und ein paar Kontakte von früher gebraucht, aber letztlich haben sie über mehrere Umwege noch zwei weitere Häuser ausfindig machen können, als das, in dem er sie empfangen hat. Tito, Rodriguez, Paco, Chico und einige weitere Mitglieder der Trez Puntos und der Les Surenas fahren zu dem

Haus, in dem sie Orlando auch schon offiziell besucht haben. Die anderen nehmen sich die weiteren Häuser vor.

Es geht darum, den ganzen Ring um Orlando zu zerstören und die Roña aufzulösen. Für Tito ist das erst mal alles unwichtig, er will Orlando. Und wenn er in die Gesichter der anderen sieht, geht es allen so. Vor allem Rodriguez, der das Ganze ja eingefädelt hatte, wirkt geradezu gespenstisch angespannt. Tito ist so wütend, als er die ihm nun schon etwas bekannte Gegend wieder durchquert, dass er allein jeden einzelnen der Roñas beseitigen wird, der es wagt, ihm in die Quere zu kommen.

Sie halten etwas vom Haus entfernt, Tito und Rodriguez wissen natürlich, dass vor dem Haus immer ein paar Männer stehen, die als Wachen eingesetzt werden. Da sie gut geplant haben und da es schon dunkel ist, dauert es nur ein paar Minuten, und diese stehen ihnen nicht mehr im Weg. Sie sind keine ausgebildete Eliteeinheit und das brauchen sie auch nicht. Was sie haben und was sie brauchen ist der Wille und die Wut, die sie in sich tragen. Sie gehen direkt zum Haus. Es benötigt nur ein paar Tritte vom kräftigen San Diego und die Tür ist nicht mehr da, wo sie hingehört. Alle betreten das Haus mit gezückten Waffen und treffen dort auf ziemlich überrumpelte Mitglieder der Roña, anscheinend findet gerade ein Treffen statt, denn es sind viele anwesend.

Ohne ein Wort, ohne Vorwarnung, so wie die Roña bei ihnen gehandelt hat, greifen die Les Surenas und die Trez Puntos an. Tito schnappt sich einen von ihnen und knallt ihn zu Boden. »Wo ist Orlando? Ist er hier? Wo ist er?« Der Mann ist offensichtlich total überfordert und zeigt zitternd auf die Treppen. »Oben ... er weist gerade eine neue ein.« Tito lässt den Mann los und bemerkt erst dann, dass Rodriguez und Chico neben ihm stehen. Zusammen gehen sie die Treppe hinauf. Schon als sie oben ankommen, hören sie jemanden verzweifelt schreien. Eine Frau schreit laut.

Tito, Rodriguez und Chico fluchen und stürmen zu dem Zimmer. Als sie die Tür aufreißen, blickt Orlando erschrocken vom Bett auf, unter ihm und fest in seiner Gewalt liegt eine total verängstigte

Frau. Tito wird übel im Magen, als er sieht, dass Orlando sie noch immer an den Händen festhält und er ein paar Blutflecken auf dem Laken entdeckt. So sieht also seine Einarbeitung aus. Orlando schaut zu Tito, als würde er auf einen Geist blicken und es ist auch verständlich, immerhin müsste Tito tot sein, wenn es nach ihm ginge.

»Runter da, du Bastard.« Bevor Tito etwas sagen kann, hat Rodriguez schon reagiert. Tito weiß, dass er vorhin richtig gelegen hat und Rodriguez auch sehr geladen ist. Er zieht den nackten Orlando aus dem Bett und schleudert ihn an die Wand. »Du verdammter Hundesohn, da siehst du, dass dein Plan nicht funktioniert hat. Du hättest dir für deinen Scheiß jemand anderen suchen müssen, wir sind einfach eine Nummer zu groß für dich. Das war dein größter und dein letzter Fehler.« Tito stellt sich zu Rodriguez. Aus dem Augenwinkel sieht er, wie Chico leise mit der Frau spricht, die total zitternd und verstört im Bett sitzt. »Du bist einfach nur krank.« Auch Rodriguez blickt kurz zu der Frau und wieder zu Orlando. Die ganze Zeit sieht dieser nur teilnahmslos hin und her. Er ist sich bewusst, dass er aus dieser Situation nicht mehr herauskommt. »Das hätte ich selbst dir nicht zugetraut, hast du es so nötig? Das ist das allerletzte, stell dir mal vor, das wäre deine Schwester?« Rodriguez wird immer wütender und als er das Wort Schwester gegenüber Orlando erwähnt, bildet sich ein fieses Grinsen auf dessen Gesicht.

Tito erinnert sich, dass die Frau, die er über ihn befragt hat, erzählt hat, dass man vor Orlando seine Familie nie erwähnen darf. Rodriguez spuckt vor Orlando auf den Boden und wendet sich an Tito. »Ich weiß, dass du das gerne übernehmen willst, aber ich habe alle mit ihm in Kontakt gebracht, es war mein Fehler, diesem Wichser vertraut zu haben und an unsere Familias heranzulassen, lass es mich übernehmen.«

Tito hat sich vorgestellt, wie er Orlando für alles zur Rechenschaft zieht, was für eine Genugtuung das sein wird, doch jetzt, wo er ihn so vor sich hat, nackt, mit diesem Grinsen, die Frau, die

Chico gerade, nur in eine Decke gehüllt, aus dem Bett hebt. Er ist es nicht einmal wert, sich an ihm die Finger schmutzig zu machen. »Mach nur, ich überlasse dir den Mistkerl.« Tito wendet sich ab und geht hinter Chico aus dem Raum.

Es fällt ihm nicht einmal schwer, Rodriguez diese Aufgabe zu übergeben. Orlando so zu sehen, ist ausreichend Genugtuung für ihn, das Wissen, dass alles um ihn herum zerstört wird, zudem weiß er, dass Rodriguez einer der Härtesten ist, er wird das schon gut erledigen. Chico trägt die Frau vorsichtig in den Flur und Tito schließt die Tür hinter ihnen.

Erst jetzt sieht er die Frau das erste Mal richtig an. Ihr Gesicht ist an manchen Stellen rot, was bedeutet, Orlando hat sie auch geschlagen. Sie ist klein und zierlich, ihre großen braunen Augen gucken ängstlich durch den Raum und ihr verweintes Gesicht zeigt deutlich den Wahnsinn, den sie gerade erlebt hat. Sie klammert sich fest an Chico, der vor Wut bebt, das sieht Tito deutlich, auch wenn er ruhig bleibt, wahrscheinlich um die Frau nicht zu ängstigen.

Chico wendet sich zu Tito um. »Was machen wir mit ihr?«, fragt er leise, als könne die Frau auf seinem Arm das nicht hören. Tito hört einige dumpfe Schläge aus dem Raum, in dem sich Rodriguez um Orlando kümmert und geht ein paar Schritte weg und somit näher zu Chico und der Frau. Als Tito näher kommt, zuckt sie zusammen und klammert sich noch fester an Chico. »Hey, keine Panik, er tut dir nichts. Guck mich an, ich habe gesagt, es passiert dir nichts mehr, das schwöre ich«, wendet sich Chico an die Frau. Tito ist überfordert, doch dann sieht er das Blut an ihr. »Vielleicht will sie ... duschen und sich etwas anziehen. Da ist ein Bad, bring sie dahin. Ich sehe mal, ob ich was zum Anziehen finde.«

Er wendet sich an die Frau, tritt aber nicht näher. »Gibt es hier noch mehr von euch?« Erst sieht die Frau ihn nur aus ihren großen Augen ängstlich an, doch dann wendet sich Chico abermals an sie. »Wir tun euch nichts. Versprochen. Wir müssen euch nur hier rausholen, verstehst du? Das Haus wird bald explodieren.«

Beinahe hätte Tito losgelacht, Chico erklärt das so, als wäre es das normalste der Welt. Dann spricht die Kleine auf Chicos Arm das erste Mal schüchtern, man hört, dass sie aus Kolumbien stammt.

»Ich weiß nicht genau, ich bin erst seit drei Tagen hier. Es sind noch ein paar Frauen im Schuppen. Ich konnte nichts tun, sie sind gekommen und haben meinen Vater einfach ... und mich mitgenommen. Auch noch zwei weitere Frauen aus unserem Dorf. Ich weiß nicht mehr. Ein paar kommen aus Vietnam. Ich weiß nicht mehr ...« Chico sieht Tito an und der nickt. Er merkt, dass Chico am liebsten etwas zerstören würde, doch er hält sich wegen der Frau in seinen Armen zurück.

Dann ertönt ein Schuss aus dem Zimmer und Tito und Chico wechseln einen zufriedenen Blick. »Okay, ich bringe dich erst mal ins Bad.« Chico wendet sich mit der Frau ab und Tito kehrt nochmal ins Zimmer zurück. Er findet Rodriguez an einer Kommode stehend vor, ein Bild in der Hand halten. In dem Bilderrahmen ist ein Foto eines jungen Mädchens, mit langen schwarzen Haaren und genauso herausstechenden blauen Augen wie sie Orlando hat. Tito sieht in die Ecke ... oder hatte.

»Wie geht es der Frau?« Rodriguez stellt das Bild ab und beide verlassen das Zimmer. »Chico kümmert sich um sie.« Rodrigeuz zieht die Augenbrauen zusammen, sagt aber nichts. »Lass uns mal sehen, was unten los ist.« Beide gehen die Treppe hinab und sehen, wie die restlichen Männer von ihnen schon alles in den Griff bekommen haben.

Tito ruft bei Juan an, der ihm bestätigt, dass auch bei ihnen alles unter Kontrolle ist. In einem der Häuser ist sogar dieser Cruz vorgefunden worden, das andere Haus hat sich als Unterkunft für die vielen Frauen herausgestellt. Dabei fällt Tito ein, was die Kleine bei Chico gesagt hat und er sieht sich im Garten nach einem Schuppen um. In der hintersten Ecke findet er dann auch ein kleines Holzhaus und als er es öffnet, dreht sich ihm der Magen um. In dem Schuppen liegen vier Frauen auf Matratzen, es ist nur spartanisch eingerichtet und die Frauen haben kaum etwas an. Als sie ihn erblicken, zucken sie zusammen. Tito erkennt das System, wie Orlando hier gearbeitet hat. Er hat die Frauen hergebracht, wenn sie nicht willig waren. Natürlich gibt es viele willige Frauen, doch Orlando hatte immer nur wunderschöne Frauen, und die sind sicher nicht alle willig. Also schleppte er sie hier her in diesen Schuppen und sorgte dafür, dass ihr Wille, ihre Seele und ihr Widerstand gebrochen werden. Erst dann, wenn sich Orlando ihrer vollkommen sicher war, konnten sie in das andere Haus.

Tito stößt einen Fluch aus und bemerkt, dass er nicht der einzige ist, der bei dem Anblick der Frauen schockiert ist, offensichtlich sind ihm einige der Männer gefolgt. Die Frauen bekommen immer mehr Panik. Wer weiß, was ihnen hier alles schon passiert ist. »Keine Angst, wir tun euch nichts. Wir bringen euch hier weg.« Tito weiß nicht, ob sie ihn verstehen, aber er hilft einer Frau auf die Beine. Sie wirken auch ziemlich schwach, so, als hätten sie nicht sonderlich viel zu essen bekommen.

Auch die anderen Männer helfen ihnen und bringen sie direkt zu den Autos. Zwei Männer werden die Frauen zu dem Haus bringen, in dem auch die anderen Frauen untergebracht waren. Tito telefoniert mit Juan und erfährt, dass Bella und Sara von Puerto Rico aus schon einige Frauenorganisationen in Kolumbien verständigt haben, die die Frauen aus dem Haus holen und sich um sie kümmern werden. Also müssen sich die Männer beeilen und die restlichen Frauen dorthin bringen, bevor die Organisationen dort auftauchen. Gerade als sie losfahren wollen, fällt Tito etwas ein. »Wartet noch.«

Chico steht im großen Bad und lehnt seinen Kopf gegen die Wand. Zum Glück gibt es eine kleine Nische hier im Bad, in die er sich hineinstellt kann, sodass die junge Frau, die ihm gerade leise ihren Namen genannt hat, ungestört duschen kann. Chico schlägt gegen die Wand. Er hat eine unbändige Wut in sich, am liebsten würde er das gesamte Haus hier auseinandernehmen, aber wegen

Adriana hält er sich zurück. Sie ist schon verängstigt und geschwächt, wenn er jetzt auch noch ausflippt, hilft das keinem, am wenigsten ihr, die anderen werden schon dafür sorgen, dass alles richtig abläuft.

Er hat Adriana ins Bad gebracht und ihr die Dusche angestellt. Er versucht, ihr etwas Platz zu verschaffen, damit sie sich frei bewegen kann. Chico hat wirklich, wirklich schon viel gesehen, doch das hat ihn geschockt, angeekelt. Als er auf die schöne Adriana gesehen hat, nachdem Rodriguez sie von Orlandos Körper befreit hat, ihre Panik in ihren großen braunen Augen sehen musste, hat sich ein Kloß in seinem Hals gebildet, der noch immer darin zu stecken scheint. Und noch viel mehr gewundert hat es ihn, dass sie ihm scheinbar etwas vertraut, zumindest lässt sie ihn an sich heran, wogegen Tito nicht einmal in ihre Nähe durfte. Chico wird unruhig, als sich die Minuten hinziehen. »Adriana!« Nichts. »Adriana!« Chico wartet noch kurz, und als noch immer keine Reaktion kommt, geht er langsam um die Ecke zur Dusche.

Er will sie nicht noch mehr beschämen, aber er macht sich Sorgen.

Es versetzt ihm einen Stich in der Brust, als er Adriana in der Hocke zusammengekauert in der Dusche vorfindet. Das Wasser prasselt unaufhörlich auf sie hinab, und ihre braunen Locken wirken fast schwarz. Chico greift in die Dusche und stellt das Wasser ab. Er nimmt sich eins der großen Handtücher und wickelt es umständlich um sie herum. Sie scheint erst da wieder zu sich zu kommen. Chico bemerkt ihre zarte Figur und ihre trotzdem ausgeprägten weiblichen Formen und versucht krampfhaft, das zu ignorieren. Stattdessen konzentriert er sich auf ihre großen braunen Augen, die ihn traurig anblicken. »Komm her, du musst hier raus.« Chico nimmt sie hoch, stellt sie vor sich außerhalb der Dusche ab und sieht sich etwas verzweifelt um. Zum Glück klopft es in diesem Moment und Chico geht zur Tür, lässt Adriana dabei aber nicht aus den Augen.

Er traut ihrem zerbrechlichen Zustand gerade nicht. Tito steht vor der Tür und hält ihm ein paar Klamotten hin. »Hier und beeilt euch. Sie muss los.« Chico fragt nicht weiter nach, was Tito genau meint und nimmt die kurze Shorts und das bauchfreie Top entgegen.

Er schließt die Tür und kehrt zu ihr zurück. »Hier, die Sachen kannst du erst mal anziehen, wir müssen los.« Chico erkennt seine Stimme kaum wieder, er traut sich nicht einmal, in der normalen Lautstärke mit diesem gebrochenen, zerbrechlichen Wesen vor ihm zu sprechen. Adriana nimmt die Sachen und sieht angeekelt zu diesem sehr freizügigen Top. Chico seufzt leise, natürlich will sie so etwas jetzt nicht anziehen. Er sieht sich um, doch er findet keine andere Lösung, also zieht er sein Shirt aus und hält es ihr hin. Einen Moment betrachtet sie seine vernarbte Brust, doch dann nimmt sie ihm das Shirt ab und Chico dreht sich um.

»Okay, wir müssen jetzt wirklich los.« Ein paar Minuten später wendet sich Chico wieder zu ihr um und sieht, dass Adriana in seinem Shirt versinkt, sich aber darin einzukuscheln scheint. Ihre Beine liegen frei, sie ist auch barfuß, aber erst mal ist das unwichtig. »Komm!« Beide gehen zusammen die Treppe hinunter und Chico sieht, dass die ganze Arbeit schon gemacht wurde. Rodriguez und die anderen bringen gerade ein paar Sprengsätze an. Das ist der Plan, wie sie alles in die Luft gesprengt haben, so wird auch von diesen verdammten Roñas nichts mehr übrig bleiben. Die Waffen, die von ihnen noch da waren, werden eingeladen.

Tito steht an einem der Autos, in denen sich einige andere Frauen befinden. »Okay gut, da seid ihr ja, steigt ein. Die Männer bringen euch weg und dort wird man sich um euch kümmern«, gibt er knapp die Information an Adriana. Das ist gut, das ist sicher das Beste für sie. Doch Adriana tritt einen Schritt zurück. Chico sieht verwundert zu ihr, nicht einen Schritt zurück, eher einen Schritt näher zu ihm.

»Nein, ich will das nicht.« Noch immer hört man die Panik in ihrer Stimme. Tito zieht die Augenbrauen hoch. »Aber da passiert dir nichts, die werden sich um euch kümmern, euch nach Hause bringen zu euren Familien.« Jetzt geht Adriana noch einen Schritt näher auf Chico zu. Das scheint nicht nur ihn zu verwundern, auch Tito sieht verwundert zu ihm. Plötzlich fängt sie wieder an zu weinen und Chico wendet sich ihr zu.

»Aber ich habe niemanden mehr, mein Vater war alles, was ich noch hatte. Sie haben ihn getötet und unser Haus verbrannt. Ich weiß nicht, wo ich hin soll.« Die Verzweiflung in ihrer Stimme, die Panik in ihren Augen treffen scheinbar nicht nur Chico, denn auch Tito wendet den Blick ab und sieht zu Boden. »Ich gehe da auf keinen Fall mit, wer weiß, wo ich dann lande. Ich werde einfach … Ich … Vielen Dank für eure Hilfe.« Adriana sieht sich verwirrt um, als suche sie einen Weg, den sie jetzt einschlagen soll. Chico sieht sich diese kleine gebrochene Frau mit den noch nassen Locken und den großen braunen Augen an und bringt es nicht übers Herz, sie gehen zu lassen, nicht, wenn er nicht weiß, dass sie dort sicher ist.

»Was hältst du davon, erst mal mit zu uns zu kommen. Nach Puerto Rico. Wir müssen jetzt hier weg. Wenn wir da sind, können wir uns in Ruhe überlegen, was du machen willst und wohin du willst«, schlägt er vor. Adriana dreht sich zu ihm und sieht ihn fragend an. »Ich weiß nicht genau.« Sie blickt unsicher zu den Männern, die langsam alle aus dem Haus kommen. Rodriguez bleibt bei ihnen stehen, schaut verwundert zu Chico, der ja jetzt oben herum nackt ist und als er dann zu Adriana schaut, wendet er beschämt den Blick ab.

Keiner von den dreien wird vergessen, aus welcher Situation sie ihr herausgeholfen haben, das trifft sie alle, egal, wie viel sie schon erlebt haben. »Das ist kein Problem, keiner wird dich anfassen, bei uns tut niemand so etwas, das sind alles meine Brüder und du kannst mir vertrauen … uns vertrauen.«

Wäre die Situation nicht so ernst, hätte Chico sicher über sich selbst gelacht, dass er sich mal wie so ein Waschlappen aufführt, doch er spürt, dass sie das jetzt braucht. Adriana sieht ihm in die

Augen und nickt dann zaghaft. »Okay, wenn es euch keine Umstände macht.« Tito antwortet, indem er aufs Auto klopft und den anderen die Anweisung gibt loszufahren. »Ihr könnt los, sie bleibt bei uns. Beeilt euch und kommt danach direkt zum Flugplatz.« Sofort setzt sich das Auto mit den Frauen in Bewegung.

Chico bringt Adriana zu einem der anderen Wagen, sie setzt sich hinein, während sich die anderen Männer so verteilen, dass sie genüsslich betrachten können, wie mit mehreren heftigen Explosionen das Anwesen und somit die Machenschaften von Orlando vor ihren Augen in die Luft fliegen.

Kapitel 13

Bevor sie anschließend zurückfahren, machen sie mit einem der Autos einen Umweg. Tito dirigiert sie und ist selbst erstaunt, dass er den Weg zu dem abgebrannten Autowrack noch findet. Er steigt allein aus, die anderen respektieren das. Doch als er dann die Böschung hinabgeht, bemerkt er, dass Rodriguez ihm folgt. Es dauert eine Weile, bis er den Platz wiederfindet, es war ja nachts und er hatte keine Ahnung, wo er überhaupt war.

Rodriguez flucht laut, als sie nur noch das Käppi finden, was Saul an dem Tag getragen hat. Tito war schon bewusst, dass es kaum möglich sein wird, hier draußen im Wald noch Sauls toten Körper zu finden, doch einen Versuch war es wert. Er nimmt das Käppi, wenigstens etwas, was er Sauls Mutter zurückgeben kann, auch wenn es nicht das ist, was er erhofft hatte.

»Wir waren viel zu gnädig zu ihnen«, murrt Rodriguez und Tito nickt. »Ich hoffe, es ist allen ein für alle mal eine Lehre, sich mit unseren Familias anzulegen.«

Auf dem Weg zum Flughafen fahren sie in die kleine Straße zum Kloster, welches Tito, ohne weitere Fragen zu stellen, aufgenommen und behandelt hat. Der Padre, der ihn damals auf der Straße aufgelesen hat, ist leider nicht da. Er ist in der nächsten Stadt zum Einkaufen, aber Tito trifft auf Padre Cuba, der ihn verarztet hat. Er bedankt sich noch einmal und bittet ihn, auch den anderen seinen Dank auszusprechen. Dann gibt Tito ihm einen großzügigen Scheck, eine Spende für das Kloster. Als sie sich anschließend auf den Weg zum Flughafen machen, ist es Tito etwas leichter ums Herz. Was er noch hier in Kolumbien erledigen wollte, hat er getan.

Tito ist geschafft, als sie endlich am Flughafen sind und die beiden Jets besteigen. Dieses Mal ist es alles noch enger im Jet. Auch alle anderen waren erfolgreich, außer ein paar Verletzten ist niemandem von ihnen etwas passiert, dafür war der Überraschungseffekt einfach zu hoch. Es sind viele Waffen noch da gewesen, zudem haben sie jetzt noch einen weiteren Gast an Bord. Er sieht zu der kleinen Frau, die neben Chico in einem Sitz zusammengekauert daliegt und schläft, während Chico sie mustert, als wüsste er nicht, was er nun mit ihr anstellen soll.

Tito wüsste nicht mal, was er ihm raten soll. Sie muss die Hölle durchgemacht haben, aber auch so weiß er schon nicht, wie man am besten mit Frauen umzugehen hat. Er sieht aus dem Fenster, wie sie das verhasste Kolumbien hinter sich lassen. Nie wieder will er auch nur einen Satz über dieses verfluchte Land hören. Er sieht erst wieder vom Fenster weg, als sich Juan zu ihm setzt und laut seufzt.

»Jetzt ist es hinter uns.« Tito nickt und lehnt sich in seinem Sitz zurück. »Ich bin froh, dass du ...na ja, eben dass du hier bist. Bei uns. Keine Ahnung, als wir dachten ... « Tito sieht zu seinem besten Freund und klopft ihm auf die Schulter. Er weiß, dass sich Juan bei so etwas schwer tut, ihm geht es nicht anders. »Ich weiß, was du meinst. Ich bin auch froh hier zu sein.« Er muss grinsen. »Was hättet ihr bloß ohne mich gemacht, wer sonst traut sich, dir seine Meinung zu sagen?« Juan lächelt auch schwach und Tito ist klar, dass es ihn mitgenommen hat, als er und alle anderen geglaubt haben, Tito wäre tot.

»Was willst du jetzt tun?« Juan blickt neugierig zu Tito, doch der zuckt die Schultern. »Was meinst du?« Juan räuspert sich. »Na ja, wegen unserem Engel, was willst du tun?« Allein wieder was von ihr zu hören, trifft Tito, doch er will es sich nicht anmerken lassen. »Ist es jetzt schon unser Engel?« Er muss mild lachen, Juan lacht laut. »Ja, sie ist etwas Besonderes, Tito. Sie passt zu uns, auf eine merkwürdige, verdrehte Art.« Tito schüttelt den Kopf. »Nein, das tut sie nicht, Juan. Sie hat ein anderes Leben, ein gutes Leben, und da gehört sie hin. Du hast doch mitbekommen, wie sie reagiert hat, als sie erfahren hat, was wir vorhaben, das ist alles nichts für sie, nichts wo ich sie reinziehen will.« Juan zuckt die Schultern.

»Schon, aber sie hat auch schon viermal bei Bella angerufen, um zu erfahren, was bei uns los ist. Also egal ist es ihr auch nicht. Und wenn sie nicht in deine Welt passt und du nicht in ihre, dann erschafft ihr euch eben eure eigene.« Tito sieht verblüfft zu Juan. »Das hast du jetzt nicht gerade gesagt?« Juan grinst. » Ey, für wen hältst du mich? Denkst du, ich habe nicht auch mal gute Ideen.« Tito zieht die Augenbrauen zusammen und Juan lacht noch lauter, sodass sich alle zu ihnen umdrehen. »Okay, Sara hat das mal erwähnt, ich fand das nicht schlecht. Denk darüber nach.« Mit diesen Worten steht Juan auf und gesellt sich zu Miko und Pepo, die gerade anfangen, einige der Waffen, die sie wieder beschaffen konnten, zu inspizieren.

Tito bleibt allein zurück und gibt sich seinen Gedanken hin. Klar wäre es genau das, was er jetzt gern haben würde. Allein der Gedanke, jetzt Lucia sehen zu können, beruhigt ihn ungemein, und der Gedanke, dass es nicht so ist, quält ihn. Er liebt sie, es hat ihn voll erwischt. Bella hat mit ihrer Theorie Recht behalten, doch er kann sich ein Zusammenfinden dieser beider Welten einfach nicht vorstellen, es wirkt so weit weg, dass es ihm unmöglich erscheint, diese Hürde zu überwinden.

Sicherlich macht sich Lucia Gedanken und Tito ist sich auch sicher, dass er ihr etwas bedeutet, doch kann er sich kaum vorstellen, dass sie ernsthaft daran glaubt, aus ihnen beiden könnte etwas werden, dass sie sich vorstellen könnte, ihr Leben mit jemandem wie Tito zu verbringen. Die Aussicht, dass ihre Situation so aussichtslos ist, trifft Tito immer wieder, obwohl es ihm doch immer gegenwärtig ist.

Als sie am Flughafen in Puerto Rico landen, macht Chico Adriana vorsichtig wach. Während des gesamten Fluges hat sie unruhig geschlafen und Chico hat hin und her überlegt, was sie jetzt mit ihr machen sollen. Am besten bleibt sie erst einmal bei Bella oder Sara. Unmittelbar nachdem Adriana die Augen aufschlagt, blickt sie sich panisch um, bis sie Chico neben sich entdeckt. Es kommt ihm fast so vor, als suche sie in seinen Augen Halt. Sie findet ihn dann anscheinend und beruhigt sich wieder etwas. Es dauert eine Weile, bis sie alles in die schon bereitstehenden Autos geladen haben und sich auf den Weg machen.

Da auch Bella und alle anderen bei ihrer Mutter sind, fahren sie erst einmal zum Punto-Haus. Während der Fahrt schaut Adriana aus dem Fenster und sagt keinen Ton. Als sie ankommen, sind sofort Bella, Sam und Sara bei ihnen und umarmen freudig ihre Männer. Nachdem Bella Tito dann ausgiebig umarmt hat, wendet sie sich an Chico und gibt ihm einen Kuss. Chico hat die Frau von Paco schon lange in sein Herz geschlossen. Spätestens da, als er sie damals immer von der Uni zur Grenze gefahren und bemerkt hat, wie sie als einziges Wesen auf der Welt es schafft, Paco zu verändern.

Bella sieht zu Adriana, die sich etwas hinter Chico gestellt hat und hält ihr die Hand hin. »Hey, ich bin Bella, du musst Adriana sein. Mein Mann hat mir schon von dir erzählt.« Chico dankt innerlich Gott dafür, dass Bella Psychologie studiert hat, sie wird sicher wenigstens ein wenig Ahnung davon haben, wie man mit der Situation umzugehen hat und Adriana gibt ihr auch gleich die Hand. »Ich denke, wir fahren mal … du wirst dich sicher erst mal ausruhen wollen.« Sara begrüßt Adriana ebenfalls und Chico atmet erleichtert auf.

Er will und wird Adriana nicht aus den Augen lassen, aber etwas weibliche Unterstützung wird das Ganze vereinfachen. Doch als Bella und Sara sie mit zum Wagen nehmen möchten, schüttelt Adriana leicht den Kopf und bleibt bei Chico stehen. Man sieht ihr an, dass es ihr unangenehm ist, so offensichtlich bei Chico bleiben zu wollen und er hilft ihr aus der Situation. »Ich komme mit, oder war noch was?«

Paco und Juan, die das Ganze beobachtet haben, schütteln den Kopf, man sieht ihnen an, dass sie sich die ganze Situation genauso wenig erklären können wie Chico selbst, aber was soll er sonst tun, außer Adriana zu helfen? Also steigt er mit Sara, Bella und Adriana ins Auto und sie fährt zum Surena-Anwesen.

Tito lässt sich erschöpft aufs Bett fallen, nachdem er im Cielo in seinem Zimmer angekommen ist. Sie haben die Waffen noch verstaut und jetzt, nachdem das Adrenalin so langsam wieder abgeklungen ist, spürt er seinen Körper und die immer noch vorhandenen Schmerzen wieder, vielleicht sogar noch schlimmer als zuvor.

Bella hat ihm gesagt, er solle sich bei Lucia melden und diesmal tut er erst gar nicht so, als wolle er es nicht. Er würde gerade all die Strapazen noch einmal auf sich nehmen, nur um sie jetzt bei sich zu haben. Lucia geht schnell ans Handy und sobald er ihre Stimme hört, geht es Tito schon viel besser.

»Hey Engel.« Man kann förmlich hören, wie die Anspannung von Lucia abfällt »Tito, endlich, tut mir leid, ich habe mir solche Sorgen gemacht.« Tito lehnt sich zurück, es tut so gut, ihre Stimme zu hören. »Brauchst du nicht, Süße, nicht um mich. Es tut mir auch leid wegen unseren ... du weißt schon, dass wir uns so getrennt haben. Ich hätte dir das vielleicht besser erklären sollen.« Lucia seufzt. »Nein, das hätte ... ich denke nicht, dass ich das irgendwann verstehen werde, egal, wie oft du mir es erklärst.«

Das war Tito natürlich klar, doch trotzdem trifft es ihn, diese Aussage aus ihrem Mund zu hören. »Ich weiß ... Ich meine, ist mir schon klar.« Lucia seufzt erneut. »Es ist schön, dass du dich gemeldet hast. Ich habe mir wirklich Sorgen gemacht, ich muss jetzt zurück in meine Vorlesung.« Tito nickt und verabschiedet sich.

Als er auflegt, fühlt er sich noch beschissener als voher, irgendwie hatte er immer das Gefühl, dass er am wenigsten an eine Zukunft zwischen den beiden geglaubt hat, dass Lucia mehr Hoffnung hatte. Jetzt zu erkennen, dass es nicht so ist, trifft ihn doch sehr hart. Aber wie sollte es anders sein? Sie ist die Jurastudentin, es ist ihre Aufgabe alles abzuwägen, alles in Betracht zu ziehen, und er ist sich sicher, sie hat es, wenn es um sie beide geht, genauestens getan. Er wirft das Handy in die Ecke und sieht zur Decke. Bella hat recht, er kann sich jetzt nicht mehr vorstellen, ohne diesen amerikanischen Engel zu leben.

Chico und die anderen halten vor Bellas Haus, sie gehen alle hinein und Bella zeigt Adriana alles. Als sie ihr ein Zimmer zeigt, in welchem sie fürs Erste bleiben kann, sieht Adriana unsicher zu Chico. »Bist du … Wohnst du auch hier?« Chico schüttelt den Kopf. »Nein, ich habe gegenüber ein Haus, aber ich bin meistens woanders. Das Haus benutze ich kaum.«

Adriana nickt und sagt nichts, aber Chico sieht ihr an, dass sie am liebsten etwas sagen würde, sich nur nicht traut. Paco, Mano und Rodriguez kommen ins Haus und Paco nimmt Bella sofort noch einmal in den Arm. Chico hat schon sehr früh gemerkt, dass es den beiden schwer fällt, getrennt voneinander zu sein. Auch Leandro nimmt er anschließend in den Arm, bevor dieser zu Rodriguez weiterwandert.

Adriana, die noch immer neben Chico steht, wird unruhig. Er bemerkt, dass es an den dreien liegt, die gerade zu ihnen gestoßen sind. Nach dem, was ihr gerade erst passiert ist, ist es verständlich. Vielleicht sollten sie alle verschwinden und die Frauen unter sich lassen, doch als er sich umdreht, um das vorzuschlagen, sieht er wieder Tränen in ihren Augen. Verdammt, er hat keine Ahnung, was er mit ihr machen soll. Er weiß aber, dass sie vor den anderen nicht sprechen wird.

»Können wir … Ich muss kurz mit Adriana alleine sprechen«, teilt er knapp mit. Paco und Rodriguez sehen zwar etwas verständnislos zu ihnen, doch sie gehen alle in das untere Stockwerk. Chico sieht einen Moment an Adriana herunter. Er weiß nichts über diese Frau, er hat sie erst vor ein paar Stunden getroffen, besser gesagt vorgefunden, so wie sie jetzt vor ihm steht, leicht zitternd, man sieht noch immer die Spuren von Orlando in ihrem Gesicht und an ihrem Körper.

Sie sieht Chico an, als wäre er der einzige Mensch auf der Welt, der ihr jetzt helfen kann und wenn er richtig darüber nachdenkt, ist das gar nicht so falsch. Sie hat ja niemanden mehr. Adriana muss seinen Blick gespürt haben, denn sie senkt ihren Blick und sieht auf den Boden. Chico reagiert und hebt mit seiner Hand ihr Kinn an. Bei seiner Berührung zuckt sie sofort zusammen, doch er bemerkt ihr Bemühen, ihn das nicht spüren zu lassen.

Sie ist wirklich wunderschön. Ihr Gesicht ist ganz fein, sie hat eine kleine süße Stupsnase und Chico kann sich gut vorstellen, dass sie diese früher in ihrem Dorf hoch gehalten hat, wenn sie an den Nachbarjungen vorbeigelaufen ist. »Sag mir, was du willst, Adriana, ich will dir helfen aber dazu musst du mir sagen wie.« Sie zieht ihr Gesicht wieder weg und sieht zu Boden. »Ich will, ich meine, kannst du ... ich würde gerne bei dir bleiben.«

Chico spürt selbst, wie erstaunt er sie ansieht. Bei ihm? Es wäre doch viel vernünftiger, wenn sie hier bei Bella und Sara bleibt, was soll er denn ... wie soll er ihr denn helfen? Doch es scheint genau das zu sein, was sie will, zumindest verrät das ihr Blick, den sie ihm schenkt. Chico seufzt auf. »Okay, dann komm, ich meine, ich bin nicht viel in dem Haus, aber es ist groß genug und ich kann mich um dich kümmern … hoffe ich zumindest.« Adriana nickt und geht vor ihm zur Treppe. Chico streicht sich einmal mit der Hand über das Gesicht, er hat keine Ahnung, wie er das machen soll, doch er folgt ihr hinunter, wo die anderen schon warten.

»Ich nehme Adriana mit zu mir, das ist erst einmal das Beste«, sagt er kleinlaut zu den anderen, weil er weiß, dass dies eben nicht das Beste ist. Paco und Rodriguez ziehen die Augenbrauen hoch, so typisch für die Brüder, auch Bella und Sara scheinen im ersten Moment nicht so richtig zu wissen, was sie sagen sollen, doch dann nickt Bella. »Okay, gut. Ich werde dir ein paar Anziehsachen raussuchen und sie rüberbringen. Chico bringst du sie ins Cielo?«

Chico schüttelt den Kopf, er wohnt zwar die meiste Zeit dort, aber sie jetzt zu den vielen anderen zu bringen, wird auch nicht das Wahre sein. »Nein, in mein Haus«. Wieder nickt Bella, während Mano mit Leandro aus der Küche kommt und einen Apfel isst. Er sieht verwirrt hin und her, aber auch er verkneift sich einen Kommentar. »Okay, dann gehen wir mal.« Chico ist die Situation unangenehm, er und alle anderen wissen, dass er sich nicht um Adriana kümmern kann, er hat keinen blassen Schimmer, wie er das anstellen soll.

Er und Adriana verlassen das Haus und Chico spürt die Blicke der anderen in seinem Rücken. Er führt die kleine Kolumbianerin über die Straße in sein Haus. Es ist nicht so groß, aber es hat alles was man braucht, auch wenn sich Chico nur selten hier aufhält. Trotzdem sorgen die Haushälterinnen von Paco auch bei ihm regelmäßig für Ordnung, sodass das Haus wenigstens sauber ist, doch es ist unwichtig, da sich Adriana nicht mal großartig umschaut.

Chico kratzt sich am Kopf, als sie vor der Treppe in den ersten Stock stehen. »Willst du … Ich bringe dich in … Ich habe nur ein Schlafzimmer, aber ist nicht so schlimm, ich schlafe auf der Couch, komm.« Er führt sie in sein Schlafzimmer und ohne ein weiteres Wort legt sich Adriana auf das große Bett und rollt sich ein wenig zusammen.

Chico sieht etwas hilflos zu ihr hinunter. »Ich werde mal … Ich muss ein paar Sachen besorgen, es ist nichts zu essen hier. Ich bin bald wieder zurück.« Doch da reagiert Adriana plötzlich schnell und leicht panisch. »Nein, nein, bitte bleib hier. Ich brauche nichts. Geh nicht weg. Ich kann jetzt nicht alleine sein.« Ihre Stimme ist so schwach wie sie wirkt. Chico nickt nur und holt eine Decke, mit der er sie zudeckt. »Okay, ich bleibe, du brauchst hier keine Angst mehr zu haben. Es passiert dir nichts. Aber wenn du es willst, bleibe ich.«

Er setzt sich auf die Couch und ruft Bella an, die sofort vorschlägt, die Sachen einzukaufen und sie später vorbeizubringen.

Nachdem Chico aufgelegt hat und zu Adriana sieht, ist diese schon eingeschlafen. Er lehnt sich nach hinten und betrachtet die kleine gebrochene Kolumbianerin, er hat keine Vorstellung, wie er ihr helfen kann.

Lucy sitzt gelangweilt in der Uni und sieht aus dem Fenster den Sonnenstrahlen zu, wie sie die Blumen und Bäume in verschiedenen Farben erstrahlen lässt. Seit einer Woche hat sie nichts mehr von Tito gehört. Ihr letztes Gespräch an dem Tag, als er aus Kolumbien zurückgekehrt ist, war genauso merkwürdig wie ihr Abschied, als sie Puerto Rico verlassen hat, nachdem sie dorthin geflogen ist, um ihn zu beerdigen und ihn dann lebendig aber verletzt vorgefunden hat. Und das nur, um ihn wieder gehen zu lassen, in eine Gefahr, die ihn wieder das Leben hätte kosten können. Es ist kein Wunder, dass ihr das Ganze gerade zu viel wird.

Sie will Tito, sie liebt ihn, das steht außer Frage, sie sehnt sich nach ihm, doch dieses Leben was er führt, sie kann sich damit nicht abfinden, vielleicht aber anfreunden. Sie hat bereits gelernt, dass sie es akzeptieren muss, einfach, weil es sich nicht ändern lässt, sich aber damit abzufinden, immer wieder in der Situation zu sein, ihn verlieren zu können, das ist ihr zu viel.

Nach der Uni schlendert sie langsam durch die Straßen von New York. Ihr Handy hat sie schon den ganzen Tag ausgeschaltet. Sie hat momentan einfach keine Lust, ihrer Mutter oder sonst wem zu erklären, wieso sie so deprimiert ist. Als sie dann endlich bei ihrem Wohnkomplex ankommt und die Treppen zu ihrem Appartement hochkommt, hätte sie beinahe aufgeschrien, als sie dort auf der Treppe Tito vorfindet. Der sieht sie grinsend an und hält sein Handy hoch. »Die sind dafür da, damit man erreichbar ist.«

Lucy ist total überrumpelt. »Entschuldige, ich hatte es aus, ich wusste ja nicht … Was machst du hier?« Tito steht auf und lächelt mild. »Ich wollte dir etwas zeigen.« Lucy ist immer verwirrter. »Und dafür bist du extra hergeflogen?« Tito lacht und Lucy will sich gar nicht vorstellen, wie durcheinander sie aussieht. Er hält ihr seine große Hand hin. »Komm mit, Engel.«

Lucy ist durcheinander und überrascht, doch ist sie Tito viel zu sehr verfallen, um seine einladende Geste nicht anzunehmen, zudem ist sie viel zu gespannt, was er ihr zeigen möchte. Sie fahren mit einem Mietwagen zu einer etwas nobleren Gegend, die allerdings nur zehn Minuten von der Uni entfernt liegt. Als sie vor einem modernen Hochhaus halten, weiß Lucy nicht wirklich, was sie hier wollen, aber sie folgt Tito, der offenbar genau weiß, was er hier will.

Sie gehen zu einem Pförtner, dem er seinen vollständigen Namen nennt. Es ist komisch, Antonio passt überhaupt nicht zu Tito, doch bevor Lucy sich deswegen weiter Gedanken machen kann, kommt ein weiterer Pförtner, den der erste scheinbar per Handy verständigt hat, zu ihnen und bittet sie höflich, ihm zu folgen. Das Haus ist wirklich sehr vornehm. Als sie mit dem Lift in die 8. Etage zum Penthouse fahren, hat Lucy noch immer keinen Schimmer, was sie hier eigentlich wollen.

Der Pförtner schließt die Tür auf und sie betreten eine traumhafte Dachgeschosswohnung. Sie steht zwar leer, doch sie ist schon auf den ersten Blick fantastisch. Lucy kann sich nicht erinnern, schon einmal so etwas schönes gesehen zu haben. Es gibt eine große Dachterrasse, auf der man bestimmt traumhafte Abende verbringen kann, mit einem unglaublichen Blick auf New York. Ein riesiges Wohnzimmer mit Kamin. Lucy hat noch nie so eine schöne Wohnung gesehen. Der Pförtner zeigt ihnen ein riesiges Schlafzimmer, ein weiteres Zimmer und ein wunderschönes Bad. Die Küche ist klein, aber sehr modern.

Lucy probiert begeistert die Funktion am Kühlschrank, bei dem man Eiswürfel oder gecrashtes Eis erzeugen kann. Aber auch wenn sie gar nicht so genau weiß, was sie hier eigentlich soll, begutachtet sie diesen Traum von einer Wohnung begeistert und genießt Titos ständigen Blick auf sich, den sie mittlerweile so liebt.

Als der Pförtner fertig ist, bittet Tito ihn, sie beide kurz allein zu lassen und Lucy wird aufgeregt, langsam hat sie einen Verdacht, doch sie traut sich nicht, ihn laut zu denken.

Nachdem der Pförtner ihnen gesagt hat, sie sollen sich soviel Zeit nehmen wie sie wollen und die Tür hinter sich geschlossen hat, wendet sich Tito an Lucy, die ihn gespannt anschaut. »Wie gefällt es dir?« Titos Stimme ist auf einmal anders, unsicher. Lucy tritt näher zu ihm. »Bist du wahnsinnig? Es ist gigantisch, aber ich verstehe nicht, was wir hier machen?« Tito scheint nicht mehr so geduldig wie sie zu sein und zieht sie an sich. Er gibt ihr einen vorsichtigen Kuss auf die Stirn.

»Das hier ist für dich … für uns. Also ich weiß nicht, ob du … ich meine, ich weiß ja, dass du mit dem Leben, dass ich führe, so deine Schwierigkeiten hast. Aber ich dachte … ich möchte …« Lucy muss lächeln bei dem, was Tito ihr da zu erklären versucht. Er seufzt und nimmt zärtlich ihr Gesicht in seine Hände.

»Ich liebe dich Lucia und ich möchte es mit uns beiden probieren, dass wir es zusammen versuchen zu schaffen. Ich weiß, wir kommen aus verschiedenen Welten und wir leben in verschiedenen Welten, deswegen will ich hier für uns eine neue Welt erschaffen. Das wird unsere kleine Welt, die nur uns gehört. Ich habe keine Ahnung, wie man eine Beziehung führt, aber ich will nicht mehr ohne dich leben. Ich liebe dich, Lucia. Ich weiß, dass dir nicht gefällt was ich tue, ich kann nicht ändern, was oder wer ich bin, doch ich schwöre dir, viel vorsichtiger zu sein, wenn die Chance besteht, dass ich dich habe, zu der ich zurückkehren kann.«

Lucy fließen schon lange Tränen die Wangen herunter, doch es ist ihr egal. »Ich liebe dich auch, Tito.« Sie kann es nicht abwarten und gibt ihm einen sehnsüchtigen Kuss, den er sofort erwidert. Er hat ihr in den paar Tagen so gefehlt, zudem kann sie seine Bereitschaft kaum fassen, es ernsthaft mit ihnen beiden zu probieren und dass er ihr seine Liebe gestanden hat. Sie lösen den Kuss und

Tito küsst lächelnd ihre Wange. »Wie funktioniert das, also wie hast du dir das gedacht? Was ist mit deiner Familie?«

Tito streicht ihre Haare nach hinten, um sie besser ansehen zu können. »Ich werde sehr oft hier sein. Ich möchte, dass du hier weiter zur Uni gehst. Ich habe das schon mit Juan abgesprochen, ich werde einfach viel hin- und herfliegen. Ab sofort erledige ich unsere Geschäfte hier in Amerika. Wir hatten schon länger darüber nachgedacht, dass es sinnvoll ist, immer einen von uns hier zu haben, um alles zu kontrollieren ... und na ja, das wird schon klappen.«

Lucy ist so gerührt von Titos Entschluss. »Ich kann ein halbes Fernstudium beantragen. Das bedeutet, wenn du nach Puerto Rico gehst, komme ich mit und kann von dort weiterlernen, wir werden das schon hinbekommen, wenn wir wirklich wollen und ...« Diesmal stoppt Tito sie mit einem Kuss, als sie sich glücklich trennen, lächelt er. »Wir erschaffen unsere eigene Welt und erhalten unsere alten zusammen, dann werden wir es schaffen.« Lucia kann ihr Glück kaum fassen und Tito streicht ihr ihre Tränen weg.

»Ich liebe dich, Tito.« Er küsst ihre Nasenspitze. »Ich dich auch, mein Engel.«

Lesen sie weiter in ...

Llora por el amor 3 – Hass und Liebe

Zwei Wochen später...

»Wo ist eigentlich Chico schon wieder?« Rodriguez sieht sich genervt in dem Besprechungszimmer im Haus seines Bruders Paco um.

Chico ist in den letzten zwei Wochen, seit sie Adriana aus Kolumbien mitgebracht haben, fast ganz verschwunden. Man bekommt ihn nur noch selten zu Gesicht. Rodriguez hat ja Verständnis dafür, dass es der Kleinen schlecht geht und sie Hilfe braucht. Aber dass Chico nur noch bei ihr ist und sie außer ihm, und manchmal Bella, niemanden an sich heranlässt, ist ihm etwas unverständlich. »Der kommt gleich, er wartet noch, dass Bella von ihrer Mutter kommt und dann ist er da. Ich möchte, dass alle anwesend sind, wir haben etwas ziemlich Merkwürdiges herausbekommen.« Rodriguez lehnt sich in seinem Stuhl zurück und sieht in die Runde.

Juan hat das Treffen einberufen, es sind alle engeren Mitglieder beider Familias da. Von den Trez Puntos sind es Juan, Miko, Raul, Pepo und Tito, der erst seit gestern mit Lucy für zwei Wochen aus New York nach Puerto Rico gekommen ist. Von seiner Familia ist er neben Paco und Ramon der Anführer. Außerdem gehören bei ihnen noch Mano, Josir, Hernandez, Kasim, Samy und eben Chico, auf den sie alle nun warten, zum inneren Kreis.

Letztlich sind die beiden Familias nur noch Formsache, denn sie erledigen fast alles nur noch gemeinsam und obwohl sie jahrelang die erbittertsten Feinde waren, haben sich beide Familias nun vermischt und sind zu einer Einheit geworden. Der stärkste Beweis für diesen Zusammenhalt sitzt gerade auf Pacos Schoß und schafft es nun endlich, auf den Tisch zu klettern.

Klatschend, sichtlich froh darüber, den Armen seines Vaters entkommen und es auf den großen Besprechungstisch geschafft zu haben, steuert der kleine Leandro die Chipstüte von Mano an.

Sofort lässt er sich auf den Po plumpsen und versucht unter großen Anstrengungen, sich ein paar Chips herauszufischen. Leandro ist Pacos und Bellas Sohn, also Rodriguez' Neffe. Er hat beide Familias, die sich immer mehr miteinander angefreundet haben, letztlich unwiderruflich zusammengeschweißt. Bella ist die Schwester des Anführers der Trez Puntos und Paco war zu dem Zeitpunkt noch der Anführer der Les Surenas.

Als herauskam, dass die beiden sich lieben, war die Hölle los, doch letztendlich kam der kleine Wicht dabei heraus, der jetzt Mano so einen Blick zuwirft. Es ist wirklich unfair, Leandro sieht haargenau aus wie Rodriguez' älterer Bruder Paco, aber er hat die leuchtenden grünen Augen seiner Mutter und wenn er einen damit so ansieht, dann kann niemand widerstehen. Also macht Mano das, was alle hier tun. Sie alle sind Leandro voll und ganz verfallen und er öffnet ihm die Chipstüte.

»Gracciiaas«, trällert Leandro und alle müssen schmunzeln, als er sich wieder auf seine kleinen Beine stellt und kurz überlegt, zu welchem seiner vielen Onkels er diesmal will. Rodriguez hängt sehr an Leandro und lächelt, als dieser sich seinen Weg zu ihm durchschlägt. Er nimmt ihn zu sich auf den Schoß, gibt ihm einen Kuss auf seine weichen Haare und spürt dabei den Blick seiner beiden älteren Brüder auf sich.

Schon seit einer Weile ist sich Rodriguez bewusst, dass seine beiden älteren Brüder immer genau ein Auge auf ihn haben. Sie machen sich Sorgen, wie Ramon es schon des Öfteren erwähnt hat, doch Rodriguez nervt es einfach nur. Tito seufzt auf und legt zufrieden die Beine auf den Tisch.

»Dein New York-Aufenthalt scheint dir gut zu bekommen.« Josir lacht und greift ebenfalls in die Chipstüte, die Leandro noch immer fest in seinen kleinen Händen hält. Dabei fliegt die Hälfte der Chips auf Rodriguez' Hose und der gibt Josir einen leichten Schlag auf die Schulter. »Josssiir böse ...«, lacht Leandro und Paco seufzt. »Bella tötet mich, wenn sie erfährt, dass er Chips gegessen hat und euch beim Blödsinn machen zugesehen hat.«

Juan lacht. »Nun komm mal runter. Leandro ist ein Mann und dem schadet so etwas schon nicht. Und ja, Tito, vielleicht solltest du mir mal erklären, warum du dich vorhin nicht von unserem Engel trennen konntest, nachdem ihr gerade erst zwei Wochen in New York aufeinander gehangen habt«, witzelt Juan gleich bei Tito weiter. Wieder kehren alle Blicke zu Tito, der schon die ganze Zeit über ein breites Grinsen im Gesicht hat. »Oh, mir geht es bestens in N e w York. Die Geschäfte laufen in Amerika auch sehr gut, außerdem musst du dich gerade melden, Juan. Wer geht denn nachher noch Babymöbel kaufen?« Ein gemeinsames Lachen erfüllt den Raum, in dem Moment kommt Chico durch die Tür.

»Hey, was kann hier schon lustig sein, wenn ich nicht da bin?« Er klopft Miko beim Vorbeigehen auf die Schulter und lässt sich erschöpft neben ihm in einen Stuhl fallen. »Alles klar? Wie geht es Adriana?«, will Miko gleich wissen und Chico lehnt sich zurück. »Ich weiß es nicht, ich denke es wird besser, doch dann macht sie wieder einen Rückschritt. Keine Ahnung, was bei Frauen im Kopf vor sich geht.« Paco lacht leise. »Wer weiß das schon?« Dann übernimmt Juan und steht auf.

»Okay, also nachdem wir allgemein festgestellt haben, dass wir alle zu Waschlappen mutieren und dass die Frauen uns in ihrer Gewalt haben, sollten wir etwas besprechen.« Er knallt eine Mappe auf den

Tisch und reibt sich einmal mit der Hand über sein Gesicht. Alle werden ruhig, denn sie spüren, dass es etwas Ernstes sein muss.

»Es geht um Orlando.« Sofort hat Juan Rodriguez' vollständige Aufmerksamkeit. Orlando. Allein bei dem Namen kocht in Rodriguez so eine ungeheure Wut hoch, dass er ihn sich am liebsten auf der Stelle nochmal vorknöpfen würde. Er hat die Familias damals mit ihm in Kontakt gebracht, das wird er sich nie verzeihen. Nur wegen seines dummen Vertrauens in diesen Mistkerl ist der junge Saul gestorben, und Tito wäre beinahe bei seinem hinterhältigen Versuch, die Les Surenas und die Trez Puntos zu hintergehen, gestorben.

Seine einzige Genugtuung ist, dass er sich selbst um Orlando kümmern konnte und somit alles beendet hat, letztlich auch das Leiden der vielen Frauen. Eine von ihnen liegt bei Chico im Haus und kann das Entsetzliche, was Orlando ihr angetan hat, noch immer nicht verkraften. »Der ist in der Hölle und da gehört er auch hin«, knurrt Chico und andere stimmen mit ein.

Juan räuspert sich. »Ja klar, das schon, aber uns ist etwas … komisches aufgefallen. Wir wissen nicht, ob es wirklich etwas zu bedeuten hat, aber wir sollten dem nachgehen und da liegt das Problem.« Paco unterbricht ihn. »Wovon redest du? Was ist euch aufgefallen und wieso? Ich dachte, das Thema wäre spätestens beim Hochgehen diverser Bomben erledigt gewesen.«

Diesmal antwortet Pepo. »Schon, aber wir wollten sicherheitshalber noch einmal alles abchecken, ob es irgendwelche Verwandte oder noch weitere Mitglieder der Roña gibt, also haben wir recherchiert und unsere Kontakte noch mal aktiviert. Seit unserer Aktion gibt es noch eine kleine Gruppe von vielleicht sieben Personen, aber die verhalten sich ruhig und haben garantiert nicht vor, sich bei uns zu melden.

Orlandos Eltern sind durch einen Autounfall ums Leben gekommen, weitere Verwandte konnten wir nicht ausfindig machen, außer - und jetzt kommt das Merkwürdige - seine Schwester. Orlando hatte eine Schwester, sie ist vier Jahre jünger als er, also 21, und es ist nur Eingeweihten bekannt, dass die beiden verwandt sind.«

Juan wirft ein Bild auf den Tisch, Rodriguez erkennt es sofort. Er hat es bei Orlando auf der Kommode entdeckt. Es zeigt ein kleines schwarzhaariges Mädchen mit genauso blauen Augen wie Orlando sie hatte. »Na und? Was soll mit der Kleinen sein? Wo liegt das Problem? Will sie uns mit ihren Stöckelschuhen erschlagen, weil wir ihren Bruder getötet haben?« Rodriguez wirft ein Blick auf das Bild und lehnt sich zurück. Juan schüttelt den Kopf.

»Seine Schwester ist nicht irgendwer, kennt ihr das Lied, was die Frauen im Sommer ständig gehört haben, dieses 'Loca, Viva la Noche' Ding?« Paco lacht. »Ja, ich kann es nicht mehr hören.« Juan nickt. »Die Sängerin ist hier und in Kolumbien ein gefeierter Star und heißt Melissa. Nun haben wir herausbekommen, dass es Melissa Dimengo ist, Orlandos Schwester.« Alle sind ruhig, das hätte keiner erwartet. Juan fährt unbeirrt fort, er hat diese Nachricht sicher schon verdaut.

»Das alleine wäre jetzt auch nicht so wichtig. Allerdings haben wir herausgefunden, dass sie aufhört und eine Abschiedstournee gibt, am Höhepunkt ihrer Karriere. Zu ihrer Familie hat sie sich nie geäußert, aber in Kolumbien ist unter vorgehaltener Hand bekannt, dass sie die Schwester von Orlando … war. Auf jeden Fall hat sie gerade ihre Abschlusstournee in Kolumbien gegeben und angefangen, hier in Puerto Rico ihre letzten Auftritte zu absolvieren.

Das letzte Abschlusskonzert soll der Höhepunkt werden, und nun ratet mal, wo das stattfindet?« Rodriguez fährt sich einmal durch die Haare, er kann das gerade nicht glauben. Er dachte, die Sache mit Orlando wäre vorbei, und nun taucht irgendeine Schwester auf, die auch noch ein bekannter Star ist. »Wenn man bedenkt, dass die meisten kolumbianischen Einwohner, die hier in Puerto Rico leben, in Sierra und Umgebung wohnen, wirkt es vielleicht normal. Wenn man aber bedenkt, dass wir ihren Bruder und seine Familia getötet haben, ist es schon ein sehr großer Zufall, dass in zwei Wochen das letzte Konzert von ihr hier bei uns in Sierra sein soll.«

Die Llora por el amor – Reihe Sonderausgaben

1.	Weine aus Liebe	1. Sonderausgabe zu Weine aus Liebe
2.	Verschiedene Welten	2. Latizias Weg
3.	Hass und Liebe	3. Dilaras Glück
4.	Nueva era	
5.	De tal palo tal astilla	
6.	Cicatriz	